324 Rue Saint-Viateur
Granby QC J2G 5T1

DANSE D'UNE NUIT D'ÉTÉ

www.editions-jclattes.fr

Maeve Binchy

DANSE D'UNE NUIT D'ÉTÉ

roman

Traduit de l'anglais par Laure Joanin-Llobet

JC Lattès
17, rue Jacob 75006

Titre de l'édition originale
THE NIGHT OF RAIN AND STARS
Publiée par Orion, Orion Publishing Group Ltd, Orion House.

Pour l'éditeur, le principe est d'utiliser des papiers composés de fibres naturelles, renouvelables, recyclables et fabriquées à partir de bois issus de forêts qui adoptent un système d'aménagement durable.

En outre, l'éditeur attend de ses fournisseurs de papier qu'ils s'inscrivent dans une démarche de certification environnementale reconnue.

ISBN : 978-2-7096-2742-9
© Maeve Binchy 2004
© 2007, éditions Jean-Claude Lattès pour la traduction française.

À mon très cher Gordon, pour un soutien et une gentillesse tels, que personne ne me croirait si je le décrivais dans un livre ! Merci, de tout mon cœur.

1.

Andreas était convaincu d'avoir aperçu l'incendie avant tout le monde. Après avoir scruté attentivement l'horizon, il secoua la tête, incrédule. Ce genre de choses ne pouvait pas se produire, surtout pas ici à Aghia Ana. Comment imaginer une telle tragédie à bord de la *Olga*, ce petit bateau blanc et rouge qui transportait les touristes dans la baie ? Comment imaginer que le destin puisse frapper de plein fouet l'audacieux Manos, le téméraire Manos qu'il connaissait depuis l'enfance ? C'était sûrement une hallucination, un effet d'optique. Non, il n'y avait pas de flamme ou de fumée au-dessus de la *Olga*. Peut-être était-il malade ?

Parfois, certains vieux du village prétendaient avoir des visions, lorsqu'il faisait trop chaud ou qu'ils avaient consommé trop d'ouzo la veille. Mais Andreas était allé se coucher de bonne heure. Il n'avait pas bu d'alcool et était resté sagement dans son restaurant qui surplombait la mer, sans danser ou chanter.

Il se couvrit les yeux du plat de la main. À cet instant, un nuage passa au-dessus de sa tête. La luminosité

Danse d'une nuit d'été

avait baissé. Il avait dû se tromper. Lentement, il reprit ses esprits, il n'avait pas le choix. Les gens ne grimpaient pas le long chemin escarpé menant à sa taverne à seule fin de rendre visite à un vieux fou, aveuglé par le soleil, qui s'inventait des drames pour briser le calme de sa paisible petite île grecque.

Il acheva de fixer avec des pinces les nappes en plastique rouge et vert sur les tables de la terrasse. La journée promettait d'être torride et les clients seraient sans doute nombreux. Ce matin, il avait soigneusement noté le menu du jour sur le vieux tableau en bois. Il se demandait souvent pourquoi il faisait ça... Les plats ne variaient jamais, mais les visiteurs les appréciaient. Il prenait également grand soin d'écrire le mot « bienvenue » en six langues différentes. Les gens aimaient ça aussi...

La cuisine qu'il proposait n'offrait pourtant rien de particulier. On trouvait la même dans une demi-douzaine d'auberges aux alentours. Il y avait des *souvlakis*, les kebabs de chèvre que ses hôtes préféraient prendre pour de l'agneau, de grands plats de moussaka chaude et spongieuse, de grands saladiers remplis de carrés de feta bien salée et de belles tomates rouges, des *barbouni* ou rougets, prêts à passer au gril, des steaks d'espadon et de grands plateaux de *kataïfi* et de *baklava*, un dessert fait à base de noisettes, de miel et de pâte qu'il conservait dans le réfrigérateur sur de grandes plaques métalliques. Dans les casiers réfrigérés, il stockait des bouteilles de retsina et de vins locaux. Pour quelles autres raisons les touristes se rendaient-ils en Grèce ? Du monde entier, ils venaient y chercher ce qu'Andreas et ses compatriotes avaient à leur offrir...

Andreas se flattait de pouvoir deviner la nationalité de n'importe quel visiteur croisé dans les rues de Aghia

Danse d'une nuit d'été

Ana. Il était même capable de les saluer et de leur adresser quelques mots dans leurs langues respectives. Après quelques années passées à étudier leur gestuelle et leur démarche, c'était pour lui devenu un jeu. Par exemple, il savait d'instinct que les Anglais n'aimaient pas se voir offrir un *Speisekarte* au lieu d'un menu, que les Canadiens se vexaient quand on les prenait pour des Américains. De la même façon, les Italiens détestaient être accueillis par un *Bonjour* et les Grecs cherchaient à se faire passer pour des notables d'Athènes plutôt que pour des habitants de l'île. Grâce à son expérience, Andreas avait appris à étudier soigneusement les gens avant de parler.

Alors qu'il tournait la tête vers le sentier, il aperçut ses premiers clients qui arrivaient. Son esprit se brancha sur pilotage automatique. Venait d'abord un homme à l'allure nonchalante, vêtu d'un bermuda que seul un Américain pouvait porter, un bermuda arrivant à mi-chevilles qui lui donnait une silhouette grotesque et enfantine. Il était seul. Bientôt, il s'arrêta pour scruter l'incendie à travers ses jumelles.

Suivait une ravissante jeune Allemande, grande, bronzée, avec des cheveux décolorés par le soleil ou les soins d'un excellent coiffeur. Elle fixait en silence, avec incrédulité, les flammes pourpres et orangées qui dansaient sur le bateau, à quelques encablures de Aghia Ana. Vingt mètres plus loin se trouvait un garçon de petite taille, à peine sorti de l'adolescence. Il avait l'air anxieux et n'arrêtait pas d'ôter ses lunettes pour les essuyer. Bouche ouverte, il contemplait la vedette en feu, comme pétrifié d'horreur. Enfin, fermant la marche, il y avait un couple d'une vingtaine d'années, visiblement épuisé par sa randonnée dans les collines. Ils doivent être d'origine écossaise ou irlandaise, se dit Andreas. Il avait tendance à confondre les accents. Le jeune homme avançait d'une démarche désinvolte comme s'il cherchait à faire croire à un public imaginaire qu'il n'avait pas du tout souffert de la promenade.

En détournant les yeux de la baie, les cinq nouveaux arrivants découvrirent un vieil homme, légèrement voûté, aux cheveux gris et aux sourcils broussailleux.

— C'est le bateau qu'on a pris hier ! (Choquée, la jeune fille plaqua sa main sur ses lèvres.) Oh, mon Dieu ! On aurait pu être dessus...

— Ce n'est pas le cas, alors inutile d'en parler, répliqua fermement son petit ami en jetant un regard dédaigneux aux bottines à lacets d'Andreas.

Soudain, le bruit d'une explosion résonna au large. Pour la première fois, Andreas comprit qu'il ne s'était pas trompé. La *Olga* s'embrasait. Ce n'était pas simplement un effet d'optique. Les autres l'avaient également remarqué. Il ne pouvait accuser ni sa vue défaillante, ni son grand âge. Brutalement, il se mit à trembler et dut se retenir au dossier d'une chaise pour ne pas tomber.

— Je dois appeler mon frère Yorghis, il travaille au poste de police... Peut-être ne sont-ils pas encore au courant ? Peut-être n'ont-ils rien vu...

— Ne vous en faites pas, fit remarquer gentiment l'Américain. Ils savent déjà, regardez... Les canots de sauvetage sont en route.

Sans l'écouter, Andreas courut néanmoins téléphoner. En vain. Le minuscule commissariat qui surplombait le port était désert.

— Je n'arrive pas à le croire, répétait la jeune Irlandaise en scrutant les flammes écarlates et l'épaisse fumée noire qui ressemblait à une vilaine tache sur une peinture. Hier encore, ce Manos nous apprenait à danser sur ce bateau. La *Olga*, je crois... Il disait qu'il l'avait baptisée ainsi en souvenir de sa grand-mère.

— C'était sa vedette, n'est-ce pas ? demanda le garçon à lunettes. Je suis monté à bord également.

— Oui, c'est celle de Manos, répondit gravement Andreas.

Cet imbécile de Manos qui avait dû comme toujours embarquer trop de passagers – sans se soucier du manque d'équipement de son bateau – et insister pour leur verser à boire et leur faire cuire des kebabs sur son vieux réchaud à gaz. Mais personne au village n'aurait jamais osé dire à voix haute une chose pareille. Manos avait une famille à Aghia Ana, une famille qui, à l'heure qu'il est, devait être rassemblée sur le port dans l'attente de nouvelles.

— Le connaissiez-vous ? demanda le grand Américain aux jumelles.

— Oui, bien sûr, tout le monde se connaît ici, soupira Andreas en s'essuyant les yeux avec une serviette de table.

Statufiés, ils contemplaient la scène qui se déroulait en contrebas : les canots de sauvetage filant sur les lieux du drame, les tentatives désespérées des secouristes cherchant à éteindre l'incendie, les corps se débattant aveuglément dans l'eau, dans l'espoir d'être sauvés. L'Américain fit passer ses jumelles de main en main.

Personne n'arrivait à parler : ils étaient trop loin pour apporter une aide quelconque mais, malgré leur impuissance, ils ne parvenaient pas à détacher leurs regards du drame qui se nouait sur l'innocente et magnifique immensité bleutée.

Andreas savait qu'il était de son devoir de leur proposer à déjeuner mais cela lui paraissait absurde. Il ne pouvait se résoudre à abandonner à leur sort Manos et son

Danse d'une nuit d'été

bateau, ainsi que les touristes trop confiants qui étaient partis joyeusement en excursion.

Comment aurait-il pu, sans paraître insensible, faire asseoir ses clients autour d'une table et leur offrir des feuilles de vigne farcies ? Il sentit le contact d'une main sur son bras. C'était la jeune Allemande aux cheveux blonds.

— C'est pire pour vous, dit-elle. Vous vivez ici.

Il sentit à nouveau des larmes lui monter aux yeux. Elle avait raison. C'était le berceau de son enfance. Il y était né et y connaissait tout le monde : les jeunes gens qui à bord de leurs barques tentaient de sauver les victimes, les familles qui guettaient sur le port... Il se souvenait même d'Olga, la grand-mère de Manos. Oui, c'était pire pour lui. Il adressa à la jeune femme un regard éploré. Elle respirait la compassion, mais ne semblait pas pour autant dénuée de sens pratique.

— Pourquoi ne vous asseyez-vous pas ? S'il vous plaît, prenez une chaise, lança-t-elle aimablement. Nous ne pouvons rien faire pour eux.

C'était la phrase qu'il avait besoin d'entendre.

— Je m'appelle Andreas, répondit-il. Vous avez raison, c'est mon village et il vient de s'y produire un événement terrible. Je vais vous offrir un metaxa pour nous remettre du choc puis nous prierons pour ces pauvres gens...

— Ne pouvons-nous vraiment rien faire ? s'enquit le jeune Anglais à lunettes.

— Il nous a fallu trois heures pour monter jusqu'ici. Le temps qu'on redescende, nous ne servirons plus à rien, objecta l'Américain. Au fait, je m'appelle Thomas... C'est inutile d'aller sur le port. Notre présence ne fera que gêner. Regardez, il y a déjà foule là-bas.

Il tendit ses jumelles à la ronde.

— Mon nom est Elsa, expliqua à son tour la jeune Allemande. Je vais chercher la bouteille.

Danse d'une nuit d'été

Debout, sous les rayons du soleil, ils levèrent leurs minuscules verres emplis d'un breuvage brûlant et portèrent un étrange toast.

— Que leurs âmes et celles de ceux qui nous ont quittés reposent en paix, déclama, Fiona la jeune Irlandaise aux cheveux roux et au nez couvert de taches de rousseur.

Son petit ami se renfrogna imperceptiblement.

— Enfin, Shane, où est le problème ? s'exclama-t-elle, sur la défensive. C'est une prière.

— Partez dans la joie, ajouta Thomas en semblant s'adresser à l'épave.

En dessous d'eux, les flammes avaient disparu. On s'affairait maintenant à trier les morts des blessés et à dénombrer les cadavres.

— *L'chaim*, dit David, l'Anglais à lunettes avant d'expliquer, ça veut dire « À la vie ».

— *Ruhet in Frieden*, continua Elsa, au bord des larmes.

— *O' Theos n'anapafsi tin psyhi tou*, conclut Andreas, la tête courbée, sans pouvoir quitter des yeux ce qui était assurément la plus grande tragédie qu'ait jamais connue la petite ville de Aghia Ana.

Personne ne commanda de déjeuner à proprement parler et Andreas se contenta de déposer divers plats sur la table. Il leur apporta d'abord une salade avec du fromage de chèvre, une assiette de brochettes d'agneau avec des tomates farcies puis un saladier de fruits. Au cours du repas, ils firent plus ample connaissance et parlèrent des endroits qu'ils avaient visités. Aucun d'eux n'était parti avec un tour-opérateur. Tous étaient là pour un long séjour – au moins quelques mois. Thomas, l'Américain, avait pris une année sabbatique de son université et, au fil de ses voyages, rédigeait des articles pour un magazine. Il prétendait que c'était une bénédiction de découvrir le monde et d'enrichir son expérience. À l'entendre, tout professeur avait avantage à se libérer des carcans administratifs qui régissent son enseignement. Non seulement il était ensuite plus recherché, mais il y gagnait une grande ouverture d'esprit. En l'écoutant, Andreas ne put s'empêcher de penser qu'il y avait quelqu'un qui lui manquait, là-bas en Californie. Elsa, la jeune Allemande, semblait très différente. Elle paraissait ne rien regretter de ce qu'elle avait laissé derrière elle. Elle se disait fatiguée de son travail, déçue par la médiocrité d'une tâche qu'elle avait autrefois jugée si exaltante. Elle avait assez d'économies pour voyager en toute liberté pendant un an et n'avait pas l'intention de quitter la Grèce, pays qu'elle sillonnait depuis trois semaines.

Fiona, la petite Irlandaise, était plus indécise. Tout en racontant avec emphase combien elle avait envie de voir d'autres gens et d'autres lieux, de dénicher enfin un endroit où personne ne la jugerait ou ne chercherait à la transformer, elle quêtait du regard l'approbation de son petit ami qui la toisait d'un air boudeur. Sans prendre la peine de la contredire ou d'acquiescer à ses paroles, ce dernier restait silencieux, se contentant de hausser les épaules comme si cette discussion l'ennuyait à mourir.

David paraissait plus intransigeant. Sans détour, il expliqua qu'il désirait savoir pour quelle vie il était fait. Son seul leitmotiv était de profiter de sa jeunesse : « Il n'y a rien de plus triste, dit-il, que de s'apercevoir, à l'aube de la vieillesse, qu'on a perdu son temps, qu'on a été trop lâche pour prendre une autre voie que celle qu'on vous destinait. » Il avait quitté son foyer depuis un mois et son esprit était empli de tout ce qu'il avait déjà vu et appris.

Danse d'une nuit d'été

Tous avaient beau raconter librement des fragments de leur quotidien à Düsseldorf, Dublin, en Californie ou à Manchester, Andreas nota qu'ils ne disaient rien des proches qu'ils avaient quittés. Alors, à son tour, il leur parla de son existence à Aghia Ana, de la façon dont les conditions de vie s'étaient grandement améliorées depuis l'arrivée massive des touristes ces dernières années. Les temps n'avaient plus rien à voir avec ceux de son enfance où l'on ne vivait que grâce à la culture des champs d'oliviers ou l'élevage des chèvres dans les collines. Il évoqua également le souvenir de ses frères qui avaient émigré depuis longtemps en Amérique et celui de son fils qui s'était enfui de son restaurant neuf ans plus tôt après une dispute.

— Pourquoi vous êtes-vous bagarrés ? interrogea la jeune Fiona aux grands yeux verts.

— Oh, il voulait installer une boîte de nuit ici et j'étais contre – un conflit typique de générations, une querelle des modernes et des anciens, répondit Andreas en haussant tristement les épaules.

— Regrettez-vous de ne pas avoir accepté ? lui demanda Elsa.

— Oh oui ! Si j'avais su à quel point je me sentirais seul, j'aurais cédé à toutes ses volontés. Il vit aujourd'hui à Chicago, à l'autre bout du monde et il ne m'écrit jamais... Oui, j'aurais accepté. Mais je ne savais pas...

— Et votre épouse ? s'enquit Fiona. Qu'a-t-elle dit ? Vous a-t-elle supplié de le retenir ?

— Elle était décédée. Il n'y avait personne pour nous aider à faire la paix.

Il y eut un silence, un silence épais qui donna l'impression que les hommes comprenaient instinctivement ce dont il parlait. Les hommes, pas les femmes.

Les ombres de l'après-midi s'étirèrent. Andreas leur servit du café. Personne ne semblait avoir envie de partir.

Danse d'une nuit d'été

De la taverne dissimulée sur la colline, ils contemplèrent les scènes d'enfer qui se déroulaient en bas sur le port. La journée ensoleillée avait viré au cauchemar. Dans les jumelles de Thomas, ils aperçurent des corps gisant sur des brancards et les familles éplorées qui se frayaient un chemin au milieu de la foule afin de voir si leurs proches faisaient partie des victimes. Ils se sentaient en sécurité sur la terrasse et même s'ils ne se connaissaient pas vraiment, ils continuèrent à discuter comme s'ils étaient de vieux amis.

Quand les étoiles apparurent dans le ciel, ils parlaient toujours. Sur l'embarcadère, les flashs des appareils photos, les projecteurs des caméras illuminaient la nuit. Le drame de Aghia Ana avait pris une dimension internationale. Il n'avait pas fallu longtemps pour que les médias se ruent sur les lieux.

— Je suppose que c'est leur métier, soupira David, résigné. Mais ça me paraît sordide et monstrueux de fouiller la vie des gens dans de telles circonstances.

— Oui, c'est horrible... Croyez-moi, je sais de quoi je parle... Je travaille dans le milieu. Ou plutôt, j'y travaillais, s'exclama Elsa contre toute attente.

— Vous êtes journaliste ? s'enquit David avec intérêt.

— J'étais présentatrice d'un journal télévisé. À l'heure qu'il est, mon remplaçant, installé à mon bureau dans le studio, doit interroger le reporter en direct du port. J'imagine qu'il lui demande combien il y a de morts, s'il y a des Allemands parmi eux. Vous avez raison, c'est abominable. Je suis heureuse de ne plus faire partie de cette meute.

— Il faut pourtant informer les gens. Sans cela, comment pourrions-nous faire cesser les guerres et les famines ? objecta Thomas.

Danse d'une nuit d'été

— Elles ne s'arrêteront jamais, répliqua Shane. C'est une question de pognon. Tout est toujours une affaire de gros sous. C'est ça qui dirige le monde.

Shane est vraiment différent des autres, pensa Andreas. Il a un air méprisant et visiblement aimerait mieux être à des lieux d'ici. Enfin, c'est sûrement normal... Il préférerait se promener avec sa séduisante petite amie plutôt que de rester à bavarder avec des étrangers, en pleine canicule au sommet d'une colline déserte.

— Les gens ne pensent pas qu'à l'argent, riposta faiblement David.

— Je n'ai pas dit que c'était une obligation, c'est comme ça que ça marche, c'est tout.

Fiona leva un regard inquiet comme si elle était habituée à ce genre d'échanges, à le défendre contre la Terre entière.

— Shane veut parler du système... Il veut dire que Dieu n'a rien à faire dans tout ça... Si je voulais être riche, je ne serais certainement pas infirmière. (Elle adressa un large sourire à l'assemblée.) D'ailleurs, je me demandais... Croyez-vous que je pourrais me rendre utile en ville ? Après tout, je ne pense pas que...

— Fiona, tu n'es pas chirurgien ! Tu ne vas quand même pas amputer une jambe dans un café ! ricana Shane dédaigneusement.

— Mais je pourrais tenter quelque chose... bredouilla-t-elle.

— Pour l'amour du ciel, sois réaliste. À quoi peux-tu servir ? À calmer les victimes avec trois mots de grec ? Les étrangers ne sont pas très appréciés dans les moments de crise, même s'ils appartiennent au corps médical.

Fiona rougit violemment.

— Si nous étions au village, s'empressa de dire Elsa en volant à son secours, je suis sûre que vous seriez précieuse, mais le temps que l'on redescende... Il vaut mieux rester ici.

Thomas acquiesça.

— Je ne pense pas que vous puissiez approcher les blessés, la rassura-t-il. Regardez, c'est la confusion en bas.

Il lui tendit ses jumelles dont elle s'empara d'une main tremblante.

— Oui, vous avez raison, admit-elle d'une petite voix en observant les mouvements de la foule.

— Cela doit être merveilleux de soigner les autres, enchaîna-t-il afin de l'aider à reprendre ses esprits. Vous ne devez jamais avoir peur de rien. Quel beau métier ! Ma mère est également infirmière. Elle a des journées infernales et n'est pas assez payée.

— Travaillait-elle quand vous étiez enfant ?

— Elle n'a jamais cessé. Elle nous a inscrits au collège, mon frère et moi, et grâce à elle nous avons réussi professionnellement. Pour la remercier, nous avons voulu lui acheter une maison pour qu'elle puisse se reposer mais elle a refusé. Elle dit qu'elle est « programmée » pour continuer...

— Quelles études avez-vous faites ? demanda David. Moi, j'ai un diplôme d'études commerciales, mais cela ne m'a mené à rien... Enfin, rien qui me plaisait.

— J'enseigne la littérature du XIXe siècle à l'université, articula lentement Thomas avant de hausser les épaules, comme si cela ne présentait aucun intérêt.

— Et vous, Shane ? Que faites-vous ? interrogea Elsa.

— Pourquoi ? grogna-t-il en plantant son regard dans le sien.

— Je ne sais pas... Je ne peux pas m'empêcher de poser des questions. Et comme tout le monde s'est présenté.... Je ne voulais pas vous exclure.

Danse d'une nuit d'été

Elle darda sur lui un charmant sourire. Il se détendit immédiatement.

— Je comprends. Eh bien, disons que je fais toutes sortes de choses.

— Je vois.

Elle hocha la tête comme si la réponse était satisfaisante. Les autres firent de même. Eux aussi faisaient semblant. À cet instant, Andreas prit la parole.

— À mon avis, ce serait une bonne idée de téléphoner chez vous pour réconforter vos parents ou vos relations.

Devant l'air stupéfait de l'auditoire, il s'expliqua :

— Comme l'a dit très justement Elsa, l'information sera diffusée au journal télévisé du soir. Vos proches apprendront la nouvelle, et s'ils savent que vous êtes à Aghia Ana, ils risquent de penser que vous étiez sur le bateau de Manos.

Il les considéra longuement un à un. Cinq jeunes gens issus de familles, de pays et de foyers différents.

— Mon portable ne passe pas ici, lança Elsa joyeusement. J'ai voulu passer un coup de fil, il y a deux jours, c'est comme ça que je m'en suis aperçue. Cela me donne un grand sentiment de liberté.

— Ce n'est pas la bonne heure en Californie, ajouta Thomas.

— Ils seront sûrement partis travailler, je vais tomber sur le répondeur, renchérit David.

— Moi, je vais encore entendre une phrase du style : « Tu vois ce qui se passe, ma chérie, quand tu quittes ton travail pour gambader autour du monde », maugréa Fiona.

Shane resta silencieux. L'idée d'appeler chez lui ne lui était même pas venue à l'esprit.

— Croyez-moi, insista Andreas en se levant pour leur faire face. Lorsque j'apprends qu'il y a eu une fusillade à

Danse d'une nuit d'été

Chicago, une inondation ou une autre catastrophe, je ne peux m'empêcher de me demander si mon Adoni pourrait être blessé. J'aimerais tant qu'il me contacte... juste pour me dire qu'il est sain et sauf...

— Il s'appelait Adoni ? répéta Fiona d'un ton rêveur. Comme Adonis, le dieu de la beauté ?

— Il *s'appelle* Adoni, corrigea Elsa.

— Et se comporte-t-il en Adonis... avec les femmes, je veux dire ? gloussa Shane.

— Je ne sais pas, il ne me raconte rien, répliqua Andreas tristement.

— Andreas, vous faites partie de ces parents qui se préoccupent du sort de leurs enfants. Seulement, d'autres n'y accordent pas autant d'importance, expliqua David.

— Tous les parents s'inquiètent pour leurs enfants, mais ils ne le montrent pas tous de la même manière.

— Certains n'ont plus de famille. Moi, par exemple, mon père a disparu de ma vie depuis longtemps et ma mère est morte très jeune, ajouta Elsa avec légèreté.

— Il y a sûrement des gens qui tiennent à vous en Allemagne, rétorqua Andreas. Estimant qu'il était allé trop loin, il se reprit :

— Le téléphone est près du bar. En attendant, je vais ouvrir une bouteille de vin. Nous porterons un toast aux rêves et aux espoirs qui nous restent. Il faut au moins cela pour célébrer cette belle nuit étoilée.

Sur ces paroles, il pénétra dans la taverne sans perdre un mot des réactions de chacun.

— Je pense qu'il veut vraiment que nous téléphonions, commenta Fiona.

— Mais tu as dit que tu n'y tenais pas ! râla Shane.

— Inutile de dramatiser, intervint Elsa.

Danse d'une nuit d'été

Leurs regards se posèrent sur la cohue qui envahissait le port. Et la dispute cessa.

— J'appelle en premier, lança Thomas en gagnant le comptoir.

Immobile, Andreas continua d'essuyer ses verres en tendant l'oreille pour écouter leurs conversations. Ce groupe de jeunes gens réunis dans sa taverne lui paraissait étrange. Aucun d'eux n'avait l'air vraiment à l'aise avec ses proches. On aurait dit qu'ils fuyaient quelque chose. C'était comme s'ils voulaient échapper à une peur ou à un danger...

La voix de Thomas était saccadée.

— Je sais qu'il est en camp. Je pensais simplement... Non, ça n'a pas d'importance... Crois-moi, je n'avais pas mon agenda. Shirley, s'il te plaît ! Je ne fais pas d'histoires... Je voulais juste... D'accord, Shirley, pense ce que tu veux... Non, je n'ai pas encore fait de projets.

David paraissait angoissé.

— Oh, Père, vous êtes à la maison ? Oui bien sûr, c'est normal. Je voulais simplement vous parler de cet accident... Non, je n'ai pas été blessé... Non, je n'étais pas sur le bateau. (Un long silence.) D'accord, père, embrassez fort maman pour moi ! Non... Dites-lui que j'ignore quand je rentrerai.

Fiona, pour sa part, évoqua à peine la tragédie qui venait d'avoir lieu. Visiblement, ses interlocuteurs souhaitaient l'entretenir d'autre chose. Comme Shane l'avait prédit, on semblait insister pour qu'elle revînt immédiatement.

— Je ne peux pas encore te donner de date, maman. On en a parlé des millions de fois. Je le suivrai là où il va, tu dois l'accepter – cela serait plus facile pour tout le monde.

Danse d'une nuit d'été

Seule la conversation d'Elsa demeura un mystère pour Andreas. Bien qu'il parlât allemand, il fut incapable de comprendre à qui elle avait laissé les deux messages sur le répondeur.

Le premier était chaleureux :

— Hannah, c'est Elsa. Je suis dans une île merveilleuse en Grèce, nommée Aghia Ana, mais il y a eu un terrible accident aujourd'hui. Des gens ont péri dans un incendie qui s'est déclenché à bord d'un bateau. Sous nos yeux. Je ne peux pas te dire à quel point c'était affreux. Je tenais à te rassurer, j'ai eu de la chance... Oh, Hannah, tu me manques vraiment ! Ton soutien également. Mais je pleure beaucoup moins et je pense que j'ai bien fait de partir. Comme d'habitude, je préférerais que tu ne dises pas que tu as eu de mes nouvelles. Tu es une excellente amie – je ne te mérite pas. Je t'appelle bientôt, promis.

Lors de son second appel, sa voix était aussi tranchante que de l'acier :

— Je n'ai pas été tuée sur le bateau. Mais parfois, je le regrette. Je ne lis aucun des emails que je reçois, alors économise ton énergie. Il n'y a rien que tu puisses dire ou faire. Tu as déjà tout essayé. Je t'appelle simplement pour que tu préviennes le studio. S'ils espèrent que j'ai péri carbonisée sur cette vedette de plaisance ou que je suis en train d'interviewer des témoins sur le port, ils se trompent lourdement. Je suis à des kilomètres de ça, et encore plus loin de toi. C'est tout ce qui m'importe, crois-moi.

Tandis qu'elle raccrochait le combiné, Andreas aperçut des larmes qui coulaient sur ses joues.

2.

Andreas se rendait compte que personne ne souhaitait s'en aller. Ici, sur la terrasse, loin du malheur et de la mort, les quatre touristes se sentaient en sécurité. Sans doute avaient-ils également l'impression d'être protégés de leurs existences malheureuses... Alors, comme il le faisait souvent, nuit après nuit, il s'interrogea sur la fragilité des liens familiaux. Était-ce simplement à cause de cette stupide histoire de boîte de nuit qu'Adoni était parti? Ressentait-il le besoin d'être libre, de se détacher des vieilles traditions? Andreas aurait souhaité revenir en arrière. Aujourd'hui, parviendrait-il à se montrer plus ouvert, plus généreux? Aiderait-il son fils à découvrir le monde avant de le laisser voler de ses propres ailes?

Tous ces jeunes gens avaient accompli cette démarche et pourtant, ils n'en étaient pas plus heureux. Il l'avait compris à travers leurs conversations. Il laissa le vin sur la table et tandis que les discussions allaient bon train, il s'assit dans un coin en égrenant son chapelet. Le soir descendait doucement. Sous les effets de l'alcool, la tension retomba. Les mots venaient facilement, chacun livrait peu à peu ses secrets. Fiona, la pauvre petite Fiona, semblait la plus nerveuse de tous.

— Tu avais raison, Shane... Je n'aurais pas dû téléphoner. Ma mère en a profité une fois encore pour répéter que je gâchais ma vie, qu'elle attendait de connaître mes projets avant de planifier ses noces d'argent. Elle a encore cinq mois pour y penser ! Elle qui d'habitude croit qu'il suffit d'un plat chinois à emporter pour faire la fête s'inquiète maintenant pour une soirée ! Je lui ai clairement expliqué que je ne savais pas où l'on serait et elle s'est mise à pleurer. Pour une fête ! Quand je pense à toutes ces personnes, en bas, qui ont des vraies raisons de sangloter... Cette conversation t'aurait rendu malade.

— Je te l'avais dit, soupira Shane en soupirant bruyamment.

Lui et Fiona fumaient un joint. Les autres avaient décliné leur offre. Andreas ne considérait pas ça d'un bon œil mais ce n'était pas le moment de se montrer trop strict.

— Moi non plus, je n'ai pas eu de chance, intervint Thomas. Bill, mon petit garçon, qui se soucie de moi généralement, participait à un camp pour la journée. Quant à mon ex-femme, qui aimerait bien me voir mort, elle était tout, sauf ravie de m'entendre. Enfin, au moins, mon fils ne regardera pas les informations. Il ne s'inquiétera pas pour moi.

Il semblait prendre la chose avec philosophie.

— Comment saurait-il que vous êtes ici ? Sur les lieux de l'accident ? ironisa Shane.

De toute évidence, il considérait tout ça comme une perte de temps.

Danse d'une nuit d'été

— J'ai envoyé un fax avec mes différents numéros de téléphone. Shirley m'a promis qu'elle l'accrocherait sur le tableau dans la cuisine.
— L'a-t-elle fait ? demanda Shane.
— Elle me l'a affirmé.
— Est-ce que votre fils a appelé ?
— Non.
— Alors, elle ne l'a pas fait, pas vrai ?
Shane semblait avoir tout compris.
— Vous avez sans doute raison. J'imagine qu'elle n'a pas téléphoné à ma mère non plus...
Les traits de Thomas se réduisirent à des lignes dures. *Si j'avais su, c'est elle que j'aurais contactée. Mais je voulais entendre la voix de Bill... Et puis Shirley m'a agacé...*
— Moi, je m'apprêtais à laisser un message aimable sur le répondeur mais ils étaient à la maison. C'était mon père... et il m'a demandé pourquoi j'appelais puisqu'il ne m'était rien arrivé..., dit lentement David.
— Ce n'est pas ce qu'il voulait dire, le consola Thomas.
— Oui, les gens sont toujours maladroits quand ils sont soulagés, ajouta Elsa.
— Non, il le pensait, grommela David en secouant la tête. Il ne comprenait vraiment pas la raison de mon appel... Puis j'ai entendu ma mère crier du salon : « Parle-lui de la remise du prix, Harold ! Demande-lui s'il rentre à la maison pour y assister... »
— Le prix ? s'étonnèrent les autres.
— C'est une récompense pour l'argent qu'il a gagné, l'équivalent du Queen's Award dans l'industrie. Il y aura une grande réception, des discours... Rien sur Terre ne les fascine, à part ça.

— Y a-t-il quelqu'un chez vous qui peut vous y remplacer ? demanda Elsa.

— Tous les employés de Père, ses amis du Rotary et du club de golf ou les cousins de Mère...

— Vous êtes fils unique ? poursuivit-elle.

— Oui, et c'est ça le problème, répliqua tristement David.

— Après tout, c'est votre vie, vous n'avez qu'à faire ce que vous voulez, lança Shane en haussant les épaules.

Il ne comprenait pas pourquoi David en faisait tout un plat.

— Je pense qu'ils veulent vous associer à cet honneur, suggéra Thomas.

— Oui, mais quand j'ai voulu leur parler de la tragédie, de ses victimes, la seule chose qui les intéressait, c'était cette cérémonie. Leur grande inquiétude est de savoir si je serais rentré à temps. C'est monstrueux.

— C'était sans doute une façon de dire « Reviens à la maison », insista Elsa.

— Oui, mais surtout « Dépêche-toi, ton père a besoin de toi dans sa société ». Je refuse, je ne le ferai pas, ni maintenant, ni plus tard, gronda David en ôtant ses lunettes pour les essuyer.

Elsa n'avait rien révélé de son appel. Elle était assise le dos droit, l'œil fixé sur les champs d'oliviers qui jalonnaient les rivages des minuscules îlots où les gens venaient en villégiature tout au long de l'été. Se sentant observée, elle comprit que les autres attendaient qu'elle leur racontât la teneur de ses appels téléphoniques.

— Oh, vous voulez savoir ce qu'on m'a répondu ? Eh bien, apparemment, aucun Allemand n'était chez lui ! J'ai appelé deux de mes amis et je suis tombée sur leurs répondeurs. Ils risquent de me prendre pour une folle, mais je m'en fiche.

Elle laissa échapper un petit rire. Rien dans son attitude ne semblait indiquer les raisons pour lesquelles elle avait laissé à la fois un message joyeux et un autre presque haineux.

Andreas la contempla. Cette splendide jeune femme a beau avoir quitté son travail à la télévision pour trouver la paix dans les îles grecques, se dit-il, elle n'a pas encore appris la sérénité.

Le silence retomba sur la terrasse. Tous songeaient aux gens qu'ils avaient joints au téléphone. Comment rejoueraient-ils la scène si l'occasion leur en était donnée ?

Fiona aurait pu expliquer à ses parents que la vision de ces familles déchirées qui se rassemblaient sur le port lui avait donné une envie urgente de les entendre, qu'elle était désolée de leur infliger autant d'angoisse. Mais elle était une adulte et avait le droit de mener sa propre vie. Ça ne voulait pas dire qu'elle ne les aimait plus. C'est vrai, si elle leur avait parlé ainsi, sans doute auraient-ils été moins inquiets. Elle aurait dû évoquer ses projets, les assurer de son affection, affirmer qu'elle ferait son possible pour assister à leurs noces d'argent. Cela aurait assaini l'ambiance. Au moins pour un temps, en attendant la suite des évènements.

David se disait qu'il aurait mieux fait d'expliquer à son père que ses voyages lui avaient déjà beaucoup appris. Comment il découvrait le monde avec étonnement. Si seulement il lui avait précisé que la tragédie à laquelle il venait d'assister lui avait montré concrètement à quel point la vie était courte, imprévisible... Son père appréciait tellement les proverbes qu'il aurait pu en choisir un pour illustrer son propos. Peut-être : « Si tu aimes ton enfant, laisse-le voyager »... Il aurait ensuite ajouté qu'il n'avait encore rien planifié de précis mais que chaque jour passé ici l'enrichissait. Cela aurait pu marcher. Rien n'aurait pu être pire que le fossé immense qu'il était en train de creuser.

Thomas se rendait compte qu'il avait fait une erreur en appelant Shirley. La vérité est qu'il avait espéré discuter avec Bill. Il n'avait pas pu résister... Pourquoi n'avait-il pas plutôt joint sa mère ? Il l'aurait rassurée et chargée de prévenir son fils. Il lui aurait raconté qu'il avait parlé d'elle tout à l'heure avec de parfaits inconnus. Elle aurait été ravie de l'entendre.

Seule Elsa estimait n'avoir rien à rectifier. Elle avait dit exactement ce qu'il fallait. Ses deux amis savaient qu'elle était en Grèce, c'était l'essentiel. Ils ignoraient l'endroit précis et elle ne leur avait laissé aucun moyen d'entrer en contact avec elle. Elle avait pesé chacun de ses mots. Elle avait été assez vague et gentille avec Hannah, brève et froide avec l'autre. Il n'y avait rien à redire.

Brusquement, le téléphone se mit à sonner. Andreas tressaillit. C'était peut-être son frère Yorghis qui l'appelait du commissariat pour l'informer du nombre exact de victimes et de blessés. Mais ce n'était pas lui, c'était un homme s'exprimant en allemand. Il se prénommait Dieter et cherchait à joindre Elsa.

— Elle n'est pas là, répliqua Andreas. Ils sont tous descendus sur le port, il y a un instant. Pourquoi pensiez-vous la trouver ici ?

— C'est impossible qu'elle soit déjà partie, rétorqua l'étranger, elle m'a appelé d'ici, il y a à peine dix minutes. J'ai fait rechercher le numéro d'appel... Où séjournet-elle, s'il vous plaît ? Pardonnez-moi d'avoir l'air aussi pressant mais je dois vraiment le savoir.

— Je n'en ai aucune idée, Herr Dieter, vraiment aucune.

— Avec qui se trouvait-elle ?

— Un groupe de jeunes gens, ils quittent le village demain.

— Mais je dois lui parler.

— Je suis sincèrement désolé de ne pouvoir vous aider, Herr Dieter, ajouta Andreas avant de raccrocher.

Lorsqu'il fit volte-face, il aperçut Elsa, plantée dans l'encadrement de la porte. En l'entendant s'exprimer en allemand, elle avait quitté la terrasse.

— Pourquoi avez-vous fait ça, Andreas ? demanda-t-elle calmement.

— J'ai pensé exaucer votre souhait, mais si je me suis trompé... le téléphone est là. S'il vous plaît, prenez-le !

— Vous avez eu raison, absolument raison. Merci beaucoup. Vous avez bien fait de lui mentir. Ce soir, je ne me sens pas assez forte pour avoir une conversation avec lui.

— Je sais, murmura gentiment Andreas. Il y a des instants où l'on parle trop ou pas assez. Dans ces cas-là, il vaut mieux se taire.

Le téléphone retentit de nouveau.

— N'oubliez pas, vous ne savez pas où je suis, s'exclama Elsa.

— Ne vous inquiétez pas.

Cette fois, c'était Yorghis.

On dénombrait vingt-quatre morts. Vingt touristes et quatre habitants de Aghia Ana, dont le neveu de Manos, un enfant de huit ans, qui avait tenu fièrement à accompagner son oncle en mer. Ainsi que deux garçons du village, des jeunes mousses qui avaient la vie devant eux.

— Vous vivez des heures difficiles, lança Elsa à Andreas, d'une voix chargée d'émotion.

— Cela n'a pas l'air plus facile pour vous, répondit-il.

Ils restèrent assis en silence, chacun plongé dans ses pensées. C'était comme s'ils se connaissaient depuis toujours. Ils ne se parleraient que lorsqu'ils auraient quelque chose à dire. Finalement, Elsa prit la parole.

— Andreas ?

Elle jeta un coup d'œil furtif à l'extérieur : les autres discutaient et ne pouvaient les entendre.

— Oui ?

— Voudriez-vous me rendre un autre service ?

— Si c'est en mon pouvoir, oui, bien sûr.

— Écrivez à Adoni. Demandez-lui de revenir à Aghia Ana. Le plus vite possible. Dites-lui que trois jeunes hommes et un enfant de votre village sont morts et que vous voulez revoir le visage d'un disparu qui, lui, peut refaire surface.

Il eut un geste de dénégation.

— Non, mon amie, cela ne servira à rien.

— Dites plutôt que vous ne voulez pas essayer. Que craignez-vous ? Rien ne peut être pire que la situation présente. S'il refuse, ce ne sera pas la fin du monde, comparé à ce qui s'est passé aujourd'hui.

— Pourquoi cherchez-vous à influer sur la vie de gens que vous ne connaissez pas ?

Elle rejeta son visage en arrière et éclata de rire.

— Oh, je fais ça tout le temps ! Je suis une sorte de journaliste en croisade – enfin, c'est ce qu'ils disent au bureau. Mes amis, eux, se contentent de me faire remarquer que je me mêle de ce qui ne me regarde pas. Je me

Danse d'une nuit d'été

bagarre pour que les couples restent unis, que les enfants cessent de se droguer, que le dopage disparaisse ou que la planète reste propre. C'est ma nature. Je ne peux pas m'empêcher de m'impliquer dans l'existence des autres

— Vous obtenez ce que vous voulez ?

— Parfois, suffisamment pour que je continue.

— Pourtant vous êtes partie !

— Ce n'est pas à cause du travail.

Il baissa les yeux sur le téléphone.

— Oui, vous avez raison, affirma-t-elle avec un mouvement impérieux de la tête. C'est à cause de Dieter. C'est une longue histoire. Un jour, je vous raconterai tout.

— Ce n'est pas nécessaire.

— Si, étrangement, j'en ressens le besoin. Mais j'aimerais également que vous écriviez à Adoni à Chicago. Promettez-moi de le faire.

— Je n'ai jamais été très doué pour ce genre de choses.

— Je vous aiderai, proposa-t-elle.

— Réellement ?

— Je pourrais essayer de parler avec vos mots... Enfin si j'y arrive.

— J'aurais du mal moi aussi. Il paraissait triste. Parfois, j'ai l'impression de connaître les paroles qu'il a envie d'entendre... Dans ces instants-là, je me vois passer le bras autour de ses épaules et il m'appelle papa. À d'autres, je l'imagine tendu et glacial, incapable d'oublier le passé.

— Si nous lui écrivons, trouvons les mots pour qu'il vous appelle papa.

— Mais il devinera que la lettre ne vient pas de moi. Il sait que son vieux père est incapable de communiquer.

Danse d'une nuit d'été

— Les choses sont différentes aujourd'hui. Quand il apprendra par les journaux la tragédie survenue à Aghia Ana, il voudra avoir de vos nouvelles. Parfois, certains évènements sont plus importants que nous-mêmes ou que nos luttes mesquines.

— Est-ce la même chose pour vous et Dieter ?

— Non, c'est différent. (Elle soupira.) Mais vous êtes mon ami ; un jour, je vous expliquerai, je vous le promets.

À cet instant, ils entendirent les autres s'approcher. Thomas marchait en tête, visiblement porte-parole du groupe.

— Il est temps qu'on vous laisse dormir, Andreas, dit-il. La journée de demain sera très longue.

— Oui, ajouta David. Nous allons tous rentrer au village.

— Attendez que mon frère Yorghis arrive, répliqua le vieil homme. Il doit venir vous chercher en camionnette, je lui ai demandé de vous raccompagner. Le chemin est escarpé.

— Nous souhaitons également payer notre déjeuner, ajouta Thomas. Nous avons passé de très longues heures ici.

— Comme je l'ai expliqué à Yorghis, vous êtes mes amis et tous mes amis sont mes invités.

Il avait parlé d'un ton digne et tous le regardèrent avec émotion. Il était vieux, légèrement voûté, pauvre, et travaillait dur dans ce restaurant isolé. Aujourd'hui, à part eux, il n'avait eu aucun client. Comment insister pour régler l'addition sans l'insulter ? Fiona fit une tentative.

— Vous savez, Andreas, attaqua-t-elle, cela nous gênerait de partir sans vous donner quelque chose. Lorsqu'on est amis, on partage tout…

Danse d'une nuit d'été

Shane ne semblait pas de cet avis.

— Tu n'as pas entendu ? Il dit qu'il ne veut pas d'argent, grogna-t-il en considérant d'un œil incrédule ses compagnons de voyage.

Pourquoi ces gens ne supportaient-ils pas de manger et de boire gratuitement alors qu'ils en avaient l'occasion ?

À son tour, Elsa exprima son opinion. Elle avait un tel charisme qu'elle savait capturer l'attention d'un auditoire sans même le vouloir. Tout le monde se tut pour l'écouter. Ses yeux paraissaient humides.

— Et si nous faisions une collecte pour la famille de Manos, son petit neveu et tous ceux qui ont perdu la vie aujourd'hui ? Les villageois ont sûrement l'intention d'octroyer un fond d'entraide à leurs proches. Nous n'avons qu'à regrouper les sommes de nos consommations et de nos repas et les mettre dans une enveloppe sur laquelle on écrirait : « De la part des amis d'Andreas ».

Sans un mot, Fiona sortit une feuille de papier de son sac à main et tous firent glisser quelques euros sur une assiette. Bientôt, le bruit d'une fourgonnette qui gravissait la colline se fit entendre dans le silence de la nuit.

— Qui veut rédiger le message ? demanda Fiona.

Elsa s'en chargea d'une main ferme.

— J'aimerais pouvoir le faire en grec, avoua-t-elle à Andreas en le considérant d'un œil complice.

— Ne vous en faites pas – votre générosité est parfaite dans n'importe quelle langue, dit-il, visiblement ému. Je n'ai jamais été doué pour écrire quoi que ce soit.

— Les premiers mots sont les plus durs, insista-t-elle.

— Alors, je commencerai par « *Adoni Mou* », précisa-t-il en hâte.

Dans d'une nuit d'ete

— Vous avez presque fait la moitié du chemin, susurra Elsa en le serrant dans ses bras avant de grimper dans la camionnette.

Et tous descendirent de nouveau la colline afin de regagner le village. Bien que les étoiles fussent toujours aussi lumineuses dans le ciel, tout semblait avoir changé.

3.

Le trajet s'effectua en silence. Tandis que la petite camionnette cahotait sur les pentes desséchées, tous réfléchissaient aux heures qui venaient de s'écouler. Jamais ils ne les oublieraient. La journée avait été profondément chargée d'émotions. Et étrangement, ils en savaient presque trop sur leurs compagnons de voyage pour se sentir complètement à l'aise avec eux. Mais ils espéraient tous sincèrement revoir Andreas qui faisait chaque jour route vers ce qu'il appelait « la ville » pour faire ses provisions avec son triporteur doté d'une remorque.

Personne ne dormit bien cette nuit-là. Sous le ciel sombre et étouffant, ils ne cessèrent de se retourner dans leurs lits. C'était leur seul point commun. Le sommeil les fuyait. Les étoiles trop brillantes déversaient une lumière crue à travers les persiennes. On aurait dit des millions de têtes d'épingle.

Debout, sur la minuscule terrasse de sa résidence hôtelière, Elsa contemplait la mer. Ce complexe, baptisé « Studios-Appartements-Propriétés », appartenait à un jeune agent immobilier grec qui avait fait ses études en Floride. Il possédait six immeubles meublés, joliment décorés de tapis et de poteries colorées. Il y avait des étagères, un mobilier fonctionnel et des planchers en bois brut. Aucun balcon ne surplombait les autres. Malgré les tarifs pratiqués – bien au-dessus de ceux que pouvaient offrir les habitants de Aghia Ana –, les locations ne désemplissaient pas. Elsa avait lu une publicité dans un magazine touristique et n'avait pas été déçue.

Vue d'en haut, la Méditerranée paraissait innocente et paisible. Rassurante. Pourtant, aujourd'hui même, elle s'était révélée incapable d'éteindre des flammes et avait pris la vie de vingt-quatre personnes. Lorsqu'on était triste et seul, cela devait être tentant d'aller s'y réfugier, pour en finir. Bien sûr, c'était une folie. Il n'y avait rien de romantique dans l'idée de noyade. Il ne suffisait pas de fermer les yeux et de se laisser entraîner. On se débattait, on luttait pour reprendre son souffle, on paniquait... Elsa se demanda brusquement si elle avait été sincère dans son message à Dieter. Regrettait-elle vraiment de ne pas avoir trouvé la mort dans la tragédie ? Non, elle avait dit ça par bravade. Elle n'avait aucune envie de lutter contre des murailles d'eau. Cependant, c'était peut-être la solution, la seule pour échapper, une fois pour toutes, au chaos qui la poursuivait où qu'elle aille. Sachant qu'elle ne dormirait pas, elle alla chercher une chaise, s'assit sur le balcon et s'accouda à la petite balustrade en fer forgé, le regard fixé sur les reflets argentés miroitant sur la mer.

Comme toujours, il régnait une chaleur torride dans la chambre de David. Jusque-là, cela ne l'avait pas vraiment gêné, mais ce soir, c'était différent. Entourés d'amis et de voisins, ses logeurs pleuraient bruyamment la disparition brutale de leur fils qui appartenait à l'équipage de Manos. Devant leur chagrin, David s'était senti frappé de stupeur. Il leur avait serré la main brièvement et avait bégayé quelques mots inutiles. Qu'aurait-il pu dire qui ait un sens ? De toute façon, ils comprenaient péniblement l'anglais. Ils l'avaient considéré, les yeux écarquillés, comme si c'était la première fois qu'ils le voyaient. Lorsqu'il était parti se promener dans l'obscurité, ils l'avaient à peine remarqué. Leur détresse était trop grande.

Tout en marchant, David se demanda ce qui se serait passé s'il était mort sur le bateau.

Après tout, cela aurait pu arriver. C'était juste une question de chance, le destin avait simplement voulu qu'il choisisse un autre jour pour faire cette croisière. Ainsi, l'existence des êtres humains dépendait de choix très simples...

Comment auraient réagi ses parents à l'annonce de son décès ? Auraient-ils pleuré ? Son père aurait-il exprimé son désarroi ? Ou bien se serait-il contenté d'accepter la destinée, en proclamant que son fils avait été lui-même au-devant du malheur ?

Une bouffée d'anxiété serra David à la gorge. Les rues de Aghia Ana semblaient plongées dans la douleur. Il hésita à se rendre dans une taverne où les clients devaient parler de la tragédie. Peut-être y rencontrerait-il les gens avec lesquels il avait passé la journée ? L'idée de croiser cet horrible Shane ne le tentait pas, mais il serait ravi de revoir les autres... Fiona, par exemple. Il lui parlerait de l'Irlande, pays qu'il avait toujours rêvé de visiter. Il avait des millions de choses à lui dire. Il pourrait lui poser des questions sur son métier et lui demander si c'était gratifiant d'être infirmière. Est-ce qu'on éprouvait du plaisir

Danse d'une nuit d'été

quand les malades se rétablissaient ? Ces derniers étaient-ils reconnaissants des soins qu'on leur avait prodigués ? Comment étaient accueillis les Anglais en Irlande, qu'ils soient touristes ou expatriés ? Toujours avec hostilité ? Pouvait-on y apprendre des métiers artisanaux ? Des flots d'interrogations se bousculaient dans l'esprit de David. Depuis longtemps, il songeait à devenir potier. Cela le tentait de créer quelque chose de ses mains... Tout, plutôt que de chercher simplement à gagner de l'argent. Et s'il rencontrait Thomas ? Il l'interrogerait sur son travail d'écrivain, sur ses sources d'inspiration, sur les raisons qui l'avaient poussé à quitter son poste à l'université, sur son petit garçon... S'il osait, il lui demanderait s'il le voyait souvent...

David adorait écouter les gens, découvrir leur quotidien, les détails de leur existence. Voilà pourquoi il se sentait si inutile dans la société de courtage paternelle dans laquelle il était employé. Les clients éprouvaient toujours le besoin de lui expliquer comment ils dépensaient leur fortune alors que lui fantasmait sur leurs maisons, leurs foyers. Leurs histoires d'investissements et de rendement ne l'intéressaient pas. Souvent, il les mettait mal à l'aise en les questionnant sur leur chien, leur verger.

Alors qu'il tournait au coin d'une rue, il aperçut Elsa assise sur son balcon. Il faillit l'appeler, mais elle paraissait si sereine et détendue qu'il préféra s'abstenir. Elle n'avait sûrement pas besoin d'être importunée par un imbécile dans son genre.

Thomas avait loué pour deux semaines un petit appartement situé juste au-dessus d'une boutique artisanale. L'endroit appartenait à une femme excentrique prénom-

Danse d'une nuit d'été

mée Vonni. Âgée d'une petite cinquantaine d'années, elle était toujours affublée d'une jupe à dessins floraux et d'un chemisier noir. La première fois qu'il l'avait vue, Thomas avait été intrigué. Comment une créature d'apparence aussi miséreuse – en la voyant, on avait envie de lui donner un euro pour qu'elle s'offre à manger – pouvait-elle posséder ce splendide et luxueux loft, doté d'un mobilier de prix, de sculptures et de tableaux de valeur?

Bien qu'elle refusât de parler d'elle, Vonni était, comme il l'avait appris, d'origine irlandaise. Discrète et affable, elle était l'exemple même de la parfaite logeuse. Non seulement elle respectait son intimité mais elle se chargeait aussi d'apporter ses vêtements chez le teinturier et lui déposait parfois devant sa porte un panier rempli de grappes de raisin ou un bol d'olives.

— Où dormez-vous depuis mon arrivée? lui avait-il demandé quelques jours après leur première rencontre.

— Dans un appentis, avait-elle répliqué.

Thomas s'était demandé si c'était une plaisanterie ou le signe d'une légère forme de déficience mentale. Il ne lui avait plus posé de questions. Il était heureux chez elle. Certes, il aurait pu se contenter d'un endroit moins sophistiqué, mais il l'avait choisi parce qu'il possédait le téléphone. Il voulait que Bill puisse le joindre quand il le voudrait. Aux États-Unis, il avait longtemps hésité à acheter un portable puis y avait renoncé. Trop de gens en étaient l'esclave et puis, cela l'aurait dérangé au cours de son voyage. De toute façon, dans les lieux reculés, le réseau passait mal. Au fond, cela ne gênait personne qu'il dépensât son argent dans un appartement aussi luxueux. Son salaire de professeur était conséquent et il avait peu de besoins. En outre, la publication de ses derniers recueils de poésie commençait à lui rapporter un revenu appréciable.

 Cela faisait quelques semaines qu'il avait choisi de partir à l'étranger. Lorsqu'un magazine prestigieux lui avait proposé de sillonner la Méditerranée en échange de récits de voyage et d'articles, il avait sauté sur l'occasion. C'est d'ailleurs à cet instant qu'il avait compris à quel point il avait besoin de s'en aller. Il avait décidé de commencer par rédiger quelques lignes sur Aghia Ana, mais il était arrivé trop tard. Avec cette tragédie, le village serait dès le lendemain envahi par la presse internationale... Aghia Ana serait connue du monde entier.

 Au départ, après son divorce, il avait cru possible de rester dans la ville où il avait toujours vécu, de voir régulièrement son fils Bill et d'entretenir avec son ex-femme, Shirley, des relations civilisées. Après tout, il ne l'aimait plus et cela lui était facile d'être poli. Contrairement à de nombreux couples qui se séparent dans l'amertume et revisitent leurs rancœurs jour après jour, lui et Shirley avaient fait preuve de beaucoup d'objectivité. Leurs proches trouvaient cela admirable. Mais aujourd'hui, les choses étaient différentes.

 Shirley avait un nouveau compagnon, Andy, un vendeur de voitures qu'elle avait rencontré à son club de gym. Lorsqu'elle avait annoncé qu'elle allait se remarier, Thomas avait compris que sa présence dans les parages était devenue indésirable. Après lui avoir expliqué sa joie d'avoir enfin trouvé le grand amour, Shirley avait été jusqu'à lui souhaiter de refaire sa vie. Son ton paternaliste avait mis Thomas dans une rage folle. C'était comme si elle avait changé le mobilier de place sans lui demander son avis ; il avait trouvé cela détestable. Andy n'était pas vraiment un mauvais bougre, mais avait été trop prompt

Danse d'une nuit d'été

à emménager dans la maison que Thomas avait achetée pour sa femme et son fils.

— Ce sera beaucoup plus *facile* ainsi, avait précisé Shirley.

Bill s'était contenté de dire qu'il trouvait Andy « pas mal ». C'était exactement les mots adéquats. Andy n'était *pas mal*, mais c'était un obsédé du sport, pas du genre à aimer la lecture et à consoler Bill, le soir, avec un « Prends le livre de ton choix, on le lira ensemble ». Pour être franc, Andy s'en était rendu compte lui-même, alors il avait suggéré à Thomas de venir voir son petit garçon à la maison, le soir entre 17 et 19 heures quand il était à son cours de musculation. La proposition était raisonnable, sensée, intelligente même, mais elle avait encore davantage agacé Thomas. Il avait eu l'impression d'être repoussé, rejeté comme quantité négligeable. Il s'était mis à détester son ancienne demeure. À chacune de ses visites, la vue des flacons de vitamines et compléments alimentaires qui trônaient dans la cuisine et les salles de bains, des rameurs dans le garage, des magazines sur la santé et le sport sur la table basse, l'emplissait de rancœur. Finalement, quand l'occasion lui avait été donnée de partir, il l'avait saisie avec soulagement. Il resterait en contact avec son fils par téléphone, lettre ou email et éviterait ainsi tout motif de ressentiment. Il s'était convaincu que tout le monde y trouverait son compte. Durant les premières semaines, il s'était senti beaucoup plus serein. Le matin, au saut du lit, il était de meilleure humeur. Il n'était plus ni en colère, ni malade de jalousie en pensant au nouveau foyer de son fils. Son éloignement avait été bénéfique.

Mais les évènements de la journée avaient tout changé. Ce soir, il entendait les sanglots des familles endeuillées

Danse d'une nuit d'été

monter jusqu'à lui, de l'autre côté du port. Ses pensées tournoyaient dans son esprit comme des insectes en colère. Incapable de trouver le sommeil, il resta debout toute la nuit, arpentant furieusement l'appartement de Vonni. De temps à autre, il s'arrêtait et contemplait le poulailler niché au fond du jardin, sous la vigne vierge. À une ou deux reprises, il crut voir la tête ébouriffée de sa logeuse apparaître à l'une des fenêtres... mais il n'en était pas sûr. Peut-être ne s'agissait-il que d'une poule ?

Fiona ne dormait pas non plus. Elle était allongée dans un lit, au premier étage d'une modeste maison, située dans la périphérie de la ville, qui appartenait à une petite femme mince et anxieuse, baptisée Eleni, maman de trois petits garçons. Apparemment, elle n'avait pas de mari. Shane et Fiona avaient déniché cette adresse en faisant du porte-à-porte. Shane s'était montré intransigeant. Refusant l'idée de dépenser des sommes folles à seule fin de trouver un lieu où dormir, il avait choisi le gîte le moins cher. Habituellement, Eleni n'accueillait pas de touristes, mais elle s'était laissé convaincre par une poignée d'euros.

Shane dormait à poings fermés, étalé de tout son long sur une chaise ; il était bien le seul à parvenir à se détendre. Les pensées de Fiona tournoyaient dans sa tête. Elle n'arrêtait pas de songer aux paroles qu'avait prononcées Shane tout à l'heure. À l'improviste, alors qu'elle avait cru qu'ils pourraient s'établir quelque temps à Aghia Ana, il lui avait annoncé qu'ils partiraient le lendemain. Pourtant, ce n'était pas ce qu'ils avaient décidé au départ.

Danse d'une nuit d'été

— On ne peut pas rester, avait asséné Shane. Après cette histoire, ça va devenir craignos ici. On prendra le bateau pour Athènes demain.

— Mais c'est immense, avait-elle protesté. Il y fera beaucoup trop chaud.

— J'ai quelqu'un à voir là-bas, un mec avec qui j'ai rendez-vous.

Jusque-là, Shane ne lui avait pas touché mot de cette histoire. Jamais il n'avait mentionné l'idée d'un quelconque séjour à Athènes, mais Fiona savait d'expérience qu'il n'était pas prudent de l'énerver avec ce genre de détail trivial. De toute façon, peu importait le lieu où ils se trouvaient, tant qu'ils étaient ensemble. Son seul regret était de ne pouvoir assister aux obsèques de Manos, ce beau Grec sexy qui lui avait, un jour, pincé les fesses en la qualifiant d'*orea*, c'est-à-dire de petite merveille.

L'homme n'était pas raisonnable, mais avait bon caractère et aimait la vie. Pour lui, toutes les femmes étaient des *orea* ; il buvait le vin au goulot, se laissait prendre en photo par les touristes du monde entier et dansait le sirtaki aussi bien que Zorba devant un auditoire conquis. Il n'y avait en lui aucune méchanceté et il ne méritait pas de mourir avec son petit neveu, ses collègues de travail et ces dizaines d'étrangers venus profiter du soleil méditerranéen. De plus, Fiona aurait bien aimé revoir les gens avec lesquels elle avait passé la journée : Andreas, le vieil homme gentil et généreux, Thomas, le professeur d'université, empli de sagesse et de compassion, et David, le timide David, si introverti, qu'elle aurait pu aider à sortir de sa réserve.

Quant à Elsa… Fiona lui vouait une grande admiration. Elle n'avait jamais rencontré quelqu'un qui fût capable de dire exactement ce qu'il fallait, quand il le fal-

Danse d'une nuit d'été

lait. Pourtant la jeune femme n'avait pas l'air heureuse. Elle ne portait pas d'alliance bien qu'elle eût près de trente ans. Fiona se demanda à qui elle avait téléphoné en Allemagne.

Shane dormait profondément. Fiona l'examina du coin de l'œil. Elle regrettait qu'il ait sorti son haschisch devant tout le monde, tout à l'heure. Et pourquoi s'était-il encore montré si irritable et agressif ? Sans doute parce qu'il est malheureux, se dit-elle, attendrie. Jusqu'à leur rencontre, il avait reçu si peu d'amour. Elle seule savait comment toucher son cœur et l'atteindre au plus profond de lui-même...

Elle soupira. La chambre était surchauffée, trop exiguë. Pourquoi ne s'étaient-ils pas installés dans un endroit plus agréable ? Shane aurait peut-être accepté de rester plus longtemps...

*
* *

Andreas passa toute la nuit à écrire. Tandis que les étoiles scintillaient au-dessus de la baie, il rédigea plusieurs versions avant de décider finalement que la dernière était la meilleure. Au petit matin, son courrier était prêt et, quand le soleil se leva, il grimpa sur son triporteur et descendit en ville poster l'unique lettre qu'en neuf ans il avait écrite à son fils, émigré à Chicago.

Quand le jour se leva sur le village de Aghia Ana, le téléphone sonna dans le petit appartement luxueux de Vonni. C'était Bill, le fils de Thomas.

— Comment ça va, papa ?

Danse d'une nuit d'été

— Très bien, fiston. C'est gentil de m'appeler. C'est ta maman qui t'a donné mon numéro ?
— Elle l'a affiché sur le tableau de la cuisine. Je n'ai pas pu le faire avant parce qu'elle dit que chez toi, c'est la nuit. Mais Andy m'a conseillé d'essayer quand même.
— Remercie-le de ma part.
— D'accord, papa. Quand on a vu l'incendie à la télévision, il m'a montré sur une carte l'endroit où tu te trouves. Ça a dû être effrayant...
— C'était surtout triste.
— Tu es drôlement loin de la maison, papa.

Thomas mourait d'envie de serrer son fils dans ses bras, d'être près de lui. Il souffrait véritablement, mais il devait s'efforcer de rester gai. Sinon, à quoi tout cela aurait-il servi ?

— Rien n'est vraiment éloigné de nos jours. Surtout avec les moyens de communication actuels. Tu entends ma voix ? Je pourrais être dans la pièce à côté !
— Ouais, je sais, en plus, tu as toujours aimé voyager, acquiesça l'enfant.
— Oui et tu m'imiteras un jour.
— Bien sûr. Au fait, j'ai appelé mamie pour lui dire que tu allais bien. Elle veut que tu prennes soin de toi et...
— Ne t'inquiète pas, Bill, je le fais. Crois-moi.
— Je dois raccrocher maintenant, papa. Au revoir.

La voix de Bill s'était tue, mais le soleil s'était levé et la journée s'annonçait magnifique. Pour la première fois depuis bien longtemps, Thomas se sentit vivant. Son fils avait téléphoné ! Tout allait s'arranger.

Danse d'une nuit d'été

Quand le jour se leva sur le village de Aghia Ana, Fiona se dirigea vers la salle de bains. Là, elle prit conscience que ses règles avaient six jours de retard.

À l'aube, Elsa descendit à pied vers le port. L'église avait été transformée en morgue et les rues étaient envahies d'une foule silencieuse. Alors qu'elle tournait au coin d'une rue, elle aperçut, horrifiée, une équipe de télévision allemande qui prenait des images de l'épave encore fumante qu'on avait remorquée près de la jetée. En un clin d'œil, elle reconnut le cameraman et le preneur de son. Il s'agissait de ses anciens collègues. Prudemment, elle se retrancha dans un café et scruta les abords de la place, le cœur battant. Si ces hommes la voyaient, ils préviendraient Dieter immédiatement et ce dernier arriverait sans attendre. Autour d'elle, il n'y avait que des vieillards qui jouaient au backgammon – ils ne pouvaient lui être d'aucun secours. C'est alors qu'à une table elle avisa David, le jeune garçon inquiet qu'elle avait rencontré la veille. Celui qui affirmait ne jamais faire plaisir à son père.

— David, s'écria-t-elle.

Il parut enchanté de la voir.

— Pouvez-vous aller me chercher un taxi, enchaîna Elsa d'un ton pressant, et lui demander de m'attendre devant la porte ? Je ne peux pas sortir. Il y a des gens que je ne tiens pas à voir. Pourriez-vous me rendre ce service, s'il vous plaît ?

Il parut alarmé de la voir si différente de la veille, si peu assurée. Mais, grâce au ciel, il réagit immédiatement.

Danse d'une nuit d'été

— Quelle destination dois-je lui indiquer ? demanda-t-il.

— Où comptiez-vous aller vous-même, aujourd'hui ? s'enquit-elle en hâte.

— Je pensais visiter un temple, à environ cinquante kilomètres d'ici. Il y a un village d'artisans à proximité. Ça s'appelle Tri... Tri... quelque chose. C'est au bord d'une petite baie. Je comptais m'y rendre en car.

— Nous irons en taxi, décréta-t-elle fermement.

— Non, Elsa, en bus. Ça va vous coûter une fortune, croyez-moi, protesta-t-il.

— Mais je suis riche à millions, rétorqua-t-elle en lui tendant une liasse de billets. S'il vous plaît, ayez du cran, agissez pour une fois...

Elle vit son visage s'allonger. Pourquoi lui avait-elle parlé aussi durement et avec autant de cruauté ? Elle donnait l'impression de le prendre pour une mauviette.

— Je reconnais que c'est fou de demander ça à quelqu'un que l'on connaît à peine, corrigea-t-elle doucement, mais j'ai besoin de votre aide, je vous en supplie. Je vous raconterai toute l'histoire quand nous serons là-bas. Je n'ai pas commis de crime ou de délit, mais j'ai des problèmes... Si vous refusez de m'aider, sincèrement, je ne sais pas ce que je vais faire...

Ses paroles revêtaient une intensité irrésistible, la même que celle qu'elle montrait devant les caméras. C'était comme si elle parlait du fond du cœur.

— Il y a une station devant la place. Je reviens dans cinq minutes, lança David.

Soulagée, Elsa s'assit dans le café obscur. Peu lui importait les regards braqués sur elle. Elle était à cent lieues de songer aux multiples interrogations que sa pré-

Danse d'une nuit d'été

sence soulevait parmi la clientèle du bar. Tous se demandaient qui était cette grande déesse blonde qui avait offert à ce jeune homme nerveux à lunettes ce qui ressemblait à des années de salaire et qui attendait maintenant, nerveusement, la tête entre les mains.

4.

Fiona attendit longtemps que Shane se réveille. Il était affalé sur la chaise, bouche ouverte, des mèches de cheveux moites collées sur le front. Endormi, il paraissait si vulnérable. Elle mourait d'envie de lui caresser le visage mais n'osait pas le déranger. La chambre était exiguë et il y régnait une chaleur insupportable. Des vêtements appartenant à la propriétaire s'entassaient à même le sol et une odeur âcre de naphtaline flottait dans l'air.

Fiona entendit Eleni qui appelait ses trois fils à l'étage en dessous. Ses yeux rougis attestaient de son chagrin; les voisins entraient et sortaient, commentant sans fin l'accident. Fiona avait peur de les déranger en descendant au rez-de-chaussée. De toute façon, elle attendait que Shane soit prêt à partir.

Quand ce dernier ouvrit les yeux, il était d'une mauvaise humeur manifeste.

— Pourquoi m'as-tu laissé dormir sur cette chaise? grogna-t-il en se frottant le cou. Je me sens aussi raide qu'une planche de contreplaqué.

— Va nager un peu, tu te sentiras mieux, hasarda-t-elle.

— C'est facile pour toi – tu as accaparé tout le lit, grommela-t-il.

Ce n'était pas le moment de lui expliquer qu'elle avait passé une partie de la nuit, debout, à penser à ce pauvre Manos dont le corps gisait dans une chapelle ardente, à côté de celui de son neveu et des autres malheureuses victimes. Et sûrement pas le moment non plus de lui annoncer qu'elle était probablement enceinte. Il valait mieux attendre qu'il fût pleinement réveillé et qu'il ait oublié son épaule douloureuse. De plus, ils partaient aujourd'hui pour Athènes, il l'avait dit.

— Veux-tu qu'on fasse les valises avant de prendre le petit déjeuner? demanda-t-elle.

— *Les valises*? répéta-t-il, ahuri.

Qui sait, peut-être avait-il oublié son projet?

— Ne fais pas attention. La plupart du temps, je ne sais pas où j'en suis, rétorqua-t-elle avec un rire qui sonnait faux.

— Ça, tu as raison ... Bon, je vais me recoucher un moment. Profites-en pour aller nous chercher deux cafés. OK?

— Le bar est trop loin, le temps que je revienne, ils seront froids.

— Oh, Fiona, ne commence pas! Descends voir Eleni. Tu peux bien lui en demander deux malheureuses tasses. En plus, tu es très douée pour balancer des *mercis* et des *s'il vous plaît*. Elle adore ça.

Tout le monde adore ça, pensa Fiona mais elle préféra se taire.

— Dors encore une heure ou deux, se contenta-t-elle de répondre mais il ne l'entendit pas car il s'était déjà rendormi.

Danse d'une nuit d'été

Elle longea la plage jusqu'à la ville, ses pieds nus foulant le sable chaud au bord du rivage. L'eau lui chatouillait les orteils, c'était une sensation agréable. Elle ne parvenait pas à croire à ce qui lui arrivait. Elle, Fiona Ryan, l'élément le plus sensé de sa famille, l'infirmière la plus fiable de l'hôpital, avait abandonné son travail pour s'enfuir avec Shane que tout le monde détestait.

Et voilà qu'elle était sans doute enceinte.

Tout le monde avait rejeté Shane : sa mère, toutes ses amies, y compris Barbara, sa meilleure amie depuis l'âge de six ans, ses sœurs et ses collègues. Mais que savaient-elles au fond ? Les sentiments n'étaient jamais simples. Les grandes passions romanesques qu'on lisait dans les livres étaient là pour en témoigner. Il ne suffisait pas de rencontrer un homme convenable, doté d'un bon métier et capable d'économiser de quoi s'offrir un crédit immobilier pour en tomber amoureuse. Ça, ce n'était pas de l'amour, c'était un compromis. Elle songea à sa probable grossesse et son cœur fit un bond dans sa poitrine. À une ou deux reprises, récemment, ils n'avaient pas pris de précautions. Ce n'était pourtant pas la première fois, et il ne s'était rien passé. Elle tâta son ventre encore plat. Était-ce possible qu'au creux de son corps soit déjà nichée une minuscule cellule qui donnerait demain un enfant ? Un enfant qui ressemblerait à elle et à Shane ? Cette pensée était excitante.

Au loin, sur la plage, elle aperçut brusquement Thomas, le charmant Américain avec son étrange bermuda et son tee-shirt trop long.

— Vous avez l'air très heureuse ! lui cria-t-il de loin.
— C'est vrai.

Elle préféra garder pour elle les raisons de sa joie et les projets qui emplissaient son esprit. Comme ce serait doux de vivre ici à Aghia Ana, d'y élever son bébé. Shane travaillerait sur un bateau de pêche ou dans un restaurant tandis qu'elle donnerait un coup de main au docteur du village, peut-être comme sage-femme. C'étaient des rêves d'avenir, des rêves merveilleux dont elle discuterait avec Shane quand ce dernier aurait bu son café. Elle avait hâte de lui raconter tout cela.

— Mon fils m'a téléphoné des États-Unis. Nous avons parlé longuement.

Thomas ne pouvait s'empêcher de partager les bonnes nouvelles qu'il avait reçues.

— J'en suis ravie, s'exclama Fiona.

Décidément, cet homme ne semblait se soucier que d'une chose : d'un petit garçon nommé Bill dont il promenait les photos avec lui, un gamin semblable aux autres avec des cheveux blonds et un large sourire plein de dents. Mais pour Thomas, c'était l'être le plus unique, le plus important au monde. C'était ainsi que réagissaient tous les parents. Elle émergea de sa rêverie.

— J'étais sûre qu'il vous appellerait. Je l'ai senti hier soir quand vous nous parliez de lui.

— Laissez-moi vous offrir un café pour fêter l'événement, proposa-t-il.

Aussitôt, ils se dirigèrent vers une petite taverne située près de la plage. Comme la veille, ils n'eurent aucun mal à trouver des sujets de conversation. Ils discutèrent de la tragédie qui frappait Aghia Ana, de leurs difficultés respective à trouver le sommeil. Tous deux avaient du mal à croire que les gens qui avaient commencé leur journée d'hier au comptoir d'un bar puissent être aujourd'hui allongés, morts, dans une église.

Fiona expliqua à Thomas qu'elle était descendue en ville pour acheter du pain et du miel pour le petit

Danse d'une nuit d'été

déjeuner. Elle pensait d'ailleurs en offrir à sa logeuse en échange d'une tasse de café pour Shane.

— Nous devions rejoindre Athènes ce matin, mais je crois qu'il est trop fatigué, renchérit-elle. Au fond, j'en suis plutôt contente. J'aime cet endroit et j'ai l'intention d'y rester.

— Moi aussi. J'ai l'intention d'aller faire un tour dans les collines et d'assister aux obsèques. Je ne sais pas pourquoi mais cela me paraît important.

Elle le considéra avec intérêt.

— Moi également. Ce n'est pas par voyeurisme macabre, c'est juste que j'avais envie de faire partie de...

— *Avais* envie ? Ça veut dire que vous ne restez pas ?

— Eh bien... Je ne connais pas la date et comme je vous l'ai dit, Shane doit partir pour Athènes.

— Mais si vous y tenez...

Sa voix se lézarda.

Fiona croisa son regard. Tous ceux qui rencontraient Shane finissaient par avoir le même. Elle se leva.

— Merci pour le café. Je dois rentrer maintenant.

Il parut déçu par sa décision et elle regretta de devoir s'en aller. Elle aurait volontiers poursuivi sa discussion avec un homme aussi agréable et gentil, mais si Shane se réveillait avant son retour, il serait sûrement furieux.

— Thomas, dit-elle, j'aimerais vous donner de l'argent pour acheter des fleurs au cas où... Je pense que tout le monde va en apporter.

Il leva une main impérieuse. Elle n'avait pas beaucoup d'argent, c'était visible.

— Je les achèterai et je ferai inscrire : « Reposez en paix » de la part de Fiona l'Irlandaise.

— Merci, et si vous voyez les autres, David et Elsa...

Danse d'une nuit d'été

— Je leur expliquerai que vous avez dû partir pour Athènes et je leur transmettrai votre bon souvenir, conclut-il doucement.

— Ils étaient adorables, c'était un plaisir de vous rencontrer... Je me demande où ils sont à l'heure actuelle ?

— Je les ai aperçus qui quittaient le village en taxi tous les deux, ce matin. Mais c'est une île minuscule, je les reverrai sans doute.

Quand Fiona s'éloigna, Thomas la suivit des yeux. En la voyant entrer à l'épicerie pour acheter un gros pain moelleux ainsi qu'un petit pot de miel, il soupira. Et dire qu'elle faisait tout cela pour cet égoïste de Shane. Il avait beau être professeur, poète, écrivain, il ne comprenait rien aux choses de la vie et de l'amour. Pourquoi Shirley, qui le trouvait froid et distant, avait-elle vu en cet abruti d'Andy un compagnon délicieux ? De la même façon, les conversations entendues la veille à la taverne lui avaient paru incompréhensibles. Pourquoi le père de David qui aurait dû se montrer si fier et heureux d'avoir un tel fils l'enserrait-il dans un étau de mots blessants ? Pourquoi Elsa, cette jeune et séduisante Allemande, s'était-elle enfuie de son pays, visiblement le cœur chaviré ? Jamais je ne parviendrai à saisir, se dit-il résigné. Autant renoncer. Alors qu'il levait les yeux, il aperçut Vonni qui traversait la rue.

— *Yassu*, Thomas, s'écria-t-elle.

— *Yassu*. Que dites-vous de cette tragédie ? J'imagine que vous connaissiez Manos ?

— Oui, je l'ai vu naître et grandir. Il a toujours été imprévisible. Enfant, comme il volait des légumes dans mon jardin, je l'avais embauché pour qu'il y travaille. Il s'est tenu à carreau après, raconta-t-elle, visiblement émue par ce souvenir.

Danse d'une nuit d'été

Thomas mourait d'envie de lui parler, de lui demander les raisons de sa venue sur cette île – mais il y avait quelque chose en elle qui décourageait toute familiarité. Elle se dérobait sans cesse et se réfugiait dans l'humour pour masquer sa fuite.

— Maintenant, il va devoir gérer ça avec Dieu, mais le connaissant, je suis sûre qu'il l'aura par la séduction, conclut-elle avant de hausser les épaules et de s'éloigner.

Thomas comprit qu'elle n'avait pas envie d'en dire plus. Il la vit descendre la rue en direction de la boutique d'artisanat tout en s'arrêtant pour serrer la main à quelques passants. Elle paraissait à l'aise, intégrée à ce village rural. Il se demanda si elle ouvrirait son échoppe un jour pareil. Les clients risquaient de se faire rares.

Jusqu'à ce qu'ils soient sortis de la ville, Elsa resta recroquevillée sur la banquette arrière, un foulard recouvrant sa tête. Enfin, elle se redressa. Ses traits étaient tirés et pâles.

— Et si je vous parlais de l'endroit où nous allons ? proposa David.

— Merci, c'est une bonne idée.

Elle s'adossa contre le siège et ferma les yeux. D'après les explications de David, ils se rendaient sur l'emplacement d'un chantier de fouilles archéologiques. Un petit temple y avait été mis au jour mais faute d'argent était resté dans un état sommaire. Personne ne savait vraiment de quand il datait, mais tout le monde s'entendait pour dire qu'il valait le détour. Depuis quelques années, des boutiques d'artisans avaient fleuri autour du site.

Aujourd'hui, des orfèvres et des potiers s'y installaient des quatre coins du monde et vendaient leurs productions aux villages alentour. Tout en parlant, David regarda Elsa. Son visage se détendait peu à peu. Apparemment, elle ne souhaitait pas dire ce qui l'avait effrayée. Préférant ne pas l'importuner, il continua à bavarder.

— Je vous ennuie ? demanda-t-il soudain.

— Non. Pourquoi pensez-vous une chose pareille ? Vous êtes très reposant.

David eut l'air soulagé.

— Je barbe souvent les gens, avoua-t-il avec franchise.

Ce n'était pas de l'apitoiement ou de la fausse modestie. Il semblait énoncer un fait, c'est tout.

— Cela m'étonne. Je vous trouve très *pacifique*... Est-ce le terme exact ? Ou dit-on plutôt paisible ?

— J'aime bien le mot *pacifique*.

Elle lui tapota la main et ils restèrent silencieux un instant. Le taxi roulait dans une zone pelée, encadrée de hautes collines sur lesquelles gambadaient des troupeaux de chèvres et d'une falaise surplombant une mer au bleu éblouissant. L'eau limpide paraissait si calme – si tentatrice – qu'on avait du mal à croire qu'elle ait pu s'emparer d'autant de vies.

— Quand auront lieu les funérailles ? s'enquit soudain Elsa auprès du chauffeur.

— *Avrio* ? répondit ce dernier en grec.

Bien qu'il eût compris la question, il ne savait y répondre en allemand.

— *Avrio*, répéta-t-elle.

— Ça veut dire demain, expliqua David. Oh, je ne connais que cinquante mots.

Danse d'une nuit d'été

— Ne vous excusez pas ! C'est toujours quarante-cinq de plus que moi, plaisanta Elsa, visiblement égayée. *Efharisto*, David mon ami, *efharisto*.

Et ils poursuivirent leur voyage sur la route poussiéreuse. Effectivement, ils étaient devenus amis.

Shane se sentit nettement mieux après avoir avalé son café et une tartine de miel. Il expliqua à Fiona qu'ils passeraient encore une journée dans cet endroit de fous et partiraient pour Athènes le lendemain. Il y avait des ferries toutes les deux heures, ce n'était pas difficile. Lui, ce qu'il voulait, c'était de l'animation.

— Je ne pense pas que je trouverai ça ici – le village grouille de journalistes, d'enquêteurs et de responsables politiques. L'enterrement a lieu demain, ce sont les gens d'en bas qui me l'ont dit.

Fiona mourait d'envie de lui demander l'autorisation d'y assister, mais elle avait tant de choses à lui raconter qu'elle estima pouvoir attendre un peu.

— J'ai aperçu un charmant petit restaurant sur un promontoire. On y sert du poisson grillé, pêché à la demande. Ça te dirait d'y aller ?

Il haussa les épaules.

— Pourquoi pas ? Le vin y sera probablement moins cher que sur le port. Partons immédiatement ! Mais je t'en prie, ne passe pas ton temps à essayer d'expliquer à Eleni : « Nous partir, vous rester » !

Fiona accepta la boutade avec décontraction.

— Je ne pense pas être aussi nulle que ça. Je veux simplement la remercier pour sa gentillesse et lui exprimer ma compassion.

Danse d'une nuit d'été

— Cet accident n'est pas de *ta* faute, pour l'amour du ciel, râla Shane.

Il était de toute évidence dans une humeur bagarreuse.

— Non, bien sûr, mais la politesse ne fait pas de mal.

— On la paie très correctement, grogna-t-il.

Fiona était convaincue du contraire – c'était parce qu'Eleni était pauvre qu'elle avait accepté de louer sa chambre. Mais inutile de se disputer avec Shane sur ce point.

— Tu as raison ! dit-elle. Filons avant qu'il fasse trop chaud.

Après avoir descendu l'escalier aux planches usées par les années, ils traversèrent la cuisine où s'étaient regroupés la famille et les voisins. Tous étaient assis, inertes et muets de stupéfaction devant le drame qui frappait leur village. Fiona aurait aimé s'arrêter, s'asseoir en leur compagnie afin de les consoler avec deux ou trois mots qu'elle avait entendus ici ou là : *Tipota* ou *dhen Pïrazzi*. Mais elle savait que Shane avait hâte de boire sa première bière de la journée. En outre, ils avaient beaucoup de choses à discuter, ce n'était pas la peine de s'attarder. Il était bientôt midi et la chaleur devenait accablante. Ils seraient mieux sur la plage.

Thomas décida finalement de renoncer à son excursion dans les collines. Il faisait beaucoup trop chaud et le soleil était déjà à son zénith. Il jeta un coup d'œil dans la boutique de Vonni. Comme il l'avait deviné, elle était fermée. Une pancarte à liséré noir était posée dans la vitrine. Même si Thomas ne savait pas lire le grec, il savait

Danse d'une nuit d'été

ce que signifiaient les quelques lignes inscrites dessus. Cela disait : « Fermé pour cause de deuil. »

Vonni était endormie sur une chaise. Son visage était ridé et fatigué. Thomas se demanda où elle passait réellement ses nuits. Était-ce possible qu'elle ait élu domicile dans le poulailler alors qu'il y avait une chambre de libre dans l'appartement ? Il n'osait pas lui poser la question.

Les rues du village étaient désertes et la plupart des magasins avaient tiré leurs rideaux. Pourtant l'endroit n'avait rien perdu de son charme. En vérité, Thomas n'avait aucune envie de s'éloigner de cette petite ville assommée par le chagrin. Il décida de longer la côte et d'aller déjeuner dans le restaurant qu'il avait repéré, la semaine d'avant, sur le promontoire. Le paysage était magnifique et il se souvenait encore de la délicieuse odeur de poissons grillés qui s'en échappait. Il y aurait bien là-bas quelques parasols pour le protéger du soleil. La brise de mer le rafraîchirait. Oui, c'était l'endroit idéal où passer la journée.

Le taxi d'Elsa et David fit halte sur la place de Kalatriada.

— Où voulez-vous que je vous dépose ? demanda le chauffeur.

— Ici, c'est parfait, répondit Elsa en le gratifiant d'un large pourboire.

Elle jeta un coup d'œil circulaire. Le village n'avait rien de touristique. C'était un site encore ignoré des promoteurs, qui avait su préserver son authenticité. La mer était située en contrebas. On y descendait par un petit sentier escarpé. Quelques cafés et restaurants, encadrés par des échoppes de potiers, constituaient le cœur de la petite ville.

— Je suis sûre que tu meurs d'envie de voir le temple, dit Elsa à David. En tout cas, tu m'as déniché une excellente cachette.

— Je ne suis pas pressé, répondit David. Je peux m'asseoir avec toi, un instant.

— Je reconnais que je serais ravie de boire un café, surtout après tous ces virages. Sincèrement, cet endroit est formidable, enfin je respire ! Tu es vraiment mon héros, tu sais.

— Oh, comme tu y vas ! gloussa David. Je n'ai pas vraiment la tête de l'emploi, j'en ai peur.

— N'essaie pas de me dire que tu joues d'habitude le rôle du méchant ?

— Non, pas à ce point-là. Plutôt celui du bouffon.

— Je n'en crois pas un mot.

— C'est parce que tu ne me connais pas. Quoique je fasse, je gâche tout autour de moi.

— Mais non ! Tu es en conflit avec ton père, c'est différent. Ce n'est pas un crime. La moitié des hommes est dans la même situation.

— Je n'ai jamais été à la hauteur. Honnêtement, je ne suis pas le fils qu'il lui fallait. Avec un autre, ça aurait marché. Je n'ai jamais voulu posséder de société prospère, de position dans le monde, de foyer confortable. Tout cela me pèse et je m'y sens prisonnier. Voilà pourquoi il me méprise.

— Et si on s'asseyait là ? coupa Elsa en indiquant le bar le plus proche.

David commanda aussitôt deux *metrio*s (des cafés sucrés) qu'ils sirotèrent en silence.

Danse d'une nuit d'été

— Moi, je n'ai pas connu mon père, David, reprit Elsa. Il nous a quittés quand j'étais petite mais j'ai eu de violentes querelles avec ma mère.

— C'est probablement plus sain. Chez moi, il n'y a jamais aucun cri, juste des soupirs et des haussements d'épaules.

— Les mots peuvent faire du mal. J'ai lancé tellement de choses à la tête de maman, tellement de critiques que je le regrette. Ah, si je pouvais remonter en arrière... toutes les filles disent ça après coup...

— Pourquoi vous disputiez-vous ?

— Je ne sais pas. Pour tout et n'importe quoi. Je croyais avoir raison et elle aussi. Je trouvais ses vêtements affreux, ses amies idiotes... C'était de la destruction systématique, si tu vois ce que je veux dire.

— Non, à la maison, on ne parle pas.

— Si tu pouvais tout recommencer, que ferais-tu ?

— La même chose, sûrement. Je gâcherais encore tout.

— Quel défaitisme ! Tu es jeune, plus jeune que moi. Tes parents sont encore en vie, tu as le temps.

— Ne me culpabilise pas, je t'en prie !

— Non, bien sûr, mais j'ai envie de te faire partager mon expérience. Moi, je ne peux plus rien arranger. Ma mère est morte.

— De quelle façon ?

— Dans un accident de voiture avec une de ses amies stupides...

David se pencha et lui tapota la main.

— Elle n'a sûrement pas eu le temps de se voir mourir...

— Tu es vraiment un gentil garçon, bredouilla Elsa d'une voix tremblante. Allez, finis ton café et allons explorer Kalatriada. Au déjeuner, je te raconterai mes problèmes et tu me donneras des conseils.

— Tu n'es pas obligée.

— Ah, David *le pacifique*, murmura Elsa dans un sourire.

— Où est cet endroit génial dont tu parlais ? grogna Shane.

Son attention fut attirée par un petit café d'où s'échappaient des éclats de rire et les accents d'une musique endiablée.

— Et si on s'arrêtait là ?

— Non, c'est beaucoup trop cher. C'est un bar à touristes, répliqua fermement Fiona.

Ce n'était pas le genre de lieu où l'on pouvait discuter calmement de nouvelles importantes. Pour une fois, Fiona savait ce qu'elle voulait et ne s'en laisserait pas conter. Convaincu par son argument, Shane ne répondit pas et la suivit, la mine boudeuse.

*
* *

Andreas discutait avec son frère au poste de police. Le bureau de Yorghis croulait sous les rapports de l'accident et son téléphone n'arrêtait pas de sonner. Profitant d'une accalmie, Andreas prit la parole :

— J'ai écrit à Adoni aujourd'hui, dit-il.

— Parfait, parfait, répondit Yorghis après un silence.

— Je ne me suis pas excusé…

— Non, bien sûr que non.

— … Parce que je n'ai rien fait, en fait…

Danse d'une nuit d'été

— Je sais, je sais.

Yorghis ne chercha pas à en savoir davantage. Il connaissait la raison pour laquelle Andreas s'était enfin décidé à contacter son fils. La mort de Manos et des malheureux touristes lui avait fait prendre conscience à quel point la vie était courte. C'est tout.

Thomas contourna les équipes de télévision et les photographes rassemblés sur la place près du port. C'est un métier comme un autre, pensa-t-il, mais on dirait vraiment une nuée d'insectes. Ils ne se regroupent que sur les lieux des drames, jamais là où les gens profitent de la vie. Ses pensées dérivèrent sur Elsa. C'était une séduisante jeune fille qui s'était montrée très critique envers sa profession. Où s'était-elle rendue aujourd'hui en taxi ? Connaissait-elle les journalistes d'outre-Rhin qui avaient envahi Aghia Ana ? La Grèce était une destination prisée par les Allemands et, aux dernières nouvelles, deux de leurs touristes avaient péri sur le bateau de Manos. Thomas examina attentivement les alentours, mais Elsa n'était pas là. Elle n'avait pas encore dû rentrer de son excursion. Alors, il se dirigea vers le restaurant du promontoire.

Après avoir déboursé cinquante centimes d'euro en échange d'un ticket de vestiaire et d'une brochure touristique mal rédigée, David et Elsa flânèrent quelques minutes au milieu des ruines du temple. Ils étaient les seuls touristes.

— Que dirais-tu d'un bon déjeuner ? s'écria soudain Elsa.

Danse d'une nuit d'été

— Ça me va très bien. Regarde, le serveur de tout à l'heure nous fait signe... On peut y retourner si ça te convient ?

— Je n'ai rien contre mais j'aurais préféré un endroit plus élégant, d'autant que j'ai un autre service à te demander...

— Tu n'es pas obligée de m'acheter pour ça. De toute façon, je ne pense pas qu'il y ait de restaurant chic à Kalatriada.

Le patron du café accourut à leur rencontre, visiblement enchanté de les revoir.

— Je savais que vous reviendriez, *Lady*, s'exclama-t-il, le visage rayonnant avant de leur apporter un assortiment d'olives et de cubes de fromage.

David et Elsa prirent place sur la terrasse et se mirent à discuter avec animation. Ils échangèrent d'abord leurs impressions sur le village, se demandant à quoi auraient ressemblé leurs vies s'ils y avaient été élevés depuis l'enfance, puis évoquèrent l'incroyable courage des artisans venus des quatre coins du monde pour travailler dans cet endroit perdu – surtout les Scandinaves. Ce ne fut qu'au moment du café qu'Elsa passa aux choses sérieuses :

— Je vais t'expliquer ce qu'il se passe.

— Tu n'es pas obligée, nous passons une journée formidable et...

— Non, je dois te le dire car je ne veux pas rentrer ce soir à Aghia Ana. Je voudrais qu'on reste jusqu'à demain, jusqu'à la fin de l'enterrement.

David écarquilla les yeux.

— Quoi ?

— Je ne peux pas retourner en ville. J'ai aperçu mon équipe de télévision, ce matin, sur le port. Les techniciens

Danse d'une nuit d'été

vont me reconnaître et préviendront Dieter, notre patron. Je ne pourrais pas supporter qu'il vienne me chercher.
— Pourquoi ?
— Parce que je l'aime trop.
— Alors, où est le mal ?
— Si c'était aussi simple que ça, soupira-t-elle.
Elle lui prit les deux mains et les posa sur ses joues. David sentit des larmes éclabousser ses doigts.
— Je comprends. Nous resterons à Kalatriada ce soir, conclut-il.
Il avait de plus en plus l'impression d'être véritablement un héros.

Il était encore tôt, Fiona et Shane étaient les seuls clients du restaurant. Une fois que le serveur leur eut apporté une bouteille de vin et un poisson grillé, il les laissa seuls face à la mer et au sable blanc. Shane avait déjà bu deux bières et un retsina cul sec. Fiona l'étudia du coin de l'œil, attendant le moment propice pour lui annoncer la nouvelle. Finalement, à bout de patience, elle effleura son bras.
— Mes règles ont six jours de retard, lança-t-elle tout à trac. Je suis convaincue qu'il ne s'agit pas d'une fausse alerte. Je pense que je suis enceinte. Après tout, je suis quand même infirmière...
Son regard brillant d'espoir s'accrocha au sien. Elle vit l'incrédulité se peindre sur son visage.
— Je ne comprends pas, dit-il après avoir avalé une autre gorgée de vin. Nous avons pris des précautions...
— Euh... pas vraiment... enfin pas tout le temps. Souviens-toi... bredouilla-t-elle en se remémorant un week-end en particulier.

Danse d'une nuit d'été

— Comment as-tu pu te montrer aussi stupide? tonna-t-il.

— Je n'étais pas seule, répliqua-t-elle, blessée.

— Mon Dieu, Fiona! Tu as vraiment le chic pour tout foutre en l'air et bousiller la vie des gens!

— Mais nous voulions un enfant, tu as dit... On a dit que...

Elle se mit à pleurer.

— J'ai dit « un jour », pas maintenant – quelle imbécile! Ça fait à peine un mois qu'on est partis en voyage!

— Je pensais... je pensais, bredouilla-t-elle entre deux sanglots.

— Quoi? Tu pensais quoi?

— Qu'on pourrait s'installer ici, y élever le bébé.

— Ce n'est pas un bébé! C'est un retard de six jours!

— C'est peut-être un bébé, notre bébé. Tu pourrais travailler dans un restaurant et je seconderais le...

Sans crier gare, il se leva, se pencha par-dessus la table et lui hurla des invectives au visage. Ses paroles étaient si cruelles et si blessantes qu'elle les entendait à peine. Son cerveau enregistra le mot « pute » puis comprit qu'il l'accusait d'avoir monté un complot pour le piéger dans ce trou paumé avec une ribambelle d'enfants.

— Comment oses-tu vouloir me faire travailler dans un putain de restaurant comme celui-là? éructa Shane. Débarrasse-toi de ce problème, et un conseil: n'invente plus jamais d'histoires pareilles. Tu n'es qu'une pauvre idiote pathétique!

Fiona n'arrivait plus à penser. Elle savait qu'elle aurait dû répliquer, se défendre, mais elle avait du mal à comprendre ce qu'il disait. Soudain, elle sentit le coup

Danse d'une nuit d'été

s'abattre au coin de sa tempe. La violence du choc la fit chanceler et, alors qu'elle tentait de se redresser, un poing serré se leva devant ses yeux. Le sol semblait se rapprocher d'elle, elle avait envie de vomir et tremblait de tous ses membres. Puis, elle entendit des cris quelque part, tout près d'elle, une cavalcade de pas. Deux serveurs ceinturèrent Shane par-derrière et Thomas, qui semblait surgi de nulle part, la releva et la fit asseoir sur une chaise. Elle ferma les yeux et sentit qu'on lui passait de l'eau froide sur le front.

— Tout va bien, Fiona, murmura Thomas en lui caressant les cheveux. Croyez-moi, tout va s'arranger maintenant.

5.

Le propriétaire du restaurant donna à Thomas le numéro de téléphone du poste de police.

— Arrête de t'agiter pour rien, ricana Shane. (Fiona entendait sa voix comme si elle émergeait d'une boule de coton.) Elle ne portera pas plainte et, de toute façon, je suis ressortissant irlandais. Voilà ce qu'ils diront.

Il engloutit un autre verre de vin. Les serveurs quêtèrent Thomas du regard comme pour lui demander conseil. Devaient-ils le laisser boire ou l'en empêcher? Thomas hocha lentement la tête. Plus Shane serait ivre, plus il ferait mauvaise impression à Yorghis quand ce dernier arriverait. Il pénétra dans l'arrière-salle par souci de discrétion et, sitôt la communication établie, déclina son identité au policier.

— Ah! Vous faites partie du groupe qui a généreusement donné de l'argent à la famille de Manos? s'exclama Yorghis en le reconnaissant immédiatement.

— En fait, c'est grâce à votre frère. Il nous a offert le déjeuner.

Danse d'une nuit d'été

— Il m'a dit que vous étiez ses amis.

— Nous en sommes fiers, répondit Thomas avant d'ajouter : Mais nous avons un problème...

En quelques mots, il expliqua la situation à Yorghis qui comprit immédiatement. Sans demander davantage d'explications, il promit d'arriver au plus vite.

Calmement, Thomas demanda aux serveurs d'emmener Shane dans une autre pièce et de l'y enfermer à double tour. Ce dernier se laissa entraîner sans opposer de résistance.

— Tu perds ton temps et tu en fais perdre à la police, ironisa-t-il. Tu seras bien embêté quand elle sera venue et repartie, hein, monsieur Thomas-je-sais-tout ! Quand je pense que tu n'es même pas foutu de communiquer avec ton fils et que tu pleurniches en plus...Tu ne saurais même pas parler avec un chat, t'es pas un homme !

— Et toi, tu crois en être un ! répliqua Thomas.

— Très drôle !

— Tu vas vite t'apercevoir que dans ce pays, on n'aime pas beaucoup ceux qui frappent les femmes.

— Je sortirai d'ici avec cette nana à mon bras ; c'est déjà arrivé et ça arrivera encore.

Shane paraissait confiant et fier de lui.

Une boule de colère monta à la gorge de Thomas. Instinctivement, il serra les poings. Shane ricana.

— Ne me dis pas que tu vas enfin te comporter en mec !

Mais Thomas s'était déjà calmé. La rage l'avait quitté aussi vite qu'elle était venue.

— Laissez-lui un peu de vin, je le paierai, lança-t-il aux serveurs avant d'aller rejoindre Fiona, qui s'était recroquevillée sur sa chaise, les joues ruisselantes de larmes.

— Ça va aller, fit-il en lui caressant le bras.

— Non, ça n'ira plus jamais, répondit-elle d'un ton lugubre.
— On survit à tout, tu sais. C'est pour ça qu'on est tous là à arpenter cette planète au lieu d'appartenir à une espèce disparue.

Puis il se réfugia dans le silence jusqu'à l'arrivée de la police. Les vagues qui s'écrasaient sur les rochers en contrebas émettaient un bruit rassurant. Le visage de Fiona était tendu et vide.

Mais Thomas savait que sa présence lui donnait du courage et de la force.

À son arrivée, Yorghis prit rapidement les choses en main. Il commença par avertir Shane que l'agression ayant été constatée par trois témoins, il resterait en garde à vue pendant au moins vingt-quatre heures.

— Mais elle ne m'en veut pas, bredouilla Shane avec nervosité. Demandez-lui. Je l'aime, nous sommes ensemble, nous allons peut-être même avoir un bébé, pas vrai Fiona ? Dis-leur, toi !

Fiona n'avait toujours pas ouvert les yeux.

— Ça n'a aucune importance, coupa Yorghis. Ce n'est pas elle qui a porté plainte. Ses paroles n'ont aucune valeur.

Puis il menotta Shane et l'entraîna dans la fourgonnette. Les serveurs, encore jeunes et inexpérimentés, poussèrent un soupir de soulagement. L'incident – l'agression, l'arrivée de la police et pour finir l'arrestation – les avait profondément troublés. Maintenant, les affaires pouvaient reprendre, sans nuire à la réputation de l'établissement. Fiona, qui n'avait pas dit un mot jusqu'à présent, se remit à pleurer.

— J'aimerais avoir quelqu'un sur qui m'appuyer, dit-elle à Thomas.

Danse d'une nuit d'été

— Je suis ton ami.
— Oui, je sais, mais je voulais dire *une amie*. Barbara me dirait quoi faire, elle me conseillerait. Mais elle est en Irlande...
— Veux-tu l'appeler ? Il y a le téléphone dans mon appartement.
— Non, ce n'est plus pareil maintenant. Trop d'eau a coulé sous les ponts. Elle m'a proposé de m'aider des centaines de fois et je ne l'ai pas écoutée. Elle ne comprendrait pas à quel point la situation a changé. Il s'est passé tant de choses...
— Je sais, il faudrait remonter trop loin en arrière, murmura-t-il avec compassion.
— Je pourrais demander son avis à Elsa, mais on ignore où elle est. De toute façon, je risque de l'ennuyer avec mes problèmes, ajouta tristement Fiona en essuyant ses larmes avec une serviette de table.
— On peut essayer de la trouver, je l'ai vue monter dans un taxi avec David, ce matin. Je ne sais pas où ils allaient. Pourquoi ne pas manger quelque chose avant ? Ça te remonterait le moral.
— Tu parles comme ma mère, dit-elle avec un sourire crispé.
— Effectivement, je suis une vraie maman poule. Quand tu te sentiras capable de marcher, on ira questionner les taxis. Ils se rappelleront sûrement d'Elsa.
— Je ne voudrais pas l'embêter...
— Elle est chaleureuse et sympathique. Tu ne pourras pas mieux tomber.
— Tu crois ?
— Oui, vraiment. Oh, au fait...
— Quoi ?
— Est-ce vrai ce qu'il a dit ? Que tu es enceinte ?

Danse d'une nuit d'été

— Il a dit ça ? Je n'avais pas entendu, dit-elle, une lueur d'espoir pathétique éclairant son visage.
— C'était juste dans l'espoir de se sortir du pétrin.
— Je pensais que cela aurait pu lui faire plaisir.
— Non. Je ne veux pas être cruel, mais il semblait mécontent. Alors, c'est vrai ?
— C'est possible, soupira-t-elle avec un air déprimé.
— On va manger une omelette, puis interroger les chauffeurs. S'ils ne se souviennent pas d'Elsa, ils ne méritent pas d'être appelés des hommes.

Bien sûr, Thomas avait raison. Tous se souvenaient de la jolie Allemande et de son compagnon à lunettes. L'homme qui les avait conduits à Kalatriada n'était pas prêt d'oublier une telle course et un tel pourboire. Quand Thomas lui demanda d'accomplir une nouvelle fois le trajet, il en resta médusé.

Une veine pareille, ça n'arrivait pas tous les jours.

*
* *

Une fois arrivés à Kalatriada, au terme d'une ascension sinueuse dans les montagnes, il leur fut facile de dénicher David et Elsa. Le village consistait essentiellement en une immense cour bordée de cafés et d'échoppes d'artisans. Il ne fallut à Thomas que quelques minutes pour reconnaître la chevelure blonde d'Elsa, penchée sur des assiettes en terre cuite à l'entrée d'une petite boutique. Quand cette dernière les aperçut, elle eut un mouvement de panique.

— Quelqu'un me cherche ? s'enquit-elle en hâte, persuadée que leur présence n'était pas une coïncidence.

Ses yeux étaient écarquillés d'effroi.

Danse d'une nuit d'été

Thomas alla droit au but.

— En quelque sorte, oui. J'espérais que tu pourrais réconforter Fiona. Elle est un peu bouleversée.

— Oui, je comprends, fit remarquer David en coulant un regard discret sur la tempe contusionnée de la jeune fille.

— Le prochain coup aurait pu lui casser le nez, ajouta Thomas d'un ton lugubre.

— Pas de problème, nous allons parler, renchérit Elsa en posant la main sur le bras de Fiona. Désolée d'avoir eu un réflexe égoïste, mais j'ai quelques problèmes en ce moment. C'est pour ça que David et moi avons décidé de rester ici ce soir.

— C'est vrai ? s'exclamèrent en chœur Thomas et Fiona.

— Oui, c'est un site magnifique. Nous avons trouvé un charmant petit hôtel de l'autre côté de la place. On y a réservé deux chambres. Fiona peut en partager une avec moi et vous, les hommes, vous n'aurez qu'à prendre l'autre. Cela vous convient ?

Elle eut un sourire confiant comme si cela semblait la chose la plus naturelle du monde que quatre étrangers qui ne se connaissaient que depuis la veille puissent passer quelques jours de vacances improvisées dans un minuscule village grec. Un lieu dont personne, à part David, ne connaissait l'existence, quelques heures auparavant.

Tous se rallièrent à sa proposition. Brusquement, par le hasard de la vie, voilà que leurs existences s'imbriquaient les unes dans les autres. Sans effort, ils se mirent à parler de tout et de rien. À les voir, on aurait pu les prendre pour quatre amis ayant grandi ensemble dans le même quartier et le même pays. L'ambiance n'avait plus rien à voir avec celle de la nuit dernière lorsque, choqués par l'accident, ils s'étaient rapprochés pour ne pas rester seuls. Ce soir, tout était différent. Bien qu'il fît presque nuit, une tempête approchait.

Les propriétaires de l'hôtel ne parurent pas surpris en voyant ce groupe mal assorti qui débarquait chez eux à l'improviste et sans bagages. Ces jeunes gens semblaient agréables, faciles à vivre, quoiqu'un peu fatigués. Rien d'étonnant puisqu'ils disaient venir de Aghia Ana, l'endroit où s'était produite cette terrible tragédie. Peut-être certains de leurs proches avaient-ils péri sur le bateau... La patronne, qui se prénommait Irini, leur fournit du savon et des serviettes de toilette. Malgré son large sourire, elle paraissait épuisée, usée par les tâches ménagères.

— Les féministes ont encore du boulot par ici, murmura Elsa à Fiona tandis qu'elles gravissaient l'escalier. Tu as remarqué, aucun des trois hommes qui jouait aux échecs dans la salle ne l'a aidée.

— Elles pourraient commencer par me faire la leçon, riposta humblement Fiona.

Le visage d'Elsa exprima une sympathie immédiate.

— Va dormir un petit peu, la pressa-t-elle. On se sent toujours mieux après.

— Non, je veux d'abord te parler de Shane, t'expliquer pourquoi il a agi ainsi.

— Ce n'est pas vrai. Tu souhaites que je te donne raison. Tu veux le justifier et aller le retrouver.

— Fiona ouvrit de grands yeux étonnés.

— Je ne te dirais certainement pas une chose pareille, pas en ce moment, renchérit Elsa. Tu es trop fatiguée et bouleversée pour m'écouter. Va te reposer. On parlera plus tard. Nous avons tout le temps.

— Et toi, que vas-tu faire ?

Danse d'une nuit d'été

— Je vais m'asseoir un instant et contempler les montagnes.

À sa grande surprise, Fiona sentit ses paupières devenir lourdes. Bientôt, elle respirait profondément. Elsa se laissa tomber dans un fauteuil en rotin, près de la fenêtre, et regarda les ombres descendre sur la vallée. Ce soir, la pluie masquait entièrement la couverture d'étoiles.

— Joues-tu aux échecs, Thomas ? interrogea David.
— Assez mal.
— Moi aussi, mais que dirais-tu d'une partie ? J'ai un jeu portatif.

Thomas hocha la tête. David paraissait las et ne semblait pas disposé à se lancer dans des confidences. Ils placèrent une petite desserte près de la baie vitrée et tandis que l'obscurité tombait sur la ville et que l'averse redoublait, ils avancèrent leurs premiers pions.

Irini frappa discrètement aux portes des chambres.
— Je suis désolée, dit-elle. Il pleut, vous ne pourrez pas dîner dehors. Mais je peux vous installer devant la vitre avec vue sur la place.

Elle ne fit aucun commentaire sur l'hématome qui commençait à apparaître sur le visage de Fiona. Lorsqu'ils descendirent pour prendre place autour de la table recouverte d'une nappe à carreaux jaunes et bleus, les trois vieux jouaient toujours au backgammon, au fond de la salle. Les quatre amis attaquèrent leurs kebabs et la salade que Irini leur avait préparés.

— *Orea*, s'exclama David. *Poli poli Kala !*

Danse d'une nuit d'été

Le visage fatigué d'Irini s'éclaira d'un large sourire édenté. Elsa eut la gorge serrée. Cette femme n'avait visiblement pas plus de quarante ans, moins peut-être, mais elle en paraissait vingt de plus. Son existence était rude, et pourtant les compliments d'un groupe d'étrangers suffisaient à la rendre heureuse. Elsa ne savait plus que penser. Avant, elle était sûre de tout, de la vie et de son propre courage. Elle aurait immédiatement compris ce qui n'allait pas dans la vie d'Irini. Et voilà qu'elle n'avait plus de certitudes sur rien ! Irini avait-elle de la chance de vivre ici dans cette magnifique bourgade nichée entre montagne et mer, entourée de ceux qu'elle aimait ? L'un des vieux qui jouait aux dés devait être son mari, l'autre son père. Des vêtements d'enfants pendaient sur la corde à linge. Elle avait certainement une famille, des garçons ou des filles qui fréquentaient les autres gamins du village. Elle était sûrement plus épanouie ici qu'Andreas, loin de chez lui, émigré à Chicago.

Elsa soupira. Comme elle regrettait l'époque où elle avait réponse à tout ! Il y avait peu, elle aurait supplié Fiona de juger Shane froidement, de comprendre qu'il ne l'aimait pas et qu'il ne l'aimerait probablement jamais. Elle lui aurait dit sans détour que même si c'était à elle – et à elle seule – de décider d'avorter ou pas, elle devait bien réfléchir avant d'accepter de porter le bébé de cet homme. Mais aujourd'hui, elle avait l'impression d'avoir perdu sa clairvoyance. Elle secoua la tête violemment et, se rendant compte que ses pensées l'avaient entraînée loin des autres convives, se concentra sur la conversation en cours. Elle avait fui son pays afin de s'éclaircir les idées, et non pour prolonger la confusion dans laquelle elle errait depuis quelques semaines. Elle devait rester vigilante et refuser la rêverie. Thomas parlait de sa logeuse.

Danse d'une nuit d'été

— C'est un vrai personnage, cette Vonni. Elle habite Aghia Ana depuis des années mais ne parle jamais d'elle. Pourtant, elle s'exprime dans un grec parfait. Elle connaît bien Kalatriada, elle y vient tous les huit jours, s'approvisionner en poteries pour son magasin.

— Elle est irlandaise, Andreas me l'a dit hier, commenta Fiona. C'est pour ça que j'ai pensé que moi aussi... je pouvais faire pareil... m'installer dans ce pays.

Son petit visage pâle paraissait si triste.

— Penses-tu qu'elle y est venue avec quelqu'un? s'empressa de demander Elsa, désireuse d'empêcher Fiona de céder à ses fantasmes.

— Je ne sais pas, répondit Thomas. Elle est assez ouverte et amicale, mais je n'ose pas l'interroger.

David connaissait encore mal Vonni. Il ne lui avait parlé qu'une seule fois, en visitant sa boutique.

— Elle a un grand choix d'objets à vendre, dit-il. Elle essaie visiblement de proposer à la fois des bibelots de valeur et des babioles pour touristes. Mais j'aime l'idée qu'elle ne soit pas obsédée par l'argent. Elle n'a pas l'air d'en avoir beaucoup.

— Effectivement, je pense qu'elle a du mal à joindre les deux bouts, acquiesça Thomas. Elle enseigne l'anglais aux enfants et couche dans une sorte d'établi au fond du jardin.

— Quel âge a-t-elle? demanda Elsa.

— Entre cinquante et soixante ans, lança David.

— Entre quarante et cinquante, répliqua Thomas au même instant.

Tous éclatèrent de rire.

— Décidément, les hommes sont impossibles, plaisanta Elsa. On se demande pourquoi on fait des efforts vestimentaires pour eux.

— Vonni ne s'habille pas, elle se contente d'un tee-shirt, d'une jupe et de sandalettes, riposta Thomas. Je suis persuadé qu'elle ne s'est jamais maquillée de sa vie. (Il eut un air pensif.) Je trouve ça reposant.

Son esprit semblait à des milliers de kilomètres, comme s'il songeait brusquement à une autre femme qui, elle, abusait du maquillage et autres attributs féminins.

— Apparemment, cette mystérieuse Irlandaise te plaît bien, se moqua Elsa. Même si elle n'est pas coquette.

— Ce n'est pas ça : elle m'intrigue. Je lui ai téléphoné ce soir avant le dîner. J'avais peur qu'elle s'inquiète en voyant l'appartement plongé dans le noir.

— C'est très délicat de ta part, s'émerveilla Fiona.

Ce n'était pas le genre d'attentions que Shane aurait eues.

— Elle m'a prévenu qu'on ne trouverait pas de taxi pour rentrer, qu'il valait mieux prendre le bus. Il y en a un toutes les deux heures. J'ai expliqué qu'on pensait revenir demain pour les funérailles, si ça ne gênait personne. Elle m'a assuré que notre présence serait appréciée. Tout le monde est-il d'accord avec ce programme ?

— Ça me va parfaitement, répondit David.

— Oui, se hâta d'ajouter Fiona, et je pourrais aller voir Shane au commissariat. Il doit être désolé et bouleversé, il a eu le temps de réfléchir.

Les trois autres évitèrent son regard.

— Et toi, Elsa, qu'en penses-tu ? interrogea gentiment Thomas.

— Je vais peut-être prolonger mon séjour d'un jour ou deux, je vous rejoindrai plus tard.

Sentant que sa réticence exigeait une explication, elle ajouta :

Danse d'une nuit d'été

— C'est un peu difficile à dire, mais j'essaie d'éviter quelqu'un. Je préférerais me cacher jusqu'à ce qu'il s'en aille. (Elle fixa les visages impassibles.) Ça a l'air stupide mais c'est ainsi... Je me suis enfuie d'Allemagne, j'ai quitté mes amis et le travail que j'aimais... simplement pour le fuir. Ce serait complètement idiot de le rencontrer dans une rue de Aghia Ana.

— Es-tu certaine qu'il est là ? s'enquit doucement Thomas.

— Oui, c'est le genre de reportage qui lui plaît. Il adore les drames humains. C'est pour ça que je me suis réfugiée ici avec David.

Elle lança à ce dernier un regard chargé de gratitude qui le conforta dans son rôle de héros.

— On pourrait prévenir Yorghis ! Il l'empêcherait de te harceler, proposa Thomas d'un ton rassurant.

Elsa les contempla les uns après les autres.

— Non, tu n'as pas compris. Ce n'est pas de lui dont j'ai peur, mais de moi. Je suis terrorisée à l'idée de craquer, de lui céder à nouveau. À quoi cela aurait-il servi que je vienne jusqu'ici ?

David, Thomas et Fiona la considérèrent d'un air perplexe. Ils ne reconnaissaient pas la fière et confiante Elsa dans cette jeune femme égarée qui tremblait de tous ses membres.

— Je serais bien restée avec toi, affirma Fiona, mais je dois aller prendre des nouvelles de Shane.

— Rien ne t'y oblige, rétorqua Elsa. Dis plutôt que tu en as envie !

— Pourquoi ne veux-tu pas comprendre que je l'aime ? s'indigna Fiona. (Elle était blessée par la remarque.) Sincèrement. Toi aussi, tu dois être amoureuse de ce type, sinon tu ne serais pas aussi angoissée.

Danse d'une nuit d'été

Thomas s'interposa. L'animosité entre les deux femmes prenait une tournure inquiétante.

— La journée a été longue et fatigante. Allons nous coucher et retrouvons-nous ici pour le petit déjeuner à 8 heures. On peut prendre le bus de 9 heures.... Enfin, ceux qui désirent partir. OK ?

Bien qu'il s'exprimât d'une voix douce, ses années d'enseignement lui conféraient une autorité naturelle. Comprenant qu'il avait raison, les autres se levèrent en silence.

— Un moment, coupa Elsa. Je voudrais m'excuser auprès de Fiona. Je suis désolée, je me suis montrée blessante. (Elle se tourna vers la jeune fille.) Bien sûr que tu as le droit d'aller rendre visite à l'homme que tu aimes ! Je suis impardonnable de ne songer qu'à mes petits problèmes égoïstes après un tel drame. Je vous accompagnerai à l'enterrement et je serai ravie de compter sur votre protection à tous.

Ses yeux brillants s'attardèrent sur chacun d'eux. On aurait dit que son sourire cachait des flots de larmes.

6.

Shane était assis, la tête entre les mains, au fond de sa cellule. Il mourait d'envie de boire une bière glacée, mais il savait qu'il était inutile de réclamer. Cet ignorant de policier grec lui refuserait sans doute ce plaisir. Où était Fiona? Voilà plusieurs heures qu'il l'attendait. Si elle était là, il aurait pu l'envoyer acheter trois canettes dans un bar de pêcheurs sur le port. Avant ça, bien sûr, il serait obligé de lui faire son grand numéro de contrition. Il lui dirait qu'il était vraiment désolé, que la façon dont elle lui avait appris la nouvelle pour le bébé l'avait bouleversé. Il cogna son assiette – qui avait contenu du pain dur – contre la porte. Yorghis tira le rideau et scruta l'intérieur du réduit.

— Oui?

— Je suis sûr que ma petite amie est venue me voir et que vous l'avez renvoyée! Vous n'en avez pas le droit : c'est interdit de refuser des visites aux gens en détention préventive.

— Personne ne vous a demandé, dit Yorghis en haussant les épaules.

Danse d'une nuit d'été

— Je ne vous crois pas.
— Personne, je vous répète, siffla Yorghis en tournant les talons.
— Écoutez ! Je suis désolé. Ne le prenez pas comme ça, mais elle et moi, on s'aime tellement que je pensais que...

Sa voix parut se briser.
— À vous voir hier, on ne l'aurait pas cru.
— Vous ne comprenez pas. On a une relation très passionnée, alors naturellement, ça explose de temps en temps.
— *Endaxi*.
— Qu'est-ce que ça veut dire ?
— Ça signifie « d'accord » ou « parfait », « à votre guise », lança Yorghis avant de s'éloigner.
— Où est-elle ? cria Shane.

Le policier détourna la tête et lui lança un regard peu amène.
— J'ai entendu dire qu'elle avait quitté Aghia Ana.
— Ce n'est pas vrai, hurla Shane.
— Croyez ce que vous voulez, il paraît qu'elle est partie en taxi.

Shane se laissa tomber sur le sol, incrédule. C'était impossible. Fiona n'aurait jamais quitté l'île sans lui.

— *Kalimera sas*, tu m'as l'air soucieux, Yorghis.

Vonni s'appuya nonchalamment contre l'un des murs du poste de police.

— Ouais, la journée va être tendue. La ville est pleine d'enquêteurs et d'agents d'assurance, sans compter tous ces cameramen qui piétinent tout le monde pour filmer les obsèques. J'ai encore onze rapports à compiler et,

comme si ça ne suffisait pas, je ne sais pas quoi faire de ce jeune freluquet enfermé dans ma cellule.
— Celui qui a frappé la jeune Irlandaise ?
Aucun événement survenu à Aghia Ana n'échappait à la vigilance de Vonni.
— Oui, j'aimerais bien le voir à des milliers de kilomètres d'ici.
— Eh bien, expédie-le.
— Quoi ?
— C'était la méthode qu'on appliquait autrefois en Irlande : pour se débarrasser d'un voyou, le juge lui proposait de prendre le premier bateau pour l'Angleterre en échange d'un non-lieu.
Yorghis eut un sourire d'incrédulité.
— C'est vrai ! insista malicieusement Vonni. Je reconnais que ce n'était pas sympa de leur envoyer nos « déchets », mais on se disait que leur territoire était vaste, qu'ils pouvaient se débrouiller...
— Je vois.
— Et si tu le mettais dans le ferry de 11 heures pour Athènes ? Comme ça, il aura débarrassé le plancher avant l'enterrement. Ce serait une bonne chose pour tout le monde.
— Effectivement, Athènes est assez vaste, elle pourra se débrouiller, répéta Yorghis en se caressant le menton d'un air pensif.
Le visage ridé et bronzé de Vonni s'éclaira comme celui d'un lutin facétieux.
— C'est exact, Athènes en a vu d'autres !

— Vous ne pouvez pas m'ordonner de quitter l'île, gronda Shane.

— C'est à prendre ou à laisser. Nous n'avons pas le temps de nous occuper de vous pour l'instant. Vous avez le choix entre moisir en cellule jusqu'à la semaine prochaine avant de passer en justice – et vous retrouver en prison – ou voyager gratuitement jusqu'à Athènes. C'est à vous de voir. Vous avez dix minutes.

— Et mes affaires ?

— Un de mes gars vous conduira chez Eleni. Vous ferez votre sac à dos et embarquerez sur le bateau à 10 h 30.

— Je ne suis pas prêt à m'en aller.

— Comme vous voulez !

Yorghis fit mine de s'éloigner.

— Non – attendez une minute, revenez ! Je pense que je vais partir.

Sans attendre, Yorghis le fit grimper dans la fourgonnette. Shane obtempéra en boudant.

— Vous avez une putain de façon de diriger un pays, grommela-t-il.

Lorsqu'il arriva chez Eleni, il grimpa dans la chambre, sous bonne escorte. La valise et les vêtements de Fiona étaient toujours à leur place.

— Je croyais qu'elle avait déguerpi ?

Gentiment, Eleni expliqua que la jeune fille s'était absentée le temps d'une journée et qu'elle comptait revenir dans la matinée. Mais ce discours prononcé en grec fut perdu pour Shane. Le jeune policier qui l'accompagnait ne se donna pas la peine de traduire. Son patron avait insisté pour que ce type embarque sur le ferry de 11 heures et il obéissait aux ordres. C'était inutile de perdre du temps. De toute façon, ce voyou n'avait pas l'air de s'intéresser vraiment à ce qu'était devenue sa copine. Sans dire un mot, il se planta près de la porte en le sur-

Danse d'une nuit d'été

veillant du coin de l'œil. Shane fourra ses affaires dans son sac, bouscula Eleni sans même penser à la payer, ni à lui dire au revoir, et grimpa d'autorité dans le fourgon.

    Le bus de Kalatriada serpentait dans la colline en direction de Aghia Ana, s'arrêtant à chaque village pour y faire monter ou descendre des vieilles femmes en noir qui portaient des paniers de légumes qu'elles allaient vendre au marché. L'une d'elles était accompagnée de deux poules. Un jeune homme jouait du bouzouki au milieu de la travée. À la sortie d'un hameau, le car fit halte devant un sanctuaire, surplombé par une statue de la Vierge Marie, jonchée de bouquets de fleurs.
    Dans le groupe, personne ne parlait. Tous étaient perdus dans leurs pensées, inquiets de la façon dont allait se dérouler la journée. Elsa ne pouvait s'empêcher de songer que le destin lui jouait un tour en envoyant à Aghia Ana l'homme qu'elle avait cherché à fuir. Fiona pensait à Shane. Elle espérait sincèrement qu'il s'était calmé et qu'elle parviendrait à convaincre Andreas d'intercéder en sa faveur afin qu'il puisse sortir de cellule pour assister à l'enterrement. Thomas, lui, se demandait quelle stratégie employer pour persuader Vonni de s'installer dans la chambre d'amis. Il ne voulait pas paraître paternaliste, mais simplement raisonnable. Quant à David, il contemplait les enfants qui faisaient signe au bus sur le bord de la route. Il aurait souhaité avoir des frères et sœurs qui auraient pu partager son fardeau. S'il avait pu laisser à d'autres la tâche d'entrer dans l'entreprise paternelle, il aurait été libre d'apprendre la poterie dans un endroit comme Kalatriada. Il poussa un profond soupir en fixant d'un œil distrait les champs d'oliviers qui jalonnaient les

Danse d'une nuit d'été

collines. Il se sentait tellement coupable. La veille au soir, Fiona avait évoqué le poids de la culpabilité chrétienne. Elle n'avait pas la moindre idée de ce que pouvait éprouver un juif dans sa situation.

Vonni donnait une leçon d'anglais aux enfants dans l'arrière-salle de sa boutique. À l'occasion des funérailles, elle avait décidé de leur apprendre le verset d'un hymne anglais et un chant en allemand – une façon de consoler les familles anglophones et germaniques qui, depuis trente-six heures, gagnaient la Grèce à bord de bateaux pour rendre un dernier hommage à leurs disparus. Son idée avait reçu l'entière approbation des parents : les petits avaient besoin d'échapper un temps à l'ambiance endeuillée qui frappait le village.

Les habitants de Aghia Ana étaient reconnaissants à Vonni. Cela faisait si longtemps qu'elle était là. Elle n'était qu'une toute jeune fille à son arrivée dans le village. Elle avait grandi, puis vieilli dans cette communauté. Elle avait appris leur langue et enseigné la sienne. Elle avait partagé leur vie dans les bons, comme dans les mauvais moments. À vrai dire, elle s'était si bien intégrée que personne ne se souvenait des raisons de son arrivée sur la petite île.

Thomas grimpa quatre à quatre les marches blanchies à la chaux qui menaient à son appartement et s'arrêta net, incrédule. Des voix enfantines chantaient : « *Dieu est mon berger, je ne désire pas...* » Il y avait si longtemps qu'il n'était pas entré dans une église. La dernière fois, ce devait être pour les funérailles de son père. Cet hymne lui rappelait tant de souvenirs... Il se raidit,

Danse d'une nuit d'été

frappé de nostalgie. La journée s'annonçait plus triste qu'il ne le pensait.

Andreas et Yorghis se tenaient, impassibles, sur le quai. Shane évitait leurs regards.

— Désirez-vous quelque chose avant de partir ? demanda brusquement Andreas.

— Quoi, par exemple ? Vous tenez à ce que je vous félicite pour votre légendaire hospitalité grecque ! railla Shane.

— Vous avez peut-être envie de laisser un mot à votre amie, rétorqua sèchement Andreas.

— Je n'ai ni crayon, ni papier.

— Je peux vous en prêter.

— Qu'est-ce que vous voulez que je lui dise ? Que vous et votre fasciste de frère m'avez expulsé ? Ça ne va pas lui faire très plaisir, pas vrai ?

Shane semblait d'humeur batailleuse.

— Peut-être serait-elle heureuse d'apprendre que vous êtes sain et sauf... et libre ! Vous pourriez lui dire que vous la contacterez une fois installé.

— Elle le sait.

Andreas faisait tourner son stylo entre ses mains.

— Au moins quelques mots, pressa-t-il.

— Oh, pour l'amour de Dieu, foutez-moi la paix.

Shane se détourna au moment où un sifflet déchirait l'air. Le départ du ferry était imminent. Le jeune policier escorta Shane sur le pont puis rejoignit Andreas et Yorghis.

— Il a eu raison de ne pas lui écrire, dit-il.

— C'est possible, acquiesça Andreas. À long terme, c'est sûrement vrai, mais d'ici là... ça va lui briser le cœur.

Danse d'une nuit d'été

David et Fiona accompagnèrent Elsa jusqu'à son appartement.

— Tu vois bien, dit David. Il n'y a personne.

Effectivement, les rues qui jusque-là grouillaient de journalistes et d'enquêteurs s'étaient brusquement vidées. Tout paraissait tranquille.

— J'aimerais bien rester plus longtemps avec vous, mais il faut que j'aille vérifier comment va Shane, s'excusa Fiona en se mettant à courir.

Les deux autres la regardèrent s'élancer sur la colline en direction du poste de police. Dans le port, le ferry de 11 heures quittait son embarcadère. À midi arriverait un autre bateau qui déchargerait les familles venues pour l'enterrement.

— Veux-tu que je te tienne compagnie, Elsa ? s'enquit David.

— Cinq minutes, si tu veux, histoire de vérifier que je ne m'enfuis pas à nouveau, répondit-elle en riant.

— Tu ne feras pas ça, la rassura-t-il en lui prenant la main.

— J'espère que non. Dis-moi, David, as-tu déjà, une fois dans ta vie, éprouvé une passion obsessionnelle pour quelqu'un ?

— Non, je n'ai jamais aimé personne.

— Je suis certaine que c'est faux.

— J'ai bien peur que non. Je n'en suis pas fier, surtout à vingt-huit ans !

— Quoi ! Tu as le même âge que moi !

— Tu as mieux fait fructifier les années.

— Oh non ! Tu ne sais pas tout. Si j'avais su, j'aurais préféré ne jamais tomber amoureuse. J'aimerais tellement redevenir celle que j'étais avant...

Danse d'une nuit d'été

Son regard était perdu dans le vague. David ne sut quoi répondre. Il aurait tellement souhaité prononcer la parole adéquate, celle qui rendrait le sourire à cette merveilleuse jeune fille. Si seulement il connaissait quelques blagues, susceptibles de la dérider. Il fouilla dans son esprit. Il n'en connaissait aucune, à part peut-être celles que racontait son père.

— Joues-tu au golf, Elsa ? demanda-t-il brusquement.

Elle essaya de masquer son étonnement.

— Un peu. Tu veux faire une partie ?

— Non, non, je n'y ai jamais joué. Je me souvenais simplement d'une plaisanterie... Je voulais te remonter le moral.

— Raconte-la-moi, dit-elle, touchée.

— C'est l'histoire d'un homme dont la femme vient de mourir sur le parcours. Quand ses amis lui demandent si ça n'a pas été trop dur pour lui, il répond : « Non, ça n'a pas été douloureux, la seule peine que j'ai eue, c'est de traîner son corps jusqu'au dix-huitième trou. »

Elsa le contempla, la mine interrogatrice.

— C'est tout, j'en ai peur, bafouilla David. (Il faisait presque pitié.) On dit généralement que les golfeurs sont tellement obsédés... alors, ce type... il a préféré transporter le cadavre plutôt que de renoncer à...

Il s'arrêta, consterné.

— Je suis désolé. Raconter une chose aussi stupide le jour d'un enterrement... Je suis un véritable imbécile.

Elle tendit la main et lui caressa la joue.

— Mais non ! Tu es très gentil et je suis heureuse d'être en ta compagnie. Si on se préparait un bon déjeuner ?

— Que dirais-tu d'aller plutôt manger une *omeleta tria-avga*? s'exclama-t-il, enthousiaste.
— Je préférerais ne pas sortir. Je me sentirais plus en sécurité à l'intérieur. On pourrait s'installer sur la terrasse et voir sans être vus. Est-ce que cela te gênerait?
— Bien sûr que non!
Joyeusement, il se dirigea vers le réfrigérateur d'Elsa et en sortit de la feta et des tomates.

— Bonjour, pourrais-je parler au chef de la police, s'il vous plaît?
Yorghis se leva d'un bond. Fiona se tenait devant lui dans une petite robe en coton bleu, un sac en laine blanche accrochée à l'épaule. Ses cheveux qui tombaient en mèches folles sur son visage ne parvenaient pas à dissimuler l'hématome qui bleuissait sur son front. D'apparence fragile, elle semblait incapable de se débrouiller avec les cartes que la vie lui avait distribuées.
— Entrez, *kyria*, asseyez-vous, dit-il en lui offrant une chaise.
— Mon ami a passé la nuit ici, commença-t-elle, comme si Yorghis dirigeait des chambres d'hôtes.
Yorghis ouvrit ses mains et en fixa la paume avec attention. Il avait du mal à comprendre. Cette jeune femme paraissait si impatiente de voir ce garçon, si inconsciente de ce qui s'était passé... Pourquoi les voyous parvenaient-ils toujours à se faire aimer des filles gentilles et douces? Comment allait-il lui annoncer que son copain avait quitté Aghia Ana, une heure plus tôt, sans se poser de questions? Il peina pour trouver les mots appropriés.
— Shane regrette sincèrement son geste, reprit-elle. Vous en doutez peut-être, mais je vous jure que c'est vrai.

Danse d'une nuit d'été

C'est entièrement de ma faute. Je m'y suis mal prise pour lui annoncer une nouvelle... J'aurais dû le dire autrement, plus correctement.

— Il est parti pour Athènes, lâcha sèchement Yorghis.

— Non, ce n'est pas possible. Pas sans moi, pas sans m'avoir prévenue. Non, non ! Je ne vous crois pas !

Elle le fusilla d'un regard désemparé.

— Sur le ferry de onze heures.

— M'a-t-il laissé un mot ? A-t-il donné une adresse ? Où vais-je pouvoir le retrouver ? Il ne peut pas s'être enfui comme ça.

— Il vous contactera quand il sera installé, j'en suis sûr.

— Mais où ? Où m'écrira-t-il ?

— Ici, je suppose, dit-il d'un ton peu convaincu.

— Non, vous savez bien qu'il ne le fera pas.

— Ou peut-être à l'endroit où vous séjournez.

— Jamais il ne se souviendra de l'adresse d'Eleni. Il faut que je prenne le prochain bateau, que je me lance sur ses traces...

— Non, ma chère petite. Athènes est une ville immense. Restez ici. Vous y avez de bons amis. Lorsque vous serez plus forte, vous réfléchirez.

Fiona éclata en sanglots.

— Mais je dois être avec lui...

— Aucune navette ne quittera l'île aujourd'hui, à cause de l'enterrement. S'il vous plaît, calmez-vous. C'est mieux qu'il soit parti.

— Non, je ne vois pas pourquoi.

— Au moins, il est libre. Ici, il serait resté en prison.

Danse d'une nuit d'été

— M'a-t-il écrit un message ?
— Il était très pressé, vous savez...
— Rien du tout ?
— Il a demandé de vos nouvelles. Il voulait savoir où vous étiez.
— Oh, pourquoi me suis-je absentée ? Jamais je ne me le pardonnerai.

Yorghis lui tapota l'épaule maladroitement. Derrière elle, il aperçut Vonni et les enfants qui descendaient de la colline.

— Andreas m'a dit que vous étiez infirmière. Pourriez-vous nous aider ? Vonni doit s'occuper des petits pendant l'enterrement, elle serait sûrement heureuse d'avoir un coup de main.

— Je ne suis pas sûre d'être en état, bredouilla Fiona.

— C'est souvent dans les moments difficiles qu'on est le plus efficace, rétorqua Yorghis avant de faire signe à Vonni d'un grand moulinet du bras. (Il cria quelque chose en grec, quelques mots auxquels Vonni répondit.)

Fiona paraissait mélancolique.

— Ah, si je pouvais vivre ici avec Shane et y élever notre bébé, j'apprendrais la langue et je me sentirais chez moi, comme elle..., murmura-t-elle avec nostalgie.

Ces paroles ne paraissaient destinées qu'à elle-même, mais en les entendant, Yorghis sentit une boule lui monter à la gorge.

Thomas sentait la nervosité le gagner. Il avait hâte que les funérailles soient enfin terminées. Une attente lourde comme du plomb semblait paralyser le village. Tant que les disparus ne seraient pas décemment inhumés, il ne pourrait pas se détendre. Il était également impatient que les journalistes et les équipes de télévision quittent les lieux. Alors, la vie pourrait reprendre son cours normal. Enfin, pas tout à fait. Certains touristes seraient enterrés sur place, d'autres rapatriés en Angleterre ou en Allemagne. Rien ne serait plus pareil pour les familles endeuillées. Tous aspiraient, cependant, à ce que la journée s'achève.

Il avait promis à Elsa d'aller la chercher à son domicile et de l'accompagner à l'église. Pourvu qu'en chemin, ils ne rencontrent pas cet homme dont elle semblait avoir si peur. Il revoyait son visage marqué par la souffrance quand elle parlait de lui.

— Bonjour, je m'appelle Fiona, dit-elle à la vieille femme à la peau burinée.
— Vous êtes de Dublin ?
— Oui, et vous ? Il paraît que vous êtes irlandaise aussi.
— Je suis originaire de l'Ouest du pays, mais j'en suis partie depuis très, très longtemps.
— Qu'aviez-vous prévu de faire avec les enfants ?
— Leurs parents se sont rassemblés chez Manos. Elle parlait anglais avec un accent dublinois teinté de sonorités étrangères, comme si c'était sa deuxième langue. Je pensais aller cueillir des fleurs, dans la campagne. Voulez-vous nous accompagner ?
— Oui, mais je risque d'être inutile. Que dois-je dire aux petits ?

Danse d'une nuit d'été

— Je suis censée leur apprendre l'anglais. Contentez-vous de « Très bien » et « Merci ». Ils maîtrisent au moins ces deux expressions-là.

Le visage fripé de Vonni se fendit d'un large sourire, qui éclaira tous ses traits.

— D'accord, s'exclama Fiona avec soulagement en tendant les bras à deux bambins âgés de cinq ans.

Et la petite troupe s'éloigna sur la route poussiéreuse en une longue farandole.

Lentement, les prêtres arrivèrent deux par deux, comme en procession. Pâles et solennels, ils portaient de longues soutanes noires et des cheveux gris rassemblés en chignon sous des couvre-chefs de couleur sombre. Thomas se demanda ce qui pouvait pousser de jeunes individus, vivant dans une île ensoleillée, à entrer en religion. Bien sûr, dans sa Californie natale, il connaissait des gens qui avaient voué leurs vies à Dieu. Dans son université, il y avait un jeune pasteur qui enseignait la poésie mystique et même un prêcheur méthodiste qui faisait des conférences sur la littérature élisabéthaine. Ces hommes paraissaient plus forts grâce à leur foi. Sans doute était-ce pareil pour ces dignitaires orthodoxes ?

Devinant qu'il était maintenant l'heure de se rendre à l'église, Thomas se dirigea vers l'appartement d'Elsa. Quand il arriva devant la porte, il fut surpris d'entendre des voix provenant de l'intérieur. Avait-elle finalement rencontré son ami ? Déçu, il faillit faire demi-tour avant de réaliser qu'il devait s'agir de quelqu'un d'autre. Le journaliste allemand était sûrement en train de filmer les funérailles. Il frappa au battant. À son grand étonnement, ce fut David qui lui ouvrit.

Danse d'une nuit d'été

— Ce n'est que Thomas, s'écria ce dernier par-dessus son épaule.

Ce n'était pas vraiment une parole de bienvenue.

— J'avais promis à Elsa de l'accompagner à pied à la messe, se justifia Thomas d'un air pincé.

— Oh, je suis désolé. Je ne sais pas pourquoi, je ne fais que des gaffes aujourd'hui. On a cru que... on avait peur que...

Elsa les rejoignit en courant. Elle était vêtue d'une jolie robe en soie crème avec une veste bleu marine : une tenue élégante, idéale pour la cérémonie. Aussitôt, Thomas sortit la cravate qu'il avait fourrée dans sa poche au dernier moment

— Excuse-moi, Thomas, supplia Elsa. Je suis complètement paranoïaque. Je craignais de voir arriver Dieter, c'est pour ça que j'ai demandé à David d'ouvrir. Pardonne-moi.

— Qu'y a-t-il à pardonner ? lança légèrement Thomas en ajustant le col de sa chemise devant le miroir de l'entrée.

David regretta aussitôt de ne pas avoir emporté de cravate.

Quelques minutes plus tard, ils se joignirent à la foule qui se dirigeait à pas lents vers l'église. Les deux rues qui menaient au débarcadère étaient noires de monde. Les gens se tenaient, têtes baissées, immobiles. Il n'y avait presque pas un bruit.

— Je me demande où est Fiona, murmura David.

— En haut, au poste de police. Elle doit glisser des biscuits à son amoureux entre les barreaux, plaisanta Thomas.

Danse d'une nuit d'été

— Elle l'aime *vraiment*, s'indigna Elsa comme si c'était une excuse.
— Si tu l'avais vu la frapper...
— Ils doivent être seuls, fit observer David. Regardez, tous les policiers sont là.

Un immense frémissement, telle une vague incontrôlée, parcourut brusquement la foule. Le cortège funèbre venait vers eux : un lent défilé d'hommes et de femmes qui suivaient les cercueils, les yeux rougis et les traits tirés. Leurs vêtements noirs paraissaient irréels sous le soleil éclatant. Le bleu de la mer et la blancheur des murs projetaient sur la scène une lumière presque fantasmagorique.

Derrière venaient les familles anglaises et allemandes. Fraîchement débarquées dans cette charmante petite île grecque, elles jetaient autour d'elles des regards stupéfaits et égarés comme si elles faisaient partie d'une pièce de théâtre dont elles n'avaient pas appris le rôle. Tous les magasins, tavernes et entreprises de Aghia Ana avaient fermé leurs portes. Les bateaux de pêche se balançaient doucement dans le port, un drapeau en berne accroché à leurs mâts. Les cloches du monastère pelotonné dans la vallée sonnaient à la volée. Les caméras de télévision de six pays différents ronronnaient doucement, immortalisant l'instant.

L'église était pleine à craquer. Des haut-parleurs enroués diffusaient la cérémonie à l'intention de ceux qui n'avaient pu y trouver place. Brusquement, la voix des enfants monta dans le silence. *Le Seigneur est mon berger*. On entendit le sanglot des Anglais résonner dans la nef. Thomas écrasa une larme sur son visage. Puis, ce fut le chant allemand, *Tannenbaum*, et Elsa pleura à son tour ouvertement.

Danse d'une nuit d'été

— C'est mon amie Vonni qui leur a appris ça, murmura Thomas.

— Eh bien, tu lui diras qu'elle a parfaitement réussi à nous briser le cœur, chuchota en retour David.

Quand la congrégation sortit de l'édifice, Elsa aperçut Fiona. Elle tenait deux petits garçons par la main. Vonni était à ses côtés au milieu d'une ribambelle de gamins, les bras chargés de brassées de fleurs sauvages.

— Cette Fiona m'étonnera tous les jours, s'exclama Thomas. Qui aurait pu croire qu'elle se remettrait aussi facilement !

— C'est probablement pour éviter de penser à lui, décréta Elsa.

À cet instant, Yorghis fit une annonce.

— Les familles des victimes vous remercient d'avoir assisté à la cérémonie et d'avoir pris part à leur chagrin mais maintenant, elles désirent être seules. Vous comprendrez qu'elles préfèrent se rendre au cimetière dans l'intimité. Elles demandent aux propriétaires des cafés et restaurants de rouvrir leurs portes afin que la vie reprenne ses droits. Elles sont persuadées que vous les approuverez.

À contrecœur, les journalistes des équipes de télévision obéirent et rangèrent leur matériel. Discuter n'aurait servi à rien. Vonni, Fiona et les enfants se mirent en marche avec le cortège, en direction des tombes fraîchement creusées, entre les vieilles pierres et les murs fissurés.

— C'est une journée irréelle, marmonna Thomas. Je me sens bizarre et pourtant, je n'ai pas perdu d'être cher.

— Je n'ai pas envie d'être seule, renchérit Elsa.

— Si nous allions boire un verre de retsina et manger une assiette de *kalamari* et de tapas sur le port. Regardez, ils sortent les terrasses.

— Je pense qu'Elsa préférerait éviter les endroits fréquentés, coupa David.

— Oh, j'avais oublié. Écoutez, j'ai du vin au frais chez moi. Savez-vous où j'habite ? Au-dessus de la boutique artisanale.

Réticents à l'idée de se quitter, Elsa et David acceptèrent son invitation avec enthousiasme.

— Il faudrait pouvoir prévenir Fiona ! dit Elsa.

— Oui, mais du coup, il faudra supporter son amoureux, rétorqua David, visiblement peu emballé par cette perspective.

— Non, je pense qu'il est toujours en prison, affirma Thomas. Alors, on y va ?

Elsa semblait hésiter.

— Partez devant. Je vais me chercher une écharpe à la maison au cas où le vent se lèverait ce soir. J'en profiterai pour passer acheter des olives chez Yanni. Je vous retrouve dans un quart d'heure.

Le projet semblait lui faire plaisir et elle s'éloigna d'un pas rapide en direction de son appartement. Les deux garçons rejoignirent le domicile de Thomas. Pendant que ce dernier rangeait le salon et sortait des verres, David examina les livres.

— Les as-tu apportés de Californie ? demanda-t-il, stupéfait.

— Non, beaucoup appartiennent à Vonni. J'aimerais d'ailleurs qu'elle dorme dans la chambre d'amis.

— Quoi ?

— Elle couche, là-bas au fond du jardin, dans l'appentis, au milieu des poules et Dieu sait quoi d'autre.

— Je ne te crois pas, s'écria David en lançant un coup d'œil étonné au bâtiment délabré.

Danse d'une nuit d'été

Pendant une dizaine de minutes, ils conversèrent à bâtons rompus tout en achevant de mettre le couvert. Finalement, ce fut David qui aborda en premier la question qui les préoccupait tous les deux.

— Ne trouves-tu pas qu'Elsa est bien longue pour rapporter des olives ?

Il y eut un long silence.

— Je suppose qu'elle l'a rencontré.

— Et qu'elle est partie avec lui, conclut David.

À peine sortie de l'épicerie, Elsa aperçut Dieter. Il conversait avec Claus, le chef cameraman, tout en lorgnant sa montre. Comme à son habitude, il avait dû faire envoyer les images et les commentaires du reportage par modem au *desk* et loué un hélicoptère pour regagner Athènes au plus vite. Elle esquissa en hâte un mouvement de recul dans l'embrasure de la porte, mais ne fut pas assez rapide. Dieter l'avait vue. Il s'élança vers elle.

— Elsa, Elsa! appela-t-il en bousculant les gens sur son passage.

Son visage était rouge et ses yeux brillants. Elle avait oublié à quel point il était beau et comme il ressemblait à Robert Redford, jeune. Il n'y avait aucun moyen de fuir. Déjà, il était près d'elle.

— Dieter ? bredouilla-t-elle d'un ton incertain.

— Elsa chérie! Que fais-tu ici? Pourquoi t'es-tu enfuie?

Il se tenait debout face à elle, les mains posées sur ses épaules, la couvant d'un regard amoureux. Toute discrétion l'avait abandonné. De toute façon, Claus devait être au courant. Comme la moitié du personnel de la chaîne. Elle se contenta de le fixer avec intensité et ne répondit pas.

— Claus a entendu dire que tu étais ici : apparemment quelqu'un d'une télévision concurrente t'a vue hier mais je ne les ai pas crus. Oh, ma chère et adorable Elsa – comme c'est bon de t'avoir retrouvée.

Elle secoua la tête.

— Tu ne m'as pas *retrouvée*, tu m'as rencontrée par hasard. Maintenant je dois m'en aller.

Elle vit Claus reculer discrètement, soucieux de ne pas être impliqué dans une querelle d'amoureux.

— Elsa, ne sois pas ridicule – tu abandonnes ton travail, tu me quittes sans aucune explication… Crois-tu qu'il n'y a rien à discuter ?

Ses traits parfaits étaient ravagés par l'émotion, jamais elle ne l'avait vu aussi bouleversé. Il appela son collègue.

— Claus, cria-t-il, rentre avec les autres. Je vais passer la nuit ici, je t'appellerai demain.

— Ne reste pas pour moi, je t'en prie, supplia Elsa. Si tu essaies de me forcer ou de me menacer, je te jure que j'irai trouver la police. Hier, ils ont bouclé un type qui harcelait une femme, ils auront bien de la place pour deux.

— Te *menacer* ?

Il paraissait choqué par cette idée.

— Comme si j'étais capable de faire une chose pareille ! Je t'aime, Elsa. Ça me rend tellement malade que je veux savoir pourquoi tu m'as quitté, sans un mot.

— Je t'ai écrit.

— Douze lignes, répondit-il en fouillant dans la poche de sa veste. J'emporte ce message partout avec moi, je le

Danse d'une nuit d'été

connais par cœur. J'espère tous les jours qu'à force de le lire, je finirai par comprendre ce qu'il signifie.
   Il paraissait si perturbé qu'elle s'adoucit.
   — Tout est là, pourtant.
   — Non, il n'y a rien. Je te jure que si tu me parles, je m'en irai et je te laisserai tranquille. Dis-moi simplement pourquoi tu as bousillé deux années magnifiques. Tu le sais et moi pas. Nous avons toujours été francs l'un envers l'autre. Sois-le encore. Tu me dois bien ça.
   Elle resta silencieuse. Effectivement, peut-être lui devait-elle plus qu'une lettre de douze lignes ?
   — Où séjournes-tu ? On pourrait aller chez toi, suggéra-t-il en hâte comme s'il devinait son hésitation.
   — Non. Où es-tu descendu ? Au Anna Beach ?
   C'était l'unique hôtel vaguement touristique et confortable de Aghia Ana. Il était normal qu'il y ait loué une chambre.
   — Oui.
   — D'accord, je vais t'y accompagner, on pourra discuter dans la véranda.
   Il poussa un discret soupir de soulagement.
   — Merci, se contenta-t-il de dire.
   — Mais d'abord, je dois laisser un message. Il lui tendit son téléphone portable. Non, je ne connais pas le numéro.
   Elle pénétra dans l'épicerie, s'avança vers le comptoir et tendit le sac d'olives à Yanni. Après l'avoir chargé de le faire livrer chez Thomas, elle griffonna quelques mots sur une petite carte.
   Dieter l'attendait toujours sur le seuil du magasin.
   — Tu n'as même pas écrit trois lignes à ce type, constata-t-il. Je devrais être flatté, non ?
   Elsa laissa échapper un petit rire.

Danse d'une nuit d'été

— Ce n'est pas *un* type, mais deux. Tu vois ce que je veux dire ?
— Je t'aime, Elsa, répondit-il avec passion.

— Vous m'avez été très utile aujourd'hui, Fiona. Les parents m'ont demandé de vous remercier en leur nom.
— De rien, j'adore les enfants.
Sa voix était nostalgique.
— Vous aurez les vôtres, un jour.
— Je ne sais pas, Vonni. Et vous, êtes-vous maman ?
— Je n'ai eu qu'un seul fils. Mais c'est une histoire un peu compliquée, répliqua-t-elle d'un ton qui signifiait que le sujet était clos.
Non pas qu'elle rejetât Fiona. Elle voulait bien discuter, mais pas de sa progéniture.
— Je pense vraiment que vous êtes douée avec les petits, peu importe si vous ne parlez pas leur langue.
— J'ai l'impression d'être enceinte, se hâta de préciser Fiona. En vérité, j'en suis certaine... mais ce n'est pas simple non plus !
— L'avez-vous annoncé à votre ami, celui qui est parti pour Athènes ?
— En quelque sorte. Je m'y suis mal prise.
— Vous ne devriez pas rester seule. Je vous aurais bien invitée chez moi, mais je vis dans ce que Thomas appelle le poulailler.
— Je compte m'installer avec Elsa. Mais pour l'instant, elle n'est pas là. David non plus d'ailleurs.
Vonni l'escorta jusqu'au magasin.
— J'attends quelques secondes, dit-elle en s'arrêtant devant la porte. Je tiens à m'assurer qu'il y a quelqu'un pour vous tenir compagnie.

Danse d'une nuit d'été

Alors que Fiona grimpait les marches menant à l'appartement, Thomas apparut sur le seuil. Quand elle fut sûre que Fiona était entre de bonnes mains, Vonni repartit en direction du port. Elle avait prévu d'aller donner un coup de main à la famille de Manos, faire le service ou laver la vaisselle. Elle y resterait aussi longtemps qu'on aurait besoin d'elle.

— Ils l'ont expédié à Athènes avant que j'aie pu le voir, sanglota Fiona.

— C'est peut-être mieux ainsi, commença David. (Devant l'expression de la jeune fille, il corrigea platement :) Je veux dire... Tu auras le temps de prendre un peu de recul. Il reviendra.

— Ou il écrira, renchérit Thomas sans conviction.

— Où est Elsa? s'enquit brusquement Fiona.

Elle au moins aurait dit quelque chose de sensé! Malgré leur bonne volonté, Thomas et David ne comprenaient rien. Il y eut un silence. Puis Thomas se décida à parler.

— Elle était en route pour ici quand elle a rencontré quelqu'un...

— L'Allemand, précisa David.

— Elle est partie avec lui?

Une note d'envie affleura dans la voix de Fiona.

— Apparemment, oui, répondirent les deux garçons à l'unisson.

7.

À l'hôtel Anna Beach, la plupart des journalistes étaient sur le départ. Agglutinés contre le bureau de la réception, ils avaient hâte de quitter les lieux. La tragédie qu'ils venaient de couvrir était pour eux déjà du passé. Une autre les attendait ailleurs. Ils ne parleraient à nouveau de celle de Aghia Ana que dans plusieurs mois, lorsque les enquêteurs auraient rendu leurs rapports et établi le leurs conclusions officielles.

Dieter et Elsa se dirigèrent vers les fauteuils en rotin et les tables basses qui meublaient la véranda. En contrebas, la mer bleu marine léchait les rochers. Son innocence apparente était trompeuse. D'autorité, Dieter commanda deux cafés.

— Excuse-moi, s'interposa Elsa en rappelant le garçon. Il s'est trompé en passant la commande pour moi. Je voudrais un ouzo avec de l'eau, s'il vous plaît.

— Je t'en prie, ne fais pas la difficile, supplia Dieter.

— De quoi parles-tu? N'ai-je pas le droit de choisir ce que je veux boire? demanda-t-elle.

Danse d'une nuit d'été

Elle était perplexe.

— Non, tu sais très bien ce que je veux dire. Je n'aime pas quand tu comptes les points.

— Oh, je suis bien au-delà de ça. Alors, tu voulais me parler ? Je suis là, je t'écoute.

— C'est moi qui t'écoute ! Je veux que tu me dises pourquoi tu as disparu, tout abandonné derrière toi pour aller te planquer dans un trou perdu.

— Je ne me cache pas, rétorqua Elsa, indignée. J'ai démissionné officiellement de mon poste, je suis ici sous mon nom. Tu m'as demandé de t'accompagner et je suis venue, il n'y a aucun mystère. Et Aghia Ana n'est pas un trou perdu. Regarde, la moitié des médias internationaux est là… cet endroit est plutôt animé, non ?

— Je déteste tes airs faussement désinvoltes. Ça ne te va pas du tout.

Lorsque le serveur arriva, Elsa versa de l'eau dans son anisette et regarda l'alcool se troubler. Puis, elle vida son verre en une seule gorgée.

— Quelle rapidité ! s'exclama-t-il à la fois impressionné et amusé.

— Pourquoi ne bois-tu pas ton café – qu'on puisse monter dans la chambre ?

— *Quoi ?*

Stupéfait, il leva sur elle des yeux arrondis.

— Ta chambre, répéta-t-elle comme s'il était sourd.

Une fois encore, il la fixa avec ahurissement. Sans comprendre.

— Allez, Dieter, ne fais pas semblant ! Ce n'est pas pour parler que tu m'as fait venir, pas vrai ? C'est pour baiser !

Sa mâchoire s'affaissa.

Danse d'une nuit d'été

— Eh bien... Je... Oh, Elsa ! Pourquoi te montres-tu aussi grossière ? Nos rapports sont d'un autre niveau.
— Désolée, je croyais que c'était de ça dont il était question quand tu venais la nuit chez moi ou à l'heure du déjeuner.
— Elsa, je t'aime, tu m'aimes. Pourquoi, bon sang, réduis-tu cette relation à une histoire de sexe ?
— Ne veux-tu pas coucher avec moi ? dit-elle en le regardant droit dans les yeux d'un air innocent.
— Tu sais bien que si.
— Alors, finis ta tasse et prends ta clef.

*
* *

— Merci, Vonni, personne à part toi n'aurait pensé à venir faire la vaisselle, un soir comme celui-là.
— Debout dans la cuisine, Maria, la veuve de Manos, admirait les assiettes et les verres étincelants.
— Comment t'en sors-tu ? s'enquit gentiment Vonni sans s'arrêter sur le compliment. Est-ce que tes amis t'aident un peu ?
— La plupart, oui, mais d'autres n'arrêtent pas de me répéter que Manos était un irresponsable. Ce n'est pas d'un grand secours.
— Il y a toujours des gens pour dire ce qu'il ne faut pas, on dirait que c'est leur spécialité,
— Tu as l'air de connaître ça !
— Je pourrais écrire un livre sur le sujet. Qui t'a fait le plus de mal ?
— Ma sœur, je crois. Elle a eu le toupet de me conseiller de trouver un autre mari. Elle prétend qu'il faut que je me dépêche avant d'être totalement décrépite.

Danse d'une nuit d'été

Quand je pense que le corps de Manos n'est pas encore froid !

— C'est celle qui est mariée au vieux pingre, de l'autre côté de l'île ?

— Oui.

— Eh bien, ignore-la. Ce n'est pas une autorité en matière d'histoire d'amour ! Qui d'autre ?

— Mon beau-père. Il veut que j'aille vivre avec lui à Athènes, avec les enfants. Il est persuadé que, seule, je ne m'en sortirai pas. Je déteste cette idée, je ne peux pas partir.

— Bien sûr que non. Dis-lui que tu y réfléchiras l'année prochaine, que la coutume veut qu'on ne prenne aucune décision dans les douze premiers mois d'un deuil.

— Est-ce vrai ?

— Non, c'est une tradition irlandaise, mais tu n'es pas obligée de lui préciser.

— Mais il va faire des projets !

— Non, montre-toi très ferme : « Aucun plan d'avenir avant un an. » D'ici là, tu pourras lui expliquer que les enfants ne peuvent pas quitter l'école, un truc comme ça.

— As-tu déjà vécu ce genre de choses ? Des enterrements où les gens bien intentionnés veulent absolument te donner des conseils ? Tu parais toujours si sereine.

— Après les obsèques de ma mère, ma sœur m'a écrit que j'avais toujours été un fardeau, un fléau, que maman avait eu plein d'insomnies à cause de moi.

— Ce n'est pas possible !

— Quand j'étais jeune, j'étais assez indomptable, encore plus irresponsable que Manos. Sur le coup, j'ai été blessée, je me suis culpabilisée, puis je me suis souvenue que je faisais souvent rire mes parents. Ma frangine était mortellement ennuyeuse. Ça m'a redonné le moral.

— Es-tu restée en contact avec elle ? Moi, je meurs d'envie de gifler la mienne.

— J'ai ressenti ce sentiment pendant très longtemps, mais la vie est plus facile quand on ne succombe pas à la violence. Crois-moi. Je lui écris tous les ans pour son anniversaire et pour lui souhaiter la bonne année.

— Te répond-elle ?

— À chacun de ses voyages en Italie ou en Espagne, elle m'envoie des cartes postales, histoire de me montrer à quel point elle est cultivée. Mais elle est seule, elle n'a pas d'amis. Je suis dix millions de fois plus heureuse qu'elle. Je peux me permettre d'être polie. Toi aussi. Tu as de la chance de ne pas avoir épousé l'avare qui lui tient lieu de mari. Réjouis-toi de ça tous les jours. Dans quarante-huit heures, elle sera repartie avec lui compter ses sous. Attends avant de la frapper !

Maria pouffa.

— Grâce à toi, je me sens beaucoup mieux – je ne pensais pas avoir envie de rire avant longtemps, dit-elle en posant sa main sur le bras de la vieille femme.

— Mais si, tu verras ! Pleure un bon coup et amuse-toi également. C'est comme ça qu'on survit.

David était inquiet à l'idée de regagner son meublé. Ses logeurs étaient pétrifiés de chagrin depuis la mort de leur fils. De son côté, Fiona redoutait l'instant de la séparation. Elle n'avait aucune envie de rentrer à pied chez Eleni et de dormir seule, en sachant que Shane ne lui avait laissé aucun message.

Danse d'une nuit d'été

— Pourquoi ne restez-vous pas ici tous les deux ? suggéra brusquement Thomas comme s'il lisait dans leurs pensées. Fiona, tu peux prendre la chambre du fond, et David le canapé.

Son regard s'attarda sur ses deux compagnons de fortune. Leurs visages rayonnaient de soulagement et de reconnaissance. Ils hochèrent la tête en silence. C'était une nuit particulière où l'on ressentait le besoin d'être entouré.

— Puis-je demeurer avec toi, ce soir, au poste de police ? demanda Andreas à Yorghis.

— J'allais te le proposer.

— C'est juste que... Le chemin du retour me paraît bien long, je ne sais pas pourquoi.

— Personne n'a envie d'être seul après de telles funérailles, assura Yorghis en tapotant la main de son frère. Moi aussi, je suis content que tu restes.

Aucun des deux ne chercha à préciser les raisons de sa solitude. Ils se contentèrent d'évoquer ceux qui étaient venus partager leur tristesse, regrettant au passage que leur sœur Christine, qui habitait trop loin et devait veiller sur ses enfants, n'ait pas fait le déplacement.

Personne ne parla d'Adoni, le fils Andreas, l'ancien copain de Manos, qui, aujourd'hui, n'avait plus aucun lien avec son village natal. Le nom de la femme de Yorghis ne fut pas non plus prononcé. Elle l'avait quitté quelques années auparavant après avoir entretenu une liaison secrète avec un touriste. La violence des propos échangés alors était de celle qu'on a peine à oublier. Elle avait regagné le berceau familial, quelque part en Crète. On n'avait jamais plus eu de nouvelles.

Danse d'une nuit d'été

Yorghis alla chercher une bouteille de metaxa dans la cave avant de sortir des draps propres et une taie d'oreiller de l'armoire.

— Vas-tu m'installer dans une cellule ? demanda Andreas.

— Non, mon frère, on a tellement longtemps partagé la même chambre quand on était mômes que ça ne nous fera pas de mal de recommencer. Il éclata de rire. On a l'air malin ! Deux vieux bonshommes esseulés qui vont passer une nuit bien triste ensemble !

Vonni venait de servir du café et du *baklava* à la famille de Manos et s'apprêtait à rentrer chez elle lorsque Maria réapparut dans la cuisine.

— Puis-je te demander un service ? dit-elle.
— Tout ce que tu veux.
— Est-ce que cela t'ennuierait de rester avec moi, juste pour une fois ? Je n'ai pas envie d'être seule.
— Bien sûr.
— Tu es une excellente amie, le lit est trop grand et trop vide pour moi.

Vonni prit une mine piteuse et s'excusa par avance :
— Je te préviens, je ronfle un peu.
— Je suis habituée, Manos était une vraie locomotive, même s'il le niait farouchement.
— Ah ce cher Manos ! murmura tendrement Vonni. Je suis sûre qu'il serait ravi que je le remplace, histoire de t'empêcher de dormir correctement.

Le Anna Beach Hotel possédait quelques petits bungalows face à la mer. Après avoir ouvert la porte de son

Danse d'une nuit d'été

cabanon, Dieter recula d'un pas pour laisser entrer Elsa. Au lieu d'aller s'asseoir, elle fit les cent pas dans la pièce, admirant les photographies de la côte de Aghia Ana accrochés aux murs.

— C'est magnifique, s'exclama-t-elle, l'air rieur.

— Arrête d'en faire des tonnes !

— C'est toi qui m'as appris à sourire pour la télévision. Avec les yeux et les dents. Je m'en rappelle très bien.

— S'il te plaît, mon amour – tu es mon amour. S'il te plaît, ne sois pas si cassante.

— Non, tu as raison. Ne perdons pas de temps.

Elle avait déjà enlevé sa veste bleu marine. Elle ôta sa robe en soie et l'étendit précautionneusement sur le dossier d'une chaise. Dieter la fixait, hésitant. Elle retira ensuite son soutien-gorge en dentelle et sa culotte, puis finalement enleva ses élégantes sandales en cuir.

— Tu es si belle ! s'écria-t-il en la dévorant des yeux. Quand je pense que j'ai cru ne jamais te revoir !

— Ce n'est pas ton genre, Dieter, tu obtiens toujours ce que tu veux.

Elle passa ses bras autour de son cou et l'embrassa avidement. Le temps s'accéléra. C'était comme si jamais ils n'avaient été séparés.

Fiona évalua du regard la petite chambre blanche dans laquelle elle avait trouvé refuge pour la nuit. Avec son lit recouvert d'un plaid turquoise, sa petite commode couleur crème, surplombée d'un miroir bleu incrusté de coquillages, son alignement de poteries, la pièce était jolie et accueillante. Mais Fiona était trop triste et trop lasse pour l'admirer réellement. La journée avait ressem-

Danse d'une nuit d'été

blé à un cauchemar et ce n'était qu'un début. L'avenir était incertain et effrayant. Ah si seulement Shane pouvait être là, avec elle ! S'ils avaient pu séjourner ensemble chez Thomas dans ce splendide appartement ! Fiona soupira. Elle savait que ce rêve n'était qu'un leurre. Shane aurait trouvé n'importe quel motif pour se bagarrer avec Thomas. Il faisait ça avec tout le monde. Sans doute parce que personne ne le comprenait.

Elle eut comme un hoquet. Pourquoi les gens étaient-ils incapables de voir ce qu'il y avait de meilleur en lui ? Elle s'allongea sur la courtepointe et se mit à pleurer jusqu'à ce qu'elle sombre dans le sommeil.

Dans la pièce voisine, Thomas et David jouaient aux échecs lorsqu'ils entendirent des gémissements de l'autre côté de la cloison.

— Ne me dis pas qu'elle pleure ce petit salaud, murmura David, étonné.

— Je sais, c'est incompréhensible.

Les deux jeunes gens restèrent silencieux quelques minutes, le temps que les sanglots s'apaisent, puis échangèrent un sourire de soulagement.

— Tu sais de quoi on a l'air ? demanda brusquement David. De parents dont le bébé n'arrive pas à dormir.

Thomas poussa un lourd soupir.

— Oui, je connais ça. On a du mal à quitter la chambre tant qu'il n'est pas endormi et après, au moment où on se faufile vers la porte en catimini, il vous rappelle à grands cris. En fait, ce sont des périodes merveilleuses.

Son visage reflétait une profonde tristesse et David se demanda ce qu'il devait dire. Il avait tellement tendance à parler à tort et à travers.

Danse d'une nuit d'été

— C'est dur de comprendre les femmes, n'est-ce pas? lâcha-t-il finalement.

Thomas leva sur lui un regard pensif.

— Je pensais exactement la même chose. Ce sont des mystères : Fiona pleure sur une brute avinée qui la bat sans remords, Elsa disparaît avec l'homme qu'elle a fui à l'autre bout du monde, ma femme, soi-disant amoureuse de poésie et de littérature, s'installe avec un crétin qui remplit ma maison d'équipements sportifs...

L'amertume perlait dans le son de sa voix. David resta interdit. Quelle idée d'avoir lancé une telle conversation, se dit-il.

— Tu dois avoir également des exemples personnels, reprit Thomas avec un haussement d'épaules.

— Non, c'est justement le problème. Je disais à Elsa tout à l'heure que je n'avais jamais aimé aucune fille. Ça me rend superficiel et mesquin.

Thomas lui adressa un sourire amical.

— Non, tu es quelqu'un de bien et je suis heureux que tu sois là, ce soir. Malheureusement, tu n'es pas très doué pour les échecs. Tu n'as pas libéré ton roi. Il n'a pas d'issue, le pauvre gars. Voilà, échec et mat!

Sans raison, cette dernière phrase eut pour effet de dérider l'ambiance. Les deux garçons éclatèrent de rire et tandis que Fiona dormait paisiblement dans la pièce contiguë, ils donnèrent libre cours à leur hilarité.

Dieter caressa le visage d'Elsa.

— Comment ai-je pu penser que je t'avais perdue? susurra-t-il avec tendresse.

Elsa ne répondit pas.

— Tout ira bien maintenant.

Danse d'une nuit d'été

Voyant qu'elle restait silencieuse, il insista avec une inquiétude croissante.

— Si tu n'éprouvais rien pour moi, tu n'aurais pas fait l'amour avec autant de fougue, n'est-ce pas ?

Allongée sur le dos, Elsa fixait le plafond.

— Parle-moi, je t'en prie. Dis-moi que ce n'était qu'une crise, qu'on va se retrouver comme avant !

Le silence devenait intolérable.

— S'il te plaît, s'il te plaît, Elsa ?

Elle se redressa lentement, descendit du lit, décrocha le grand peignoir blanc suspendu à la patère de la salle de bains et s'empara du paquet de cigarettes de Dieter.

— Tu avais arrêté, lança-t-il d'un ton accusateur en la voyant en allumer une.

Elle inhala profondément et se laissa tomber dans le grand fauteuil en bambou, sans le quitter des yeux.

— Tu rentres avec moi, Elsa !

— Non, bien sûr que non ! C'était un au revoir, nous le savons tous les deux. Ne fais pas l'enfant, Dieter.

— *Au revoir* ?

— Oui, tu repars chez toi et moi, je vais... je ne sais pas... quelque part. Je n'ai pas encore décidé.

— C'est de la folie. On est faits l'un pour l'autre. Tout le monde le sait.

— Non, c'est faux. Les seules personnes qui sont au courant se taisent, en suivant ton exemple. C'est parce que tu refuses d'assumer notre relation au grand jour que nous vivons dans le secret depuis deux ans. Alors, arrête avec tes « Tout le monde sait que nous sommes faits l'un pour l'autre ».

Il darda sur elle un regard frappé de stupeur.

— On s'est engagés dans cette histoire avec franchise. Ensemble, martela-t-il.

Danse d'une nuit d'été

— Et j'en sors de la même façon, *avec franchise*, répondit-elle calmement.

— Tu n'es pas le genre de femme à désirer une bague de fiançailles, siffla-t-il, une once de mépris dans la voix.

— Ça, c'est sûr! Je te rappelle que j'ai couché avec toi le soir de notre troisième rendez-vous. On ne peut pas dire que j'ai monnayé mes faveurs!

— Alors, quel est le problème? demanda-t-il avec une surprise non feinte.

— Je te l'ai dit. Mieux, je te l'ai écrit.

— C'était incompréhensible, tu as gribouillé douze lignes qui n'avaient ni queue ni tête. La vie n'est pas une devinette, Elsa. Nous sommes tous les deux trop vieux pour ce genre de gamineries. Que désires-tu? Si tu veux absolument te marier, je suis d'accord. S'il faut en passer par là, allons-y!

— J'ai déjà connu plus belle demande en mariage, ironisa-t-elle.

— Cesse de faire l'idiote. S'il faut t'épouser pour te garder, je le ferai. Je serai *fier* de le faire, rectifia-t-il.

— Non, merci, ce n'est pas ce que je souhaite.

— Alors, que cherches-tu? hurla-t-il, désespéré.

— Je veux en finir avec cette relation, t'oublier, continuer ma vie sans toi.

— Tu me l'as montré d'une bien étrange manière.

Il jeta un coup d'œil appuyé sur le lit qu'elle venait de quitter. Elsa haussa les épaules.

— Je n'éprouve plus de confiance et d'admiration pour toi. Je ne te respecte plus. Le sexe n'a rien à voir avec ça. C'est juste un bref instant de plaisir, d'excitation. Je te signale que ce sont tes propres paroles.

Danse d'une nuit d'été

— Je m'en souviens parfaitement, mais c'était dans des circonstances différentes. À l'époque, je ne parlais ni de toi, ni de moi.

— Cependant, c'est le même principe, pas vrai ?

Sa voix était coupante comme de l'acier.

— Non, je t'ai dit ça pour t'expliquer pourquoi j'avais couché avec une fille lors d'un festival de cinéma. C'était sous l'effet de l'alcool, ça n'avait aucune signification. D'ailleurs, j'ai oublié son prénom.

— Birgit. Elle, elle se souvient de toi.

— Suffisamment pour venir t'en parler et te faire du mal. Cette histoire n'a aucune importance.

— Je le sais, je l'ai dépassée.

— Alors, à quoi rime ce drame en trois actes ? Pourquoi es-tu partie ?

— Je te l'ai écrit dans ma lettre.

— Non ! Tu as griffonné des conneries à propos de responsabilités, de conclusions à tirer... Franchement, je te le jure, je n'ai rien compris à ce que tu voulais dire. Je ne saisis toujours pas.

Son beau visage était ravagé par la peur et ses épais cheveux tout ébouriffés.

— Birgit m'a parlé de Monika, lâcha finalement Elsa.

— Monika ? Mais c'était des années avant que je te rencontre. On avait décidé qu'on ne parlerait pas du passé. Pourquoi mets-tu ça sur la table ? Je te promets que je ne l'ai pas revue depuis qu'on se connaît. Pas même une fois.

— J'en suis convaincue.

— Alors, explique-moi. Je t'en supplie. De quoi s'agit-il ?

— Tu n'as pas vu ta fille non plus !

Danse d'une nuit d'été

— Ah! (Il se tassa légèrement.) Birgit a vraiment bien travaillé.

Elsa ne répondit pas.

— C'était un accident. J'avais prévenu Monika que je n'étais pas prêt à être père, à fonder une famille. Elle le savait depuis le début. Il n'y avait aucune zone d'ombre, plastronna-t-il.

— Quel âge a-t-elle?

Elle posa la question avec une telle platitude que Dieter parut confus, pour la première fois.

— Monika?

— Gerda. Ta fille.

— Je ne sais pas. Je t'ai dit que je ne les voyais pas.

— Allez, fais un effort.

— Environ huit ou neuf ans, je pense. Mais quel est l'intérêt de tout ça? Ça n'a rien à voir avec nous.

— Tu es le père de cet enfant. Que tu le veuilles ou non, cela t'engage.

— Non. C'est une erreur de jeunesse dont je ne suis pas responsable. Monika prenait la pilule. Cette histoire ne me concerne pas et ne me concernera jamais. Elle et moi avons reconstruit nos vies.

— Mais Gerda a commencé la sienne sans père.

— Arrête de l'appeler par son prénom, tu ne la connais pas. Tu ne fais que répéter les potins de cette salope de Birgit.

— Tu aurais dû m'en parler.

— Non, tu me l'aurais reproché. Sois juste, Elsa. Si tu avais su que j'avais eu un bébé avec une autre, tu m'en aurais voulu.

— J'aurais préféré ça plutôt que de fréquenter un homme assez lâche pour se désengager de ses responsabilités envers une fillette. Imagines-tu les angoisses qu'elle doit vivre au quotidien?

Danse d'une nuit d'été

— Tu fantasmes, tu ne sais rien d'elle.
— J'ai l'impression de revivre mon enfance. Mon père nous a abandonnés lorsque j'étais petite. J'ai passé des années à attendre, espérer, douter. À chaque anniversaire, chaque Noël, chaque été. J'étais si sûre qu'il écrirait, téléphonerait ou viendrait me voir.
— C'était différent. Il avait vécu un peu avec vous. Tu avais le droit de penser qu'il ne t'oublierait jamais. Moi, je n'ai rien à voir avec l'enfant de Monika. Elle n'attend rien de moi.

Elsa darda sur lui un long regard pénétrant.
— Que veux-tu que je fasse ? interrogea-t-il.
— Rien.
— Si je nouais des liens avec cette gamine qui ne m'est rien, est-ce que tu reviendrais ?
— Non, jamais.
— Et ça... De nouveau, il fixa le lit où ils avaient fait l'amour. Cela ne signifie rien pour toi ?
— Bien sûr que si. Ça voulait dire au revoir, dit-elle en enfilant sa robe et ses sandales.

Après avoir glissé tranquillement ses sous-vêtements dans son sac à main elle se dirigea vers la porte.
— Elsa ! Tu n'as pas le droit de faire ça !
— Adieu, Dieter !

Sa veste bleu marine rejetée sur l'épaule, elle traversa le jardin soigneusement entretenu de l'hôtel en direction de la grille. La voix de Dieter résonnait à son oreille.
— Ne t'en va pas, Elsa ! S'il te plaît ! Je t'aime tant. Ne me quitte pas.

Mais elle poursuivit sa route sans se retourner.

Vonni peinait à trouver le sommeil. Soudain, une pensée plus insidieuse que les autres s'accrocha à son cerveau. Il n'y avait plus de lait dans le réfrigérateur de Maria et demain, au petit déjeuner, il serait trop tôt pour aller en acheter. Dès que la respiration de Maria devint régulière, Vonni se glissa hors du grand lit double et se saisit d'une cruche en terre cuite. Elle avait décidé de se rendre au Anna Beach où les cuisines restaient ouvertes toute la nuit. Elle était sur le chemin du retour quand elle aperçut Elsa, la jeune Allemande, qui arrivait en face d'elle. Son visage était inondé de larmes. Vonni se dissimula derrière une bougainvillée. C'est alors qu'elle entendit une voix d'homme qui hurlait. Bien qu'elle ne parlât pas bien allemand, elle comprit ses paroles. Sa sincérité ne faisait aucun doute. Pourtant, Elsa continua d'avancer.

8.

Après être sorti acheter du pain frais et des figues pour le petit déjeuner, Thomas prépara un grand pot de café et entreprit de disposer le couvert sur la table. Tandis que David repliait la couverture que Thomas lui avait prêtée et retapait les coussins, Fiona émergea de la chambre du fond. Elle avait les traits tirés, mais malgré sa pâleur, un sourire de gratitude éclairait son visage.

— Tu as vu comme il nous gâte, Fiona, s'exclama David qui mourait de faim. Nous avons de la chance d'avoir trouvé un tel bienfaiteur.

— Oui, je le sais, répondit-elle avec ferveur. Je me sens beaucoup plus forte, aujourd'hui. J'ai plein de projets.

Thomas lui sourit.

— Raconte-nous.

— Maintenant que je suis calmée, je vais aller trouver le chef de la police et lui demander son aide pour retrouver Shane. Peut-être lui a-t-il dit quelque chose ? À l'aller, nous ne nous sommes arrêtés à Athènes qu'une journée, mais je sais qu'il adore la place Syntagma. Yorghis a sans

Danse d'une nuit d'été

doute là-bas un collègue policier qui peut lui délivrer un message. Ensuite, je retournerai chez Eleni me changer et j'irai voir si Vonni a besoin de moi.

Ses yeux étaient brillants d'enthousiasme et son air abattu avait disparu. David semblait également plein d'énergie.

— Je vais monter à la taverne rendre visite à Andreas. J'adore ce vieil homme. Sans exagérer, c'est un vrai gentleman.

— C'est vrai. Il sera très heureux de te voir, l'assura Thomas. Fais-lui toutes nos amitiés. Moi aussi, j'ai beaucoup de choses à faire. Quand ce sera l'heure, je téléphonerai à mon fils en Californie mais d'abord, je vais tenter de mettre la main sur Vonni. Elle n'a pas dormi dans le poulailler.

— Comment le sais-tu ? s'étonna David.

— Habituellement, elle se promène avec sa lampe torche. Cette nuit, il n'y avait pas de lumière dans l'appentis. Je veux absolument la convaincre de s'installer dans la chambre du fond. Je ne peux pas souffrir de la savoir enfermée dans cette masure.

— Souffrir ? Masure ? s'exclama Fiona en riant.

— C'est mon côté universitaire, bredouilla Thomas.

— Shane se moque toujours de moi quand j'utilise des mots aussi vieillots, plaisanta la jeune fille.

Aucun des deux hommes ne sut quoi répondre.

Elsa était de retour dans son appartement. Sachant qu'elle ne parviendrait pas à dormir, elle alla s'asseoir sur la terrasse et regarda l'aube se lever sur Aghia Ana. Puis, comme si elle acceptait que ses peurs puissent enfin la quitter avec la naissance du jour, elle gagna la salle de bains, prit une douche et se lava les cheveux. Après avoir enfilé une robe en coton jaune vif, elle se fit un café et reprit sa place sur le balcon. Le premier ferry du matin allait quitter le port. Dieter partirait sur celui de 8 heures, elle en était convaincue. Pourquoi aurait-il attendu la fin de matinée alors qu'il avait compris qu'elle ne rentrerait pas avec lui ? Il n'était pas du genre à s'accrocher. Il avait renvoyé Claus et le reste de l'équipe, hier, par hélicoptère et savait qu'il ne servirait à rien de parcourir les ruelles une par une pour la retrouver. De sa terrasse, elle le verrait quitter l'île mais lui ne s'en rendrait pas compte.

Elle fouilla du regard la foule colorée qui faisait la queue devant la passerelle. Impossible de discerner sa silhouette. Pourtant, il devait être là. Après tout ce temps, ils se connaissaient bien tous les deux. Soudain, elle l'aperçut. Les cheveux ébouriffés, la chemise largement échancrée sur son torse, il agrippait son sac à lanières de cuir. Aux aguets, il évaluait chaque personne, espérant l'entrevoir, quelque part au milieu d'un groupe de touristes.

Finalement, il posa son bagage sur le sol, leva les deux bras en l'air et hurla :

— Je t'aime, Elsa. Où que tu sois, je t'aimerai toujours.

C'était comme s'il sentait sa présence.

Une bande de jeunes garçons s'approcha de lui et lui tapa sur l'épaule dans un geste d'approbation. Une telle déclaration d'amour, c'était tellement romantique. Raide comme de la pierre, Elsa suivit des yeux le ferry qui s'éloignait en direction du Pirée. Des larmes roulèrent lentement sur ses joues et tombèrent une à une dans sa tasse et sur ses genoux.

Danse d'une nuit d'été

— David, mon ami, soyez le bienvenu !

Devant l'enthousiasme d'Andreas, David sentit une boule se former dans sa gorge. Il aurait tellement souhaité avoir un père semblable, un père dont le visage s'éclairerait en le voyant arriver. Mais à chaque fois, il n'avait droit qu'à un accueil glacial et contraint.

Sans attendre, les deux hommes se mirent à évoquer les funérailles.

— Aghia Ana ne sera jamais plus pareille désormais, soupira Andreas.

— Vous étiez très proche de Manos ?

— Oui, comme tout le monde. Ici, il n'y a aucun secret. Manos et un de ses copains venaient jouer avec Adoni quand ils étaient enfants. Ils avaient fabriqué une balançoire sur l'arbre qui est là-bas. (Il pointa du doigt le fond du jardin.) Il grimpait jusqu'ici pour échapper à sa famille – ils étaient huit chez eux. Comme Adoni était fils unique, nous étions heureux qu'il ait des compagnons de jeu. Ma femme, qui est maintenant partie retrouver le Seigneur, les surveillait par la fenêtre de la cuisine. Elle était tranquillisée de le savoir en sécurité. Je me demande si elle nous voit de là-haut... Ah ! Manos enterré... Adoni à Chicago, coupé de ses racines... Si les cœurs peuvent saigner au ciel, celui de ma douce épouse doit répandre des litres de sang.

David ne sut quoi répondre. Il aurait tellement désiré avoir la présence d'esprit de Thomas, être capable d'affirmer des certitudes, de réciter quelque poésie appropriée. Il se sentait impuissant et inutile.

— Je ne connais pas grand-chose au paradis, s'excusa-t-il. Je sais vaguement ce qu'en dit la religion juive.

— Croyez-vous que les juifs morts voient ce qui se passe sur Terre ?

Danse d'une nuit d'été

— Oui, mais je pense qu'ils ont une vue d'ensemble, comme s'ils discernaient le tableau en entier. Du moins, c'est ce que j'ai entendu dire.

Andreas hocha la tête à plusieurs reprises. Cette affirmation semblait le réconforter.

— Venez partager mon déjeuner, David. Il n'y aura pas beaucoup de clients aujourd'hui.

Devant la profusion de plats qui attendaient en cuisine, David eut la gorge serrée. Quelle tristesse de constater qu'Andreas avait travaillé pour rien.

— Je goûterai bien à cette salade de *penne*, commença-t-il. Je n'en ai jamais mangé.

— Si cela ne vous gêne pas, je préférerais que vous preniez de la moussaka ou des *kalamari*. Les *pasta* sont facilement congelables, je les ai faites ce matin. Excusez-moi, ce n'est pas très poli de vous forcer ainsi la main, bredouilla Andreas, embarrassé.

— J'adore la *moussaka*. Mais comme j'ai vu qu'il y avait beaucoup de pâtes, je ne voulais pas qu'elles soient perdues...

— Comme vous êtes gentil ! Installez-vous au soleil, je vais chercher les verres et les assiettes.

David prit place dans un fauteuil en rotin. Il se sentait tellement bien, sur cette terrasse surplombant la vallée. Pourquoi ce stupide Adoni préférait-il demeurer à Chicago alors qu'un lieu aussi paradisiaque lui tendait les bras ?

*
* *

Lorsque Fiona arriva chez Eleni, cette dernière l'accueillit avec effusion. Mais Fiona n'avait pas le cœur à parler. Elle promena un regard absent autour de la chambre. Les affaires de Shane avaient disparu, ses chemises froissées, ses jeans, son sac en toile, jusqu'à sa tabatière en métal et son papier à rouler. Et dire qu'elle avait désespérément cru qu'il aurait pu lui laisser un message, quelque part dans la pièce! Elle fut prise d'un brusque vertige. Était-ce le choc de voir que Shane l'avait abandonnée sans un mot ou à cause de la chaleur qui régnait dans cette maison mal isolée? Elle avait la tête vide, comme si elle était sur le point de s'évanouir. Eleni la contemplait avec pitié et sympathie. Fiona s'efforça de reprendre contenance. À cet instant, une sensation de chaleur humide inonda ses cuisses. Ça devait être la sueur, il faisait tellement chaud. Elle baissa les yeux et comprit immédiatement. Ses pieds étaient couverts de sang. Eleni se rua sur elle, aussitôt en alerte, et l'obligea à s'asseoir sur une chaise. Puis elle bondit vers la porte.

— *Ela, ela, ela*, s'écria-t-elle en courant chercher des serviettes.

— Pourriez-vous aller chercher Vonni? Je vous en prie! paniqua Fiona. Vonni! Voyez-vous de qui je veux parler?

Elle traça sur son visage des lignes imaginaires pour décrire les traits ridés de la vieille femme.

— *Xero* Vonni, oui, je la connais!

Fiona ferma les yeux. Vonni serait bientôt là. Elle saurait quoi faire.

Vonni était assise dans l'appartement au-dessus de la boutique et discutait avec Thomas.

— Je vous l'ai déjà dit, je vous ai loué ce loft à un prix très élevé, vous avez droit à votre intimité. Il n'est pas question que j'accepte votre pitié. Je ne dormirai pas chez vous.

— N'avez-vous aucun sens de l'amitié ? interrogea Thomas. Je voudrais que vous vous installiez dans la petite chambre que vous avez si merveilleusement décorée, non pas en tant que logeuse mais en tant qu'amie. Je ne comprends pas que vous préfériez coucher dans un taudis, avec des poulets qui vous grimpent dessus.

Vonni éclata d'un rire tonitruant.

— Mon Dieu, vous êtes bien un Américain ! Toujours ce sens de l'hygiène ! Où avez-vous vu des poulets ? Il y a juste deux malheureuses poules...

— Dormez ici, Vonni, s'il vous plaît. Je déteste la solitude, j'ai besoin de quelqu'un à qui parler.

— Oh, arrêtez, Thomas ! Vous aimez votre indépendance. Soyez raisonnable, ne m'offrez pas la charité. Je vous en prie.

— Et vous, soyez sensée, ne rejetez pas mon offre, je vous en conjure !

Sa dernière phrase fut brusquement couverte par des exclamations et des cris d'enfants qui résonnaient dans l'escalier. Vonni sauta sur ses pieds.

— Ce sont les fils d'Eleni, s'exclama-t-elle. Ça a l'air urgent. Il faut que je parte.

Thomas la saisit par le poignet.

— Vous n'irez nulle part avant d'avoir accepté ma proposition. Alors que décidez-vous ?

— C'est d'accord, soupira Vonni, elle-même surprise par sa réponse.

— Parfait ! Vous pouvez filer maintenant.

— Venez avec moi, vous pourrez m'aider. Appelez un taxi.

Danse d'une nuit d'été

Devant Thomas stupéfait, elle courut chercher une pile de serviettes et s'élança sur le palier à la rencontre des trois gamins.

— Que se passe-t-il ? s'égosilla Thomas en tentant de la rattraper.

— Avec un peu de chance, Fiona est en train de perdre le bébé de cette ordure ! Enfin, on ne lui dira pas ça bien sûr – c'est entre nous.

Lorsque Thomas revint, hors d'haleine, avec une voiture, Vonni poussa les deux garçonnets sur la banquette arrière et se glissa à côté d'eux. Surexcités, les gamins rayonnaient de plaisir, ce n'était pas tous les jours qu'on leur offrait une balade improvisée. Après une seconde d'hésitation, Thomas s'installa à l'avant. Il ignorait en quoi il pourrait être utile, mais il faisait confiance à Vonni.

— Je sens que la vie va être pleine d'imprévus avec ma nouvelle colocataire, s'écria-t-il tandis qu'un large sourire illuminait son visage.

— Vous êtes un homme généreux, Thomas ! répondit Vonni.

Une fois arrivés chez Eleni, Vonni grimpa quatre à quatre à l'étage pendant que Thomas restait dans le jardin, en compagnie du chauffeur. Les petits garçons tournaient autour du véhicule, le caressant de regards envieux. Thomas les observa avec attendrissement : ils avaient à peu près le même âge que Bill. Mais tandis que son fils était habitué à circuler en auto depuis sa naissance, eux n'en avaient jamais vue de près. Dieu que la vie des gens pouvait être différente, d'un pays à l'autre !

Danse d'une nuit d'été

Des voix féminines se firent entendre dans l'escalier. Thomas surprit quelques mots en grec puis en anglais. Quelques minutes plus tard, Vonni réapparut.

— Ça va aller, le rassura-t-elle. Elle a perdu un peu de sang, mais elle est infirmière et a l'habitude. De plus, c'est une fille raisonnable, enfin sauf en ce qui concerne le choix de ses amoureux. Elle est persuadée que ce salaud va être bouleversé par la nouvelle. Dieu nous protège ! Je vais faire appeler le médecin afin qu'il lui donne un calmant.

— Est-elle en sécurité ici ?

— Non, ils ne parlent pas un mot d'anglais. J'ai pensé que...

— Qu'elle pourrait s'installer avec nous ? coupa Thomas.

— Non, je suggère plutôt qu'elle passe quelques jours chez Elsa, la jeune Allemande.

Thomas secoua la tête.

— Elsa a des problèmes à régler en ce moment. Il est préférable que Fiona vienne avec nous.

— Je crois qu'elle les a pris en main, vous vous en apercevrez bientôt. J'ai entendu dire que son ami était parti sur le ferry de 8 heures.

— Alors, elle doit être accablée, s'inquiéta Thomas.

— Non, je crois que c'est elle qui l'a voulu. Mais chut ! Nous ne sommes pas censés être au courant. En attendant, si vous alliez la chercher ?

— Êtes-vous sûre que je sois le mieux placé pour ça ?

— J'en suis même absolument certaine

Malgré son manque de conviction, il ne lui vint pas à l'idée de refuser la demande de Vonni. Il fit un geste au chauffeur et monta dans la voiture. Quand il se

Danse d'une nuit d'été

retourna, il aperçut la vieille femme qui se dirigeait vers la buanderie, le corps ployant sous une pile de serviettes et de torchons. Sans doute allait-elle les laver ? Quel personnage extraordinaire ! se dit-il. Il mourait d'envie de la connaître davantage, mais il savait qu'il lui faudrait être patient. Vonni ne se révélerait qu'au moment où elle l'aurait elle-même décidé.

— Vonni ?
— Ne vous en faites pas, tout va bien.
Fiona tendit vers elle une main implorante.
— Je voulais m'excuser pour les soucis que je vous cause, le sang, le ménage, tout le reste...
— Ça n'a aucune importance. Vous êtes infirmière, vous devez savoir que je n'y ai même pas prêté attention. Ce qui compte, c'est que vous repreniez des forces.
— Oh ça, je m'en fiche !
— C'est honteux !
— Quoi ?
— Eleni et moi étions mortes d'inquiétude. Elle a envoyé ses enfants me chercher, Thomas nous a accompagnés en taxi puis a filé chez Elsa pour lui demander de vous accueillir chez elle et vous vous en fichez ? Et dire qu'en plus j'ai fait appeler le médecin. Votre attitude est scandaleuse.
— Ce n'est pas ce que je voulais dire. Je n'attends plus rien de l'avenir, c'est tout. Tout est fini, j'ai perdu la seule chose à laquelle je tenais... bredouilla Fiona, d'un air pitoyable.
Vonni l'observa un instant puis s'assit à côté d'elle.
— Le Dr Leros sera là dans quelques minutes. C'est un homme charmant, mais, actuellement, il n'est pas très

Danse d'une nuit d'été

en forme. La tragédie d'hier lui a brisé le cœur. C'est lui qui a signé les actes de décès de tous ces jeunes gens qu'il avait mis au monde. Pendant des heures, il s'est efforcé de bredouiller quelques mots d'allemand ou d'anglais à des familles effondrées. Il les a rassurées, en leur disant que ceux qu'ils aimaient n'avaient pas trop souffert. Je doute qu'il comprenne votre déprime. Croyez-vous qu'il soit en état d'entendre une jeune fille en bonne santé parler de mourir alors qu'elle vient simplement de faire une fausse-couche au bout de trois semaines de grossesse ? Un conseil, Fiona, taisez-vous ! Ce qui vient de vous arriver est triste, d'accord, mais ne soyez pas égocentrique. Pensez aux autres comme vous l'avez toujours fait, avec Shane ou dans votre métier d'infirmière. Si vous avez envie de vous défouler, vous pouvez le faire avec moi mais pas avec le Dr Leros. Pas aujourd'hui. Lui aussi vient de vivre une épreuve douloureuse.

Fiona se mit à sangloter.

— Je suis désolée, mais tout le monde passe son temps à me dire que Shane est un garçon horrible, que c'est mieux comme ça. C'est faux, c'est *pire* comme ça. Sincèrement. J'aurais été heureuse d'avoir cet enfant, j'aurais adoré porter son fils ou sa fille. Et maintenant, c'est terminé.

Vonni lui caressa la main.

— Je sais, je sais, répéta-t-elle machinalement.

— Pensez-vous que ce qui m'arrive est une bonne chose ?

— Bien sûr que non. C'est une expérience terrible et j'en suis navrée pour vous. Mais vous devez être forte. Vous avez des amis ici, vous n'êtes pas seule. Elsa ne va pas tarder.

Danse d'une nuit d'été

— Pourquoi m'inviterait-elle chez elle ? Elle a sa vie, son amoureux, elle me trouve faible. Elle ne s'intéresse pas à moi.

— Vous vous trompez, croyez-moi sur parole, dit Vonni, en tournant la tête vers le couloir. Tiens, j'entends le Dr Leros qui arrive.

— Je me souviendrai de vos conseils.

— Vous êtes une brave fille, approuva Vonni en hochant la tête.

Les petits garçons d'Eleni n'avaient jamais vécu pareille journée. À leur grande satisfaction, depuis le matin, il y avait eu une succession d'événements imprévisibles : d'abord, un voyage en taxi, des allées et venues d'étrangers et une impressionnante lessive de serviettes et de torchons qui séchait maintenant au soleil sur la corde à linge. Pour couronner le tout, le grand type américain qui portait un drôle de pantalon était réapparu avec un melon d'eau sous le bras.

— *Karpouzi* ! avait-il lancé fièrement, visiblement ravi de connaître le nom d'une chose aussi banale.

Les deux enfants s'en étaient emparés et étaient partis le déguster derrière la maison, avant de planter les graines en terre, sous l'œil amusé de leur bienfaiteur. Peu de temps après, la femme – celle qui était malade – était descendue avec Vonni, leur mère et une élégante créature en robe jaune qui ressemblait à une star de cinéma. Le Dr Leros, qui les accompagnait, n'arrêtait pas de dire qu'il fallait que sa patiente se repose. Mais vu qu'elle portait une valise, elle devait partir pour de bon... Pourquoi maman ne voulait-elle pas accepter les billets qu'elle lui proposait ? Il avait fallu l'intervention de l'homme au bermuda – ce type-là était au moins un millionnaire pour voyager toute la journée en taxi – pour que l'affaire soit réglée. Leur mère avait pris l'argent et puis, après le départ de tous ces visiteurs, avait entraîné Vonni dans la cuisine. Quelque chose dans son expression leur avait fait clairement comprendre qu'ils ne devaient pas traîner dans les parages. Visiblement, leur présence était indésirable.

— Je partirai dans un jour ou deux, lorsque je me sentirai mieux, promit Fiona en découvrant le magnifique appartement d'Elsa.

— Ta compagnie me fait plaisir, l'assura la jeune Allemande.

Elle sortit les vêtements de Fiona du sac en toile et les suspendit un à un.

— J'ai un fer à repasser si tu veux, dit-elle, mais on s'occupera de ça plus tard.

Fiona aperçut la robe en soie crème et la veste marine qui pendaient, accrochées à un cintre sur la terrasse.

— Tu es une vraie perle, s'exclama-t-elle. N'est-ce pas la tenue que tu portais hier à l'enterrement ? Tu l'as déjà lavée ?

— Comme je n'ai plus l'intention de la mettre, je l'ai nettoyée pour la donner à quelqu'un.

Elsa s'exprimait avec un calme presque étrange.

— Comment ? Mais elle est magnifique. Elle a dû te coûter une fortune.

Fiona était éberluée.

— Tu n'auras qu'à l'essayer tout à l'heure et si elle te va, emporte-la ! Je ne veux plus jamais la voir.

Danse d'une nuit d'été

Fiona posa sa tête sur l'oreiller et ferma les yeux. Tout cela était trop difficile à comprendre.

— Il fait trop chaud dehors, reprit Elsa. Je vais m'asseoir ici à côté de toi et lire un instant. Essaie de dormir, à moins que tu ne préfères parler.

— Pour l'instant, je n'ai pas grand-chose à dire, murmura Fiona d'une petite voix.

— Tu changeras peut-être d'avis, rétorqua Elsa avec un sourire chaleureux avant de tirer les rideaux pour assombrir la pièce.

Puis, elle s'installa sur le fauteuil près de la fenêtre.

— L'as-tu vu ?
— Oui.
— Es-tu heureuse ?
— C'était juste un au revoir. Il fallait régler un certain nombre de choses. C'était difficile, mais c'est fini maintenant. Comment dit-on en anglais ? Il y a des hauts et des bas ?

— Non, « c'est plus facile à dire qu'à faire ».

Sous l'effet du sédatif, la voix de Fiona devenait pâteuse. Bientôt, elle plongea dans le sommeil et sa respiration devint régulière. Elsa la contempla, attendrie. Quel âge pouvait-elle avoir ? Vingt-trois ou vingt-quatre ans ? Elle paraissait si jeune. Finalement, cette fausse-couche était un heureux coup du sort, même si, comme l'avait dit Vonni, il était inutile de le crier sur les toits.

Thomas composa fébrilement le numéro de son ex-femme en se demandant quelles probabilités il avait de tomber directement sur son fils. En choisissant l'heure du petit déjeuner, il mettait toutes les chances de son côté. Enfin presque. Les enfants répondaient rarement au télé-

Danse d'une nuit d'été

phone quand il y avait des adultes dans les parages. Finalement, ce fut Andy qui décrocha.

— Salut Thomas! Vous avez été sympa d'appeler l'autre soir. Ça a dû être une sacrée pagaille!

— Ouais, c'était horrible, répondit Thomas d'un ton sec et saccadé.

— À part ça, est-ce que tout va bien?

Cet homme était insupportable. Comment osait-il parler de « pagaille » alors que cette catastrophe avait déchiré l'âme de centaines de personnes?

— Au poil! (Il était maintenant franchement acerbe.) Est-ce que Bill est là?

— Il aide sa mère à faire la vaisselle.

Dieu qu'il était agaçant! Ce n'était pas ce qu'on lui demandait.

— Pourriez-vous lui dire de s'essuyer les mains et de venir parler à son père qui lui téléphone de l'autre bout du monde?

— Je vais voir s'il a fini.

Décidément, cet Andy était incurable.

— Sa mère peut, *probablement*, prendre le risque de le libérer, même s'il n'a pas *fini*...

Involontairement, Thomas serra les poings. Une rage folle montait en lui. Quand il s'aperçut que Vonni l'observait de la porte de la cuisine, sa mauvaise humeur redoubla.

— Salut papa! s'écria la voix ravie de Bill.

— Comment vas-tu, fiston? Bien?

— Ouais. Est-ce qu'on parle de ton île dans le *Dodécanèse*, papa?

— Non, mais si tu as le gros Atlas sous la main, je t'expliquerai où elle se trouve...

— Je ne l'ai pas. Andy l'a monté avec les autres livres sur le palier du premier.

— Même le dictionnaire? Ce n'est pas possible, je veux que tu l'aies près de toi quand tu regardes la télévision. Ce type ne va pas éradiquer toute culture dans la maison sous prétexte d'installer des rameurs!

Une réelle souffrance transparaissait au-delà des mots.

— Passe-moi ta mère, Bill. Va la chercher.

— Non, papa, vous allez encore vous disputer. Écoute, ça n'a pas d'importance. Je vais aller récupérer l'Atlas, si tu veux.

— Laisse tomber. Après tout, ce n'est pas grave. Je t'enverrai un email avec une carte en pièce jointe. Enfin… si l'ordinateur n'a pas encore été remisé au garage!

— Non, il est là, murmura Bill sur un ton de reproche.

— Que comptes-tu faire aujourd'hui?

— On doit aller au centre commercial m'acheter de nouvelles baskets et puis Andy m'emmènera courir pour les essayer.

— C'est génial, siffla Thomas, lugubre. Tu me manques, fiston.

— Ouais, papa, toi aussi, mais c'est toi qui es parti, répondit l'enfant.

— Qui t'a raconté ça? Ta mère ou Andy? Écoute-moi, Bill, nous avons discuté de ça pendant des heures. Il valait mieux que je m'éloigne pour te laisser t'habituer à ton nouvel environnement.

— Maman n'a rien dit, Andy non plus, coupa Bill. C'est toi qui as choisi de t'en aller. C'est tout ce que je voulais dire!

Danse d'une nuit d'été

— Excuse-moi. Je suis un peu bouleversé. Il y a eu tellement de morts ici... S'il te plaît, pardonne-moi. Je te rappellerai bientôt.

Sur ces derniers mots, il raccrocha lentement le téléphone. Jamais il ne s'était senti aussi pitoyable.

— Vous avez encore semé la zizanie, lança brusquement Vonni en s'approchant de lui, un verre de brandy à la main.

— Vous ne savez pas ce que c'est que d'avoir un fils ! se hérissa-t-il en tentant de ravaler ses larmes.

— Bon sang, pourquoi affirmez-vous une chose pareille ? gronda-t-elle, les yeux étincelants de colère. Qu'est-ce qui vous fait dire que je n'ai pas de fils ? Vous n'avez pas le monopole du statut de parent.

— Mais... alors, où est-il ? Pourquoi n'est-il pas avec vous ?

— Parce que moi aussi, j'ai foutu une belle pagaille.

Thomas savait qu'elle n'en dirait pas plus. Cependant, malgré ses critiques, il était heureux et rassuré de sa présence. C'était bien mieux que de pleurer seul, entre quatre murs, sur la vie étriquée que Bill menait à des milliers de kilomètres de là.

En arrivant à la taverne, où David et Andreas finissaient de déjeuner, Yorghis sortit de son coffre de voiture un énorme gigot qu'on venait de lui offrir. C'était d'ailleurs la raison pour laquelle il avait décidé de rendre visite à son frère.

— Tu pourras peut-être le faire cuire pour tes clients, dit-il.

— Tu sais, à part David, je n'ai vu personne aujourd'hui. Je pense que ce sera aussi calme ce soir.

Danse d'une nuit d'été

— Que dirais-tu, alors, d'inviter mes gars à dîner ? Ils ont tous travaillé dur depuis l'accident. David et ses amis peuvent se joindre à nous, ainsi que Vonni.

Excité par l'invitation, Andreas se hâta de remplir un grand saladier de crudités. Rien ne pouvait lui faire plus plaisir que de cuisiner pour les autres, au lieu de rester seul, sur sa terrasse.

— Le problème, hésita soudain Yorghis, c'est que le poste de police n'est pas très confortable, ni très accueillant.

— Je vais emporter les coussins rouges, on les mettra sur les bancs. (Andreas n'avait aucune envie de renoncer à ce projet.) David, pouvez-vous aller les chercher dans la chambre d'Adoni ?

David lui lança un regard surpris. Quoi ? Adoni vivait depuis des années à Chicago et Andreas avait gardé ses affaires !

— Elle est en haut des escaliers, sur la gauche, expliqua Yorghis.

David se hâta d'obtempérer. Après avoir grimpé les marches étroites, il poussa la première porte qu'il trouva et pénétra dans la pièce. Les murs étaient décorés de posters représentant le Panathinaïkos, l'équipe de football d'Athènes, et une troupe de danseurs grecs. Il y avait également des photos du Panaya et une image de la Vierge Marie. Visiblement, cet Adoni avait des goûts éclectiques. Pour le reste, on avait l'impression que rien n'avait changé depuis son départ. Le lit, recouvert d'une couverture écarlate matelassée, était fait comme s'il allait revenir cette nuit. Sur les rebords des fenêtres, David avisa les fameux coussins. Il se pencha par-dessus la balustrade. Le soleil descendait sur les collines, éclairant les champs d'oliviers et la baie limpide de Aghia Ana. David ne compre-

Danse d'une nuit d'été

nait pas : comment pouvait-on se satisfaire de l'Illinois alors qu'un tel paysage était là, prêt à vous accueillir ? Il s'empara des boudins en coton rouge et redescendit au rez-de-chaussée. Yorghis et Andreas étaient en train de charger la camionnette.

— Ça va nous remonter le moral, disait Andreas à son frère, l'œil pétillant et le sourire aux lèvres.

David le considéra avec attendrissement – et le cœur lourd d'envie. Comme il aurait aimé avoir un père capable de s'enthousiasmer pour des plaisirs aussi simples.

Une fois dans les rues de Aghia Ana, il se fit déposer chez Thomas, qui parut sincèrement heureux de l'invitation et s'empressa d'aller acheter quelques bouteilles de vin. Vonni accepta de se charger de prévenir Fiona et Elsa. Mais avant cela, elle expliqua brièvement à David les derniers rebondissements de la journée.

— Je ne suis pas sûre qu'elle sera assez en forme pour se joindre à nous, dit-elle.

— La pauvre, s'apitoya David, c'est terrible, mais peut-être est-ce mieux...

— Vous connaissez l'expression « terrain miné »... Cette phrase a été inventée pour l'occasion. Nous pensons tous la même chose, mais Fiona n'est pas en mesure de l'entendre. Je tiens à vous prévenir.

— Vous avez raison. De toute façon, je dis toujours ce qu'il ne faut pas. Et Elsa ? Je pensais qu'elle était partie avec son ami allemand...

— Vous allez croire que je suis le Sphinx réincarné, mais là aussi, « terrain miné »...

La soirée battait son plein au poste de police. Après une journée épuisante, les jeunes policiers se détendaient

Danse d'une nuit d'été

enfin, ravis des arômes de gigot badigeonné de basilic et d'origan qui s'échappaient de la petite cuisine. Ils avaient accueilli avec plaisir les étrangers amenés par leur patron. Ces touristes ne ressemblaient pas aux autres. La première jeune femme ressemblait à une déesse alors que la deuxième avait l'air malade. Quant aux deux hommes, ils étaient aussi différents qu'on peut l'être ; l'un grand et dégingandé, flottant dans un bermuda trop large, l'autre, petit et grave, caché derrière ses lunettes.

Tous faisaient des efforts pour parler grec et étaient avides d'en apprendre davantage. Ils savaient que le vin se disait *krassi* et parvenaient presque à force d'entraînement à prononcer le mot *yassu* sans accent. Tandis que les nuages couraient dans le ciel et que la lune projetait des étincelles sur la mer, Andreas découpa fièrement la pièce de viande.

— J'ai l'impression que notre séjour à Kalatriada remonte à un siècle, dit brusquement Fiona.

— C'était seulement il y a deux nuits, lui répondit Elsa. La pluie tombait en rafales... C'était impressionnant.

— Il s'est passé tant de choses depuis !

Elsa tendit le bras par-dessus la table, et lui serra la main en signe de compassion. Les yeux de Fiona se remplirent de larmes. David lança un coup d'œil reconnaissant à Vonni. Heureusement qu'elle avait pensé à le prévenir, qui sait quelle gaffe il aurait été capable de faire.

Soudain, alors qu'ils achevaient leur repas, ils avisèrent un groupe de jeunes gens qui se rassemblaient devant la maison de Manos, à l'entrée du port. Bientôt, les clients assis aux terrasses des cafés et des restaurants se levèrent pour se joindre à eux.

— Que se passe-t-il ? s'enquit Thomas, alarmé.

Danse d'une nuit d'été

Yorghis se leva lentement et scruta la foule avec attention.

— Je ne sais pas. Il se tourna vers l'un de ses gars. Va voir si tout va bien.

Était-ce possible que les habitants de Aghia Ana, rendus fous par le chagrin, cherchent à imputer à Manos la responsabilité de l'accident ?

D'une voix paisible, Vonni s'interposa :

— Ne vous inquiétez pas. Certains jeunes ont l'intention de danser ce soir, devant chez Manos, pour lui rendre hommage. C'était un dieu du sirtaki.

— Habituellement, on ne fait pas la fête après des funérailles, s'étonna Yorghis.

— Ce n'est pas un jour comme les autres, répliqua Vonni.

Tous les regards étaient maintenant tournés vers la scène irréelle qui se déroulait en contrebas. Douze hommes en pantalon noir et chemise blanche se tenaient en rangs serrés, les bras posés sur l'épaule de leurs voisins. On entendit quelques accords de bouzouki et les danseurs se mirent en mouvement, leurs corps tressautant dans l'air comme des plumes. Maria et ses enfants sortirent de la maison et s'installèrent sur des chaises, sur le bord du trottoir. Dans quelques décennies, lorsque la douleur aurait disparu, les descendants de Manos se rappelleraient comment un village entier avait dansé pour leur père. La foule n'en finissait pas de grossir. Malgré la distance, on discernait des larmes dans les yeux des spectateurs. Puis, quelqu'un tapa dans ses mains et tous les habitants du village l'imitèrent aussitôt. Sous la véranda du poste de police, tout le monde retenait son souffle. L'instant était magique. Lentement, Elsa commença à battre le rythme en cadence. Thomas, David et Fiona échangèrent un sourire complice puis suivirent son exemple. Quelques secondes plus tard, Vonni, les jeunes policiers, Andreas et Yorghis se joignirent à eux. Fiona pleurait ouvertement tandis que les autres luttaient contre l'émotion.

— Quel merveilleux hommage, bredouilla Fiona, le souffle court. Jamais je n'oublierai cette nuit-là.

— Moi non plus, reconnut Thomas. C'est un privilège d'y assister.

Un silence leur répondit. C'est alors que Fiona s'exclama d'une voix claire :

— Ces étoiles dans le ciel brillent partout dans le monde, à Athènes, en Irlande ou ailleurs. Comme j'aimerais savoir ce que font nos familles et nos amis. Se doutent-ils de ce qu'on est en train de vivre ?

9.

Les parents de Fiona parlaient d'elle, comme ils le faisaient presque tous les soirs depuis son départ.

— Arrives-tu à imaginer Fiona dans un endroit pareil? demanda Mme Ryan à son mari, sans détacher ses yeux des photos de Aghia Ana reproduites à la une de l'*Evening Standard*.

— Ouais, très bien! grogna-t-il.

— C'était très gentil de sa part de nous appeler. Ça prouve qu'elle a voulu nous rassurer.

— Je ne vois pas pourquoi on aurait été inquiets puisqu'on ne savait pas où elle était, à part dans les bras de ce fichu voyou.

Contrairement à sa femme, le père de Fiona ne voyait pas ce qu'il y avait de positif dans la dernière communication téléphonique de leur fille. Il s'empara de la télécommande et monta délibérément le son de la télévision pour couper court à la conversation. Maureen Ryan se rua sur le poste et l'éteignit.

— Pourquoi as-tu fait ça? Je voulais regarder cette émission, protesta Sean.

— Non, la vérité est que tu ne voulais pas parler de Fiona.

— J'en ai plus qu'assez de ce sujet, gronda-t-il. Fiona m'ennuie à périr. Franchement, ça m'est complètement égal qu'elle assiste ou pas à nos noces d'argent.

— Sean ! Comment oses-tu dire une chose pareille ?

— Je suis sincère. Je ne vois pas pourquoi elle nous encombrerait de sa présence, surtout si c'est pour venir pleurnicher sur son sort, au bras de ce pauvre type !

— C'est ta fille autant que la mienne.

— Ah bon ? J'avais cru comprendre qu'à vingt-quatre ans tu la considérais comme une adulte, capable de prendre ses propres décisions. C'est toi qui l'as dit.

— J'ai juste expliqué qu'on se la mettrait à dos en attaquant Shane et qu'elle était assez mûre pour savoir ce qu'elle faisait. Je n'ai jamais affirmé qu'elle avait fait le bon choix.

— Hum...

— Écoute-moi, s'il te plaît. J'ai invité Barbara pour discuter de la situation. Elle ne va pas tarder. Tu sais qu'elles sont amies depuis plus de quinze ans, depuis leur première communion. Barbara est aussi bouleversée que nous.

— J'en doute. Elle est aussi stupide que Fiona. Je suis sûr qu'elle aussi serait capable de se laisser embarquer par le premier crétin alcoolique venu. Ces gamines sont toutes les mêmes de nos jours.

— Arrête de regarder les choses sous cet angle. Il faut garder un lien avec Fiona, qu'elle sache qu'on est là si elle a besoin de nous.

— Ça, c'est vite dit. Elle nous a lancé des paroles blessantes, rappelle-toi.

— Parce qu'elle avait le sentiment qu'on détestait Shane.

Danse d'une nuit d'été

Maureen s'efforçait de rester impartiale.

— Elle a abandonné sa famille, son foyer, son travail, et pourquoi ? Pour une grande gueule bourrée du matin au soir !

— On ne choisit pas l'homme dont on tombe amoureuse.

— Si, c'est à la portée de tout le monde. Toutes les femmes ne se jettent pas sur le premier salaud qu'elles croisent, rétorqua Sean, inflexible.

— Crois-tu qu'elle avait réellement envie de s'amouracher d'un cinglé ? Elle aurait préféré trouver un gentil banquier, un médecin ou un chef d'entreprise... Mais ça s'est passé autrement.

— Je te trouve bien compréhensive, tout à coup.

— Oui et tu sais pourquoi ? J'ai été touchée qu'elle ait pensé à nous téléphoner au moment de cette tragédie.

La cloche de l'entrée retentit.

— C'est Barbara ! S'il te plaît, sois gentil, Sean. C'est peut-être notre seul lien avec Fiona, notre seul espoir.

— Je ne savais pas qu'elle avait des nouvelles de *Madame*, bouda-t-il.

— Sean !

— Très bien ! concéda-t-il.

Dans la banlieue chic de Manchester, les parents de David venaient de regarder un documentaire sur les événements de Aghia Ana, à la télévision.

— Ça a dû être affreux ! s'exclama la mère.

— Sûrement, puisqu'il nous a téléphoné, râla le père.

— En six semaines, il nous a quand même envoyé dix lettres. Il reste en contact.

Danse d'une nuit d'été

— La plupart n'étaient que des cartes postales.
— Peut-être, mais il a fait la démarche d'acheter un timbre et de les poster.
— Miriam ! Nous sommes au XXe siècle, il aurait pu, comme toute personne normale, nous adresser un email.
— Je sais, je sais.
Ils restèrent silencieux un instant.
— Crois-tu que j'aurais dû me comporter différemment ? S'il te plaît, dis-le-moi, reprit-il soudain en la fixant d'un regard suppliant.
Elle tendit le bras et lui caressa la main.
— Tu as toujours été un merveilleux mari et un père fantastique.
— Alors pourquoi s'est-il réfugié dans ce trou perdu ? Explique-moi.
— C'est peut-être de ma faute, après tout ? Peut-être est-ce moi qui l'ai fait fuir ?
— Non, bien sûr que non. Il t'adore, tu le sais. Il ne veut pas travailler avec moi. Crois-tu que j'aurais dû accepter qu'il devienne artiste ou poète ? À ton avis ? Je t'en supplie...
— Je ne crois pas, il sait depuis toujours ce qu'on attend de lui, au moins depuis sa bar-mitsva.
— Pourquoi ai-je l'impression d'avoir commis un crime ? J'ai bâti cette société pour mon père, qui était arrivé en Angleterre avec rien. J'ai travaillé nuit et jour pour lui montrer que sa souffrance avait servi à quelque chose. En quoi ai-je eu tort ? J'ai voulu offrir à mon fils unique une affaire florissante. Est-ce mal ?
— Je sais, Harold, je sais tout cela.
— Si toi tu le comprends, pourquoi n'y parvient-il pas ?

Danse d'une nuit d'été

— Laisse-moi lui annoncer la nouvelle, Harold, s'il te plaît.
— Non, jamais. Je refuse sa pitié. Si je ne peux pas avoir son amour, son respect, ou même sa compagnie, je ne veux rien d'autre.

Tandis qu'Andy partait à l'université, en compagnie d'autres membres de son club de sport, afin de motiver les étudiants qui s'entraînaient pour le marathon annuel, Shirley et Bill regagnèrent la maison.
Dans la cuisine, Bill aida sa mère à déballer et à ranger les courses.
— Tu es un gentil petit garçon, s'exclama-t-elle brusquement.
— Ah bon?
— Oui, je n'ai jamais aimé personne comme toi.
— Wouah... Allez, maman...
Il était mal à l'aise.
— Je te le jure, je suis sincère.
— Mais tes parents? Ils comptaient beaucoup, non?
— Oui, ils étaient gentils mais je n'ai jamais ressenti autant d'amour pour eux que pour toi.
— Et papa au début? Et Andy aujourd'hui?
— C'est différent, Bill. L'affection qu'on porte à son enfant est toujours indestructible, inconditionnelle.
— Ça veut dire quoi?
— Ça signifie qu'il n'y a pas de « Si » ou de « Mais ». À mes yeux, tu es unique, rien ne peut détruire ça. Comment t'expliquer ça correctement? On peut arrêter d'aimer un homme ou une femme. Bien sûr, on ne le souhaite pas, mais cela peut arriver. Alors qu'avec son fils ou sa fille... c'est impossible.

Danse d'une nuit d'été

— Tu crois que papa ressent la même chose pour moi ?

— Absolument. Ton père et moi avons eu des différends, tu le sais, mais nous avons toujours pensé – et nous le pensons encore – que tu es la meilleure chose qui nous soit arrivée. On ne s'est jamais disputés à ton sujet. Jamais. Nous souhaitons sincèrement ton bonheur.

— Est-ce que papa t'aime toujours, maman ?

— Non, chéri, il me respecte et m'apprécie, je pense, mais c'est tout. Nous partageons juste notre amour pour toi.

Elle eut un sourire encourageant, comme si elle espérait l'avoir convaincu. Bill réfléchit un instant.

— Alors, pourquoi il ne me le montre pas ? demanda-t-il.

— Mais il le fait ! s'exclama Shirley, surprise.

— Non ! Il sait qu'il me manque et que son absence me pèse mais on dirait que ça lui fait plaisir. Ce n'est pas juste. C'est lui qui est parti. Pas moi.

Birgit aperçut Claus qui pénétrait dans la salle de presse.

— Ça y est ! Tu es rentré de Grèce, s'écria-t-elle, ravie.

— Salut Birgit ! lança le cameraman en chef qui ne se faisait pas d'illusions sur les véritables motivations de la jeune femme.

Puisqu'il était de retour, Dieter devait l'être également, voilà ce qu'elle devait se dire. C'était la seule chose qui l'intéressait. Comme tout le personnel féminin de la chaîne d'ailleurs. Claus soupira. Sans qu'il ait besoin de faire le moindre geste, Dieter séduisait toutes les filles qui croisaient sa route.

Danse d'une nuit d'été

Il attendit la première question. S'il avait deviné juste, elle surviendrait dans les trente secondes. Il se trompait, elle arriva plus tôt : Birgit était pressée et peu encline à perdre du temps en préliminaires.
— Dieter est-il revenu avec toi ? s'enquit-elle avec désinvolture.
— Non.
Birgit était une femme froide et cassante. Claus savoura le plaisir de lui annoncer la mauvaise nouvelle.
— Non, il a prolongé son séjour de quelques jours, articula-t-il lentement. Il a rencontré une vieille amie. Drôle de coïncidence, n'est-ce pas ?
— Qu'entends-tu par là ? Une collègue ? Une journaliste ?
— Non, une femme qui travaillait ici. Elsa.
Claus se réjouit de voir l'expression déçue de Birgit.
— Mais tout est fini entre eux !
— Si j'étais toi, je ne compterais pas trop là-dessus, susurra Claus en s'éloignant.

Adoni contempla les photos de son village qui s'étalaient à la une du journal. Immédiatement, il reconnut le visage de Manos, son copain d'enfance et celui de son épouse Maria. Il se souvenait avoir dansé à leur mariage. Il reposa le tabloïd. Il trouvait extraordinaire que toute la presse américaine parle à longueur de colonnes de Aghia Ana, mais il garderait ça pour lui. Voilà des années qu'il vivait à Chicago, grâce à l'intervention d'Eleni qui lui avait fourni un travail par l'intermédiaire d'un de ses cousins. Bien qu'il éprouvât parfois une certaine solitude, il appréciait la vie ici. Le patron du magasin de primeurs dans lequel il travaillait ne savait rien de son passé, ni

Danse d'une nuit d'été

de ses origines. Malgré la récente tragédie, il ne lui dirait rien. Pourquoi se faire du mal ? Pourquoi risquer que les gens posent des questions, l'interrogent sur ses rapports avec son paternel ? Comment expliquerait-il ces longues années de silence ? Personne ne comprendrait. Ses collègues de travail avaient des familles, des enfants. Que penseraient-ils d'un père et d'un fils qui ne s'étaient pas parlé depuis neuf ans ?

Bien sûr, en apprenant ce qui s'était passé sur l'île, Adoni avait d'abord songé à lui téléphoner pour faire part de sa compassion. Mais Andreas aurait pris ça pour un signe de faiblesse, un aveu de culpabilité. Après tout, il savait où le trouver. S'il avait quelque chose à lui dire, il n'avait qu'à le contacter.

Shane n'avait aucune idée de la façon dont on prenait le métro à Athènes. Lors de leur arrivée en Grèce, c'était Fiona qui s'était occupée de tout. Le réseau s'appelait le *Ilektricos*, un truc dans le genre. Fiona avait-elle acheté les tickets dans un kiosque ? Non, c'était pour le tramway... À vrai dire, il ne se souvenait pas. La seule chose qu'il voulait, c'était se rendre dans le quartier Exarchia. Il avait appris sur le ferry que l'endroit grouillait de tavernes et de cavistes et, comme il avait encore plein d'herbe en sa possession, il pourrait la vendre là-bas sans problème. Puis il irait s'asseoir tranquillement quelque part et réfléchirait. Maintenant, il était libre, libre comme un oiseau. Personne ne viendrait plus l'enquiquiner avec des trucs débiles, des projets insensés. Et dire que Fiona avait suggéré qu'il devienne serveur dans un restaurant ! Il fallait être malade pour proposer un truc pareil.

Finalement, elle s'était comportée comme les autres : au premier pépin, elle l'avait laissé tomber. Son histoire

Danse d'une nuit d'été

de grossesse était un gros bobard, il n'était pas dupe. Si cela avait été vrai, elle ne l'aurait pas abandonné au poste de police. Si ça se trouve, elle était rentrée à Dublin pour se réfugier dans son horrible famille. Quelle bande de nazes! En apprenant qu'il avait dégagé, ils tueraient probablement le veau gras!

Après avoir étudié son plan attentivement, Shane comprit qu'il devait descendre à la station Ormonia. Quel nom ridicule, se dit-il. Décidément, ce pays est grotesque! On ne comprend rien à ce qu'ils racontent. Quant à leur écriture, ce sont des gribouillis incompréhensibles!

*
* *

— Entre, Barbara, lança la mère de Fiona en ouvrant la porte.

— Que faites-vous dehors à une heure pareille? grogna Sean Ryan sans aménité.

— Je viens juste de finir mon service. Vous savez, je suis de garde de 8 heures du matin à 8 heures du soir et j'ai une heure de trajet.

Faisant mine de ne pas remarquer la mauvaise humeur de son interlocuteur, Barbara se jeta dans un fauteuil. Bien qu'elle fût fatiguée après sa longue journée de travail, elle n'avait pas perdu son air enjoué. Elle ébouriffa ses cheveux roux d'un geste fébrile.

— Veux-tu du thé, Barbara? Ou quelque chose de plus fort?

— Je meurs d'envie de boire un gin, madame Ryan, surtout si nous devons parler de Shane, répondit Barbara d'un ton d'excuse.

— Et toi, Sean?

Danse d'une nuit d'été

— S'il est question de ce sinistre crétin, moi aussi j'ai besoin d'un anesthésiant, ricana-t-il.

Maureen commença par servir les alcools et s'installa face à eux, en les jaugeant l'un après l'autre.

— Et si l'on écrivait à Fiona en lui disant que nous avons mal interprété la situation ? Qu'en pensez-vous ?

Son mari lui lança un coup d'œil furibond.

— On a parfaitement compris de quoi il retourne : notre fille s'est entichée d'un sale voyou. Ça me paraît clair.

— Mais elle refuse d'entendre ça. La preuve, elle est partie à des milliers de kilomètres. Elle me manque, Sean. Il n'y a pas une minute sans que je pense à elle. J'aimerais tant la voir ici, nous raconter sa journée comme Barbara. C'est notre attitude qui l'a fait fuir. Qu'en dis-tu Barbara ?

— En fait, je suis plutôt d'accord avec M. Ryan. Nous avons vu juste : Shane est un fieffé salaud qui la manipule. Il s'arrange pour qu'elle se sente coupable et joue les victimes. Son grand leitmotiv, c'est « Tout le monde m'en veut », etc.

— Ce qui me trouble le plus, c'est qu'ils prétendent s'aimer.

Maureen Ryan paraissait troublée.

— Il n'a jamais éprouvé de sentiments pour quiconque, à part lui. Il restera avec elle tant que cela lui conviendra et puis, un jour, il la laissera tomber. Mais même si elle se retrouve seule, sans amis, à des milliers de kilomètres, elle refusera de revenir. Elle connaît notre opinion.

— Ma parole, on dirait qu'elle vous manque autant qu'à nous, s'étonna le père de Fiona.

— Bien sûr, je songe à elle tous les jours, à l'hôpital, à la maison. Je meurs d'envie de lui raconter des millions

Danse d'une nuit d'été

de choses et j'ai toujours un coup au cœur quand je réalise qu'elle est partie. Selon moi, l'idéal serait de recréer un lien avec elle.

— De quelle sorte ?

Sean ne semblait abriter aucun espoir.

— Vous pourriez lui écrire une lettre, sous-entendant que vous avez compris la relation qui l'unit à Shane. De mon côté, je lui demanderais s'ils comptent rentrer tous les deux pour Noël ou les noces d'argent.

— Mais on ne sait même pas s'ils vont rester ensemble ! Vous parlez d'un exemple à donner à nos autres filles. Elles vont croire qu'on a changé d'avis sur Shane.

— Soyez réaliste, madame Ryan, il fait partie de sa vie. Apparemment, ils ont l'intention de vivre en couple même si, au fond de moi, je suis persuadée que ça ne durera pas. Si nous faisons semblant d'accepter la situation, elle cessera de nous voir comme des ennemis, expliqua Barbara en les observant à tour de rôle.

Le père de Fiona haussa les épaules, comme pour dire que tout cela le dépassait. Maureen semblait lutter contre ses larmes.

— J'ai le même sentiment que vous, insista Barbara. Je déteste être obligée de faire ça et de parler de mon amie dans son dos, mais il faut agir. Sinon, nous la perdrons.

Le courrier que l'on venait de glisser par la fente de la boîte aux lettres tomba sur le sol. Mme Fine se précipita dans l'entrée. Qui pouvait bien déposer une missive à cette heure de la nuit ? C'était une grande enveloppe qui leur était adressée à tous les deux. Au toucher, Miriam comprit qu'elle contenait un épais bristol. Elle l'apporta à son mari qui l'ouvrit immédiatement. Dedans, il y avait la confirmation de ce qu'ils espéraient depuis bien longtemps. Harold Fine avait été élu Homme d'affaires de l'année. Le carton expliquait tous les détails de la cérémonie de remise des prix qui aurait lieu en novembre prochain à la mairie, devant une large assemblée. À l'issue du cocktail, il y aurait un grand dîner d'apparat en présence du maire.

— Oh, Harold! Je suis si heureuse pour toi, s'exclama Miriam, les larmes aux yeux.

— Je n'en reviens pas, décréta Harold en louchant sur le document comme s'il allait s'évanouir en fumée.

— David sera tellement fier d'apprendre que l'invitation est arrivée. Tu verras, il va revenir à de meilleurs sentiments. Je sais qu'il rentrera pour cette occasion.

— Tu es trop confiante, Miriam. David déteste tous les chefs d'entreprise. Selon lui, ce sont des êtres malfaisants, alors je doute qu'il apprécie le fait que je sois récompensé comme le meilleur d'entre eux.

— Salut Bill!
— Salut Andy!

Andy prit place à côté de l'enfant sur la balançoire.

— Tu as un souci, gamin? Veux-tu aller courir?

— Non, ce n'est pas la solution à tous les problèmes, répondit Bill sans relever la tête.

— C'est vrai mais ça permet de les oublier un moment.

— Toi, tu n'en as jamais!

— Ah bon? Disons alors que je dois être très doué pour les dissimuler, s'amusa-t-il en flanquant une bourrade amicale au petit garçon.

Bill cligna des yeux et s'éloigna.

— Désolé, gamin.

Danse d'une nuit d'été

Andy ne savait plus quelle attitude adopter.
— Ce n'est pas grave, ce n'est pas de ta faute.
— Qui est responsable, selon toi?
— Je ne sais pas... Moi, probablement. Je ne comptais pas assez pour maman et papa. Je ne les ai pas rendus heureux.
— Ils sont fous de toi, tu es la seule chose – le seul être – qui les unisse encore.
— C'est ce que dit maman mais je suis sûr que c'est pour me rassurer.
— Ton papa pense la même chose, il me l'a expliqué avant de partir.
— Oui, mais il est parti quand même.
— Il l'a fait pour toi, pour te donner le temps de t'intégrer à ta nouvelle vie, de t'habituer à ma présence. C'était un geste très généreux de sa part.
— Je ne veux pas m'intégrer.
— Alors que veux-tu?
— Dans l'idéal, que papa et maman s'aiment encore mais comme c'est impossible, j'aimerais que mon père habite à côté. Ça ne vous gênerait pas que je le voie souvent, hein?
Il posa un regard anxieux sur Andy.
— Bien sûr que non.
— Tu crois que papa sait ce dont j'ai envie?
— Oui, Bill. Tu le sais bien.
— Alors, pourquoi est-il parti aussi loin?
Cette question n'attendait pas de réponse. C'était une simple évidence.

Hannah, secrétaire dans la chaîne de télévision, avait surpris la conversation entre Birgit et Claus. Elle n'en croyait pas ses oreilles. Ainsi Elsa s'était réfugiée au bout du monde pour fuir l'homme qu'elle aimait et mettre un terme à la relation toxique qui les unissait !

— Claus, excuse-moi, puis-je te dire un mot ?
— Bien sûr !

Dans l'équipe, tout le monde aimait Hannah. C'était une jeune femme vive et serviable, pleine d'assurance. Elle était également l'amie intime d'Elsa.

— Est-ce que tu sais si elle compte revenir ?

Elle aussi ne tournait pas autour du pot.

— C'est ce que tu voudrais ? s'enquit gentiment Claus.
— Moi ? Bien sûr. Elle me manque. Mais je respecte son choix et je pense qu'elle est mieux au loin, expliqua-t-elle avec sincérité.
— J'aimerais pouvoir t'expliquer ce qui s'est passé, mais honnêtement, je n'en sais rien. Dieter nous a demandé de rentrer avant lui. Nous avons obéi. Elsa avait l'air différent, elle n'avait plus rien de la fille qu'on connaissait. Elle donnait l'impression d'avoir pris une résolution.
— Je vois, énonça Hannah d'un ton incertain.
— Ne crois pas que les hommes sont incapables de sentir les ambiances ! Je te jure que c'était difficile de comprendre où ils en étaient.
— Je m'en doute, ce n'est pas facile. Merci de m'avoir renseignée. Il n'y a plus qu'à attendre et espérer.
— Que souhaites-tu au fond ?
— Je suis moins optimiste que toi. En fait, je n'en sais rien. Je veux simplement que les choses s'arrangent au mieux. Pour tout le monde.

Adoni avait pris la décision d'appeler son père, et le plus tôt serait le mieux. S'il attendait trop longtemps, il changerait probablement d'avis. Le soir même, une fois de retour dans son appartement, il attrapa le combiné et composa le numéro. Il était tard en Grèce et Andreas devait être au restaurant, en train de servir des clients. C'était le moment idéal, il n'aurait pas beaucoup de temps pour parler. Adoni avait déjà prévu ce qu'il allait dire. Il exprimerait ses condoléances et sa compassion envers les victimes de la tragédie. Bien sûr, il ne dirait pas un mot de leur différend.

La sonnerie du téléphone retentissait dans le vide. Personne ne répondait. Avait-il appuyé sur les mauvaises touches ? Il recommença. Mais une fois encore, il n'y eut aucune réponse. Pourquoi Andreas n'avait-il pas branché le répondeur qu'il lui avait installé avant de quitter Aghia Ana ? Finalement, Adoni se rendit à l'évidence. La taverne était déserte. À la fois soulagé et déçu, il raccrocha. Peut-être était-ce mieux ainsi, au fond ?

Une fois parvenu dans le quartier Exarchia, Shane dénicha immédiatement ce qu'il cherchait. L'endroit rassemblait la clientèle rêvée. C'est là que lui-même se serait rendu s'il avait eu besoin de dope. Peu importait qu'il ne parlât pas la langue, ce genre de deal avait son propre langage. Il s'adressa d'abord à un type – une sorte de crétin analphabète – puis, voyant que ça ne donnait rien, passa à un deuxième et finalement à un troisième. Ce dernier paraissait plus futé.

— Quel prix ? demanda-t-il aussitôt.

Il était petit et rond avec des yeux bruns aussi minuscules que des grains de raisin.

— Combien en veux-tu ? demanda Shane.

— Combien en as-tu ?

Danse d'une nuit d'été

— Largement assez.
À cet instant, un éclair d'appareil photo, puis un autre, frappa Shane en plein visage. Une main puissante l'attrapa au collet et le secoua comme un prunier. Le soi-disant client approcha sa figure grassouillette de la sienne.
— Écoute-moi avec attention, mon gars. On t'a tiré le portrait deux fois. Une fois pour nous, une autre pour la police. Si tu recommences à dealer, tu vas avoir de gros pépins.
— Mais... tu as dit que tu voulais en acheter, bredouilla Shane.
— Cet établissement appartient à mon père, c'est lui le propriétaire. Si j'étais toi, je me casserais en vitesse. Le mec qui t'a coincé, c'est mon oncle. Il attend tes excuses. Et après, tu dégages. Tu as vingt secondes.
— Je ne connais aucune excuse en grec.
— *Signomi* fera l'affaire.
— *Signomi*, bégaya Shane.
— Retiens ce mot, espèce de petite merde, et sois heureux de t'en tirer à si bon compte.
— Je peux toujours revenir! menaça Shane.
L'individu éclata de rire.
— Essaie toujours! Dix secondes.
— *Signomi*, cria Shane par-dessus son épaule à l'adresse du vieil homme qui le retenait.
La poigne de fer se relâcha et Shane tituba vers la porte avant de s'élancer, sans demander son reste, dans les rues obscures d'Athènes.

10.

Lorsque Thomas s'éveilla, une légère migraine lui vrillait le crâne. Il ne lui fallut pas longtemps pour en deviner les raisons. Le vin rouge qu'ils avaient bu la nuit dernière au poste de police ressemblait davantage à une piquette qu'à un grand cru français. D'ailleurs, à en croire Yorghis, il avait probablement été fabriqué le mois précédent!

Il quitta sa chambre en se frottant les yeux, avec l'intention de se préparer du café. Deux tasses le remettraient sûrement d'aplomb. S'il en avait le courage, il sortirait acheter des petits pains croustillants et un kilo d'agrumes. Vonni lui en serait probablement reconnaissante, elle aussi devait avoir la gueule de bois. Mais quand il coula un regard vers la porte de la chambre d'amis, il s'aperçut qu'elle était ouverte. Le lit était soigneusement fait et il n'y avait aucun objet personnel en vue. Apparemment, Vonni n'utilisait cette pièce que pour dormir. Le jeune homme se demanda où elle avait pu aller. Était-elle retournée dans le poulailler ou, comme le joueur de flûte d'Hamelin, avait-elle entraîné les enfants sur l'embarcadère ? Thomas sourit intérieurement. Cette femme était un sacré personnage. Avec son indépendance farouche, ses longues tresses remontées sur la tête, son visage ridé, tanné par le soleil et son large sourire, il était impossible de lui donner un âge. Avait-elle quarante ans ? Cinquante ? Soixante ? Depuis combien de temps résidait-elle à Aghia Ana ? C'était difficile de le savoir, les habitants étaient muets sur le sujet et elle-même peu diserte sur son passé.

Thomas bâilla et pénétra dans la cuisine. Vonni l'avait devancée. Sur la table se trouvaient quatre grosses oranges et deux petits pains frais, enveloppés dans un torchon. Thomas soupira de plaisir et s'attela devant son petit déjeuner.

Voyant que Fiona dormait toujours, Elsa lui laissa un message.

Je suis allée sur le port. Je n'ai pas voulu te réveiller. Pourquoi ne viendrais-tu pas m'y retrouver à midi ? Si tu veux, apporte ton maillot de bain, on ira se baigner dans la petite anse, là où il y a le restaurant avec les nappes bleues et blanches. Je ne me souviens pas du nom.

Amitiés.

Elsa.

Elsa remarqua qu'elle veillait sur Fiona comme si elle était sa sœur un peu écervelée alors qu'il s'agissait en fait d'une infirmière compétente. Comment cette femme intelligente pouvait-elle croire que, quelque part à Athènes, ce gros rustre de Shane s'inquiétait pour elle ?

Dans les ruelles étroites de Aghia Ana, la vie continuait. Elsa descendit lentement la colline en admirant les

Danse d'une nuit d'été

scènes de carte postale qui s'étalaient sous ses yeux. Les commerçants lavaient les trottoirs devant leurs boutiques et dépliaient leurs étals. Dans les cafés et les restaurants, les serveurs inscrivaient soigneusement les plats du jour sur de grands tableaux noirs. Mais malgré la sérénité ambiante, personne ne semblait véritablement enjoué ou insouciant. Le souvenir de l'accident hantait encore les esprits. Les habitants vivaient avec. Ou faisaient semblant. Comme Elsa. Elle avait l'impression de cacher à la perfection un sentiment de vide et d'engourdissement. À tout prendre, elle ne se débrouillait pas mal. La veille au soir, elle était parvenue à discuter avec les autres comme si de rien n'était, elle avait épaulé Fiona qui avait sangloté des heures sur son épaule. Aujourd'hui, elle était capable de sourire aux gens qu'elle croisait, de les saluer d'un *kalimera* joyeux. Mais elle avait la tête qui tournait et se sentait à des kilomètres de là. Jamais elle ne s'était sentie aussi seule, aussi isolée. Elle n'avait plus de famille, plus d'amour, plus de travail et, depuis son départ d'Allemagne, plus de foyer.

Son père l'avait abandonnée, sa mère s'était contentée de la pousser vers la réussite et son amoureux lui avait menti.

Soudain, elle entendit un klaxon résonner derrière elle. Elle fit volte-face et mit sa main en visière à cause de la luminosité. Dans une camionnette délabrée, Vonni lui faisait signe, entourée comme d'habitude de sa troupe d'enfants.

— Nous allons nous baigner sur une plage absolument fantastique. Voulez-vous nous accompagner ?

— Avec plaisir. Mais il faut que je sois rentrée à midi, j'ai promis à Fiona de la retrouver sur le port.

Danse d'une nuit d'été

Heureuse d'avoir pensé à prendre son maillot et son chapeau de paille, elle s'avança vers la voiture. Elle était prête à aller n'importe où.

— Nous serons de retour bien avant, concéda Vonni. Je ne peux pas laisser les petits en plein soleil, à une heure pareille.

Les bambins, âgés de cinq à six ans, levèrent le bras en guise de bienvenue et adressèrent un large sourire à Elsa.

— *Yassu*, Elsa! chantonnèrent-ils en chœur.

La gorge de la jeune fille se noua. Elle avait l'impression que son vœu était exaucé. Enfin, elle semblait compter pour quelqu'un! Elle n'était plus seule. Pour un instant du moins.

David avait loué une bicyclette et se rendait dans une petite crique retirée que lui avait vantée sa logeuse. Il regrettait de ne pas être convenu d'un rendez-vous avec les autres, car il mourait d'envie de se remémorer la soirée de la veille et les exhibitions de danse devant chez Manos. Mais comme il détestait jouer les pots de colle, il n'avait pas osé passer les voir avant son excursion.

Le souffle court, il grimpa en haut de la colline et cessa de pédaler en amorçant la descente, de l'autre côté. La campagne était si belle. C'était difficile de comprendre pourquoi les gens adoraient s'entasser dans des villes surpeuplées, passer des heures dans les transports en commun, respirer les odeurs de diesels, alors que de tels paysages existaient. En arrivant aux abords de la plage, il aperçut une camionnette garée sur le parking. Passée une première minute de déception, il s'avança entre les

Danse d'une nuit d'été

dunes, et reconnut Elsa et Vonni, entourées d'un petit groupe d'enfants. Il s'allongea sur un monticule herbeux et les observa de loin. Les pieds dans l'eau, Vonni faisait de grands moulinets du bras en direction des gamins qui, alignés en rangs serrés, attendaient ses ordres. Manifestement, elle leur enjoignait de ne pas bouger tant qu'elle n'avait pas fini de se baigner. Dans son élégant maillot turquoise, Elsa était resplendissante. Avec ses courts cheveux blonds dorés par le soleil, son léger hâle, elle avait l'air d'une gracieuse naïade. À ses côtés, dans son costume de bain noir qui devait dater d'une vingtaine d'années, Vonni paraissait petite et courte sur pattes.

David aurait bien voulu aller les rejoindre, mais il avait peur de les déranger. À cet instant, Elsa tourna la tête vers lui.

— *Ela, ela*, David, viens, c'est magique.

Il ôta ses lunettes, les déposa sur sa pile de vêtements soigneusement pliés et maladroitement courut vers l'eau.

— *Yassas, imes anglos*, dit-il aux enfants.

— Croyez-vous qu'ils n'ont pas compris que vous étiez anglais? ironisa Vonni.

— Oui, vous avez raison, bredouilla-t-il.

— Allez, ne boudez pas. Vous êtes supérieur à quatre-vingt-dix pour cent des touristes; au moins, vous avez appris quelques mots de grec. Ça fait très plaisir aux gens.

— Vraiment?

David se rengorgea, heureux comme un môme, avant de céder à l'euphorie ambiante. Quelques minutes plus tard, il jouait avec insouciance avec les gamins, les éclaboussant joyeusement du plat de la main.

Danse d'une nuit d'été

— J'espère que vous aurez une nombreuse famille, s'exclama soudain Vonni. Vous ferez un merveilleux père.

Sur le port, les habitudes avaient repris. La plupart des pêcheurs avaient regagné la mer, d'autres réparaient leurs filets. En passant, Thomas leur fit un signe de tête. À sa grande joie, les hommes lui répondirent aussitôt. Il n'était plus pour eux un étranger, ou un touriste comme les autres. Malheureusement, il ne pouvait pas communiquer avec eux. Pourquoi n'avait-il pas, à l'exemple de David, appris quelques mots dans une méthode Assimil ?

— Je suis désolé, *signomi*, dit-il à un marin qui venait de lui adresser la parole.

L'individu, dont le corps était entièrement recouvert de tatouages, poursuivit en anglais :

— Vous et vos amis êtes des gens généreux. Vous avez partagé notre chagrin.

Thomas le considéra, stupéfait.

— Nous sommes très tristes de ce qui s'est passé et nous avons été très émus par vos danses, hier soir. Nous ne l'oublierons jamais.

— Quand vous rentrerez chez vous, en parlerez-vous à vos familles ?

— Nous venons de quatre pays différents – l'Allemagne, la Grande-Bretagne, l'Irlande et les États-Unis. Mais nous rapporterons tous ce souvenir dans nos bagages.

— Ah bon ? On croyait que vous étiez amis depuis toujours !

Danse d'une nuit d'été

À son réveil, Fiona trouva le petit mot d'Elsa. Le destin est vraiment incroyable, se dit-elle, pourquoi a-t-il voulu que je rencontre une fille aussi généreuse et gentille ? Pour que je me souvienne de Barbara ? Shane serait si content de l'apprendre. Shane ? Fiona réfléchit un instant à la situation. Elle était sûre qu'il la contacterait bientôt, peu importait ce que pensaient les autres.

Elle se dirigea vers la salle de bains, se lava les cheveux avant de servir du séchoir d'Elsa, puis se contempla dans la glace. Malgré son teint pâle, elle n'avait rien qui pût « effrayer les moineaux » comme disait son père, ce qui signifiait qu'elle n'avait pas trop mauvaise mine. Le souvenir de ses parents flotta un instant dans son esprit. Sean s'était montré merveilleux envers elle, du moins jusqu'à sa rencontre avec Shane. Du jour au lendemain, il s'était révélé intolérant et catégorique. C'était de sa faute si elle hésitait à assister à leurs noces d'argent. Pourtant, au fond, elle en mourait d'envie. Elle secoua la tête, chassant ses pensées. Ce n'était pas le moment de songer à cela. Elle devait continuer sa vie et attendre que Shane vienne la chercher. Après avoir choisi avec soin une tenue estivale, elle descendit lentement à pied sur le port. Elle tenait à faire bonne figure auprès d'Elsa. Cela lui serait insupportable que cette dernière la regardât comme une victime pathétique.

*
* *

Un peu après 11 heures, la joyeuse troupe se dispersa rapidement, chacun reprenant le cours de ses activités. Pendant que David restait sur la plage afin d'apprendre

Danse d'une nuit d'été

ses dix phrases de la journée, Vonni déposa d'abord les enfants sur la place du village, puis regagna le port en compagnie d'Elsa.

— Merci de m'avoir accompagnée, dit-elle.
— Pourquoi tous les parents de Aghia Ana vous confient-ils leurs enfants ? hasarda Elsa, tout à trac.
— Je ne sais pas, ils me connaissent depuis si longtemps, j'ai dû mériter leur confiance.

Malgré cette solide affirmation, Vonni ne semblait nullement convaincue.

— Depuis quand êtes-vous là ?
— Je suis arrivée ici il y a plus de trente ans.
— Quoi !
— Vous m'avez interrogé, je vous ai répondu, rétorqua Vonni, la mine impassible.
— Oui, pardonnez-moi. Je suis sûre que vous n'aimez pas qu'on se mêle de vos affaires, s'excusa Elsa.
— Je n'ai rien contre les questions sensées. Je me suis installée dans ce village à dix-sept ans pour vivre avec l'homme que j'aimais.
— Êtes-vous restée avec lui ?
— Oui et non. Je vous raconterai ça une prochaine fois.

Vonni fit une brusque marche arrière et s'éloigna au volant de la camionnette.

— Thomas !

Le jeune Américain leva les yeux. Assis sur une vieille caisse en bois, il contemplait l'entrée du port. Au loin, en pleine mer, les vagues se soulevaient sous les assauts du vent.

Danse d'une nuit d'été

— Ça me fait plaisir de te voir, Elsa. Veux-tu un siège confortable ? plaisanta-t-il en poussant vers elle ce qui ressemblait à un coffre vermoulu.

Elsa posa délicatement ses fesses dessus, comme si elle prenait place sur une chauffeuse dans son boudoir. Thomas prit conscience qu'elle devait exceller à la télévision. Elle n'était ni maniérée, ni prétentieuse. Toujours en contrôle.

— Tes cheveux sont humides, tu es allée nager ?

— Oui, il y a une magnifique plage à cinq kilomètres d'ici. Le long de la côte, expliqua-t-elle avec un geste de la main.

— Ne me dis pas que tu as fait la route à pied !

— Non, j'y suis allée en voiture avec Vonni. On y a rencontré David qui avait loué une bicyclette. C'est lui le sportif ! Est-ce un effet de mon imagination, Thomas, ou la mer est-elle vraiment plus attirante ici que nulle part ailleurs ?

— Pour ma part, je la trouve agréable en Californie. Il y a de jolis couchers de soleil, mais les couleurs ne sont pas aussi changeantes.

— Que dirais-tu en voyant la mer du Nord ! Elle est absolument glacée. Inutile de se demander pourquoi les Nordiques adorent la Grèce. L'eau y est carrément bleu marine, même si je sais que c'est dû au reflet du ciel.

— *Roule, toi, océan bleu et profond – roule*, déclama soudain Thomas.

À sa grande stupéfaction, Elsa poursuivit sur le même ton :

— *Dix mille flottes passent sur toi en vain;*
Les hommes marquent la terre de ruines
Mais leur pouvoir s'arrête sur la grève...

Il la contempla, bouche bée.

Danse d'une nuit d'été

— Mais c'est de la poésie anglaise ! Comment oses-tu être aussi cultivée ?

Elsa éclata de rire, ravie du compliment.

— J'avais un professeur à l'école, passionnée de Lord Byron. Je crois en fait qu'elle était amoureuse de lui. Je ne m'en serais pas sortie aussi bien avec un autre auteur.

— Je suis sincère. Je serais bien incapable de te réciter un seul verset d'un poème allemand, même pas une ligne. Et encore, j'exagère ! Je ne parle même pas un mot de ta langue.

— Si, tu as dit *wunderbar* et *prosit* la nuit dernière, dit-elle pour le consoler.

— Oui, j'ai surtout trop prononcé *prosit* ! Oh, je me rappelle d'autre chose. *Reisefieber.*

Elsa gloussa.

— C'est une expression merveilleuse. Bon sang, comment la connais-tu ?

— Ça veut dire « la phobie des voyages », n'est-ce pas ? Quand on panique dans les gares et les aéroports ?

— Exactement ! Je suis épatée.

— Il y avait un type à la faculté qui n'arrêtait pas de nous sortir des formules pompeuses de ce genre, je les ai retenues.

Un silence complice tomba entre eux. Ils demeurèrent assis un long moment, comme s'ils se connaissaient depuis toujours. Inutile de se demander pourquoi les pêcheurs avaient cru qu'ils étaient de vieux amis.

Lorsque Vonni ramena la camionnette chez Maria, cette dernière était installée devant la table de la cuisine, une tasse vide devant elle.

Danse d'une nuit d'été

— Cela devient de plus en plus dur, avoua-t-elle. En t'entendant arriver, j'ai pensé que c'était Manos qui revenait.

— C'est normal, répondit Vonni. Plus le temps passe, plus le manque devient insidieux. Ça fait très mal, je le sais.

Elle suspendit le trousseau de clefs au crochet fixé sur le mur et sortit de son panier un peu de *baklava* et un thermos de café chaud qu'elle avait achetés à la taverne située de l'autre côté de la rue. Maria l'observa, le visage ruisselant de pleurs.

— Tu es toujours à l'écoute du désir des gens, s'écria-t-elle avec reconnaissance.

— Moi? Non, je me trompe souvent. Je fais plus d'erreurs que tous les habitants de Aghia Ana réunis.

— Je ne vois pas de quoi tu veux parler.

— C'est parce que tu es trop jeune. Mes plus graves fautes ont été commises avant ta naissance.

Tout en bavardant, elle allait et venait dans la pièce, lavant des verres, remettant de l'ordre sans en avoir l'air. Puis, elle s'assit sur une chaise.

— C'était magnifique hier soir. Manos aurait adoré, dit-elle.

— Je sais, dit Maria en se remettant à pleurer. La nuit dernière, je me sentais forte, c'était comme si son esprit était encore là. Aujourd'hui, je me sens vide.

— Quand je t'aurai expliqué mes projets, tu verras qu'il reviendra, lâcha Vonni en lui tendant un bout de sopalin afin qu'elle essuie ses larmes.

— Tes projets?

— Oui, j'ai l'intention de t'apprendre à conduire.

Maria esquissa un faible sourire entre deux sanglots.

Danse d'une nuit d'été

— À moi ? Arrête de plaisanter. Manos refusait que je touche les clefs de la camionnette.
— Aujourd'hui, il changerait d'avis, j'en suis persuadée.
— Non. Il aurait peur que je me tue ou que je décime la population d'Aghia Ana.
— Eh bien, on lui prouvera qu'il se trompe. Pour ton nouveau travail, il faut que tu apprennes à tenir un volant.
— Quel travail ?
— Tu vas m'aider à la boutique. Et pour ça, tu devras te rendre dans des endroits comme Kalatriada, pour acheter des poteries. Ça m'évitera de faire des kilomètres en bus.
— Mais tu peux y aller avec la camionnette, tu la prends quand tu veux.
— C'est impossible. Manos serait furieux : il a durement économisé pour avoir ce véhicule, il ne voudrait pas que tu t'en sépares. Tu sais, il serait fier de toi si tu t'en servais pour travailler.

Une lueur frondeuse apparut dans les prunelles de Maria. C'était comme si elle sentait que l'âme de Manos avait repris possession de la maison, comme si elle s'apprêtait à se mesurer à lui, une fois de plus.

— Très bien, Manos, articula-t-elle lentement, je vais te surprendre.

Alors que les deux femmes entamaient leur première leçon de conduite sur une aire déserte, au sommet de la colline, David s'approcha d'elles.

— *Siga, siga*, hurlait Vonni tandis que la camionnette calait pour la énième fois.

Danse d'une nuit d'été

— Qu'est-ce que cela veut dire ? J'ai souvent entendu ce mot, demanda David, intrigué.

— Ça m'étonnerait qu'on l'ait jamais prononcé avec autant de ferveur, répliqua Vonni, à bout de nerfs.

Elle descendit du véhicule, s'épongea les sourcils et prit quelques respirations. Les mains de Maria étaient agrippées au volant comme si sa vie en dépendait.

— Ça signifie « ralentis », reprit Vonni en gémissant, mais cette foutue bonne femme ne comprend pas le concept.

— C'est la veuve de Manos, n'est-ce pas ?

À la dérobée, David examina Maria qui tremblait de tous ses membres.

— Dieu sait que j'ai toujours pensé être une piètre conductrice, mais comparée à elle, je pourrais devenir pilote de Formule 1, soupira Vonni en fermant les yeux.

— A-t-elle vraiment besoin de savoir conduire ?

— Je le croyais, mais je n'en suis plus sûre. Mais vu que j'ai trop parlé, je suis bien obligée d'aller jusqu'au bout maintenant.

— Voulez-vous que j'essaie ? proposa brusquement David. J'ai aidé ma mère à passer son permis alors que trois auto-écoles l'avaient renvoyée.

— Comment avez-vous fait ?

Une lueur d'espoir surgit dans les yeux de Vonni.

— J'ai été très patient. Je n'ai jamais élevé la voix et j'ai passé des heures le pied sur l'embrayage.

— Oh ! Très cher et dévoué David, voudriez-vous me rendre ce service, s'il vous plaît ?

— Bien sûr. Si ça peut vous être utile... Mais il faut que vous me disiez comment on dit frein, accélérateur et vitesses en grec.

Danse d'une nuit d'été

Il nota les indications dans son carnet et s'approcha de la voiture. Lorsqu'il s'installa à côté de Maria, celle-ci lui coula un regard craintif, l'air peu convaincu.

— *Kalimera*, dit-elle en lui serrant la main.

— Comment dit-on « Allons-y » ? demanda-t-il à Vonni.

— *Pame*, mais attendez avant de le dire, sinon elle va vous emmener droit dans le mur.

— *Pame*, Maria, s'écria David.

Le véhicule tressauta et avança de quelques mètres par à-coups puis s'arrêta. David remit le contact et expliqua à sa nouvelle élève comment couper le moteur. Vonni suivit la scène avec des yeux étonnés. David avait effectivement un don. Maria avait perdu sa mine terrifiée.

— Pourriez-vous la raccompagner chez elle quand vous aurez terminé ?

Vonni avait hâte de s'en aller.

— Et ma bicyclette ?

— Je la prends pour rentrer, je vous la déposerai chez Maria.

Avant qu'il ait eu le temps de répondre, Vonni avait grimpé sur la selle et redescendait déjà vers la ville. David se tourna vers la veuve de Manos.

— Allez-y, Maria, répéta-t-il gentiment.

Cette fois, la camionnette démarra sans caler.

Fiona était assise en terrasse sur le port devant un rafraîchissement, lorsque, à son grand étonnement, elle avisa Vonni qui se dirigeait droit sur elle, à vélo.

— Vous êtes seule ? s'écria cette dernière.

— J'ai rendez-vous ici avec Elsa à midi.

Danse d'une nuit d'été

— Oui, je le sais. Je l'ai vue ce matin, elle m'a accompagnée à la plage avec les enfants.
— Ah? fit Fiona d'un ton envieux.
— David m'a prêté sa bicyclette. Il la récupérera chez la femme de Manos. Il vit dangereusement, il lui apprend à conduire.
— Je vois que tout le monde a trouvé des occupations.

Ces informations aggravaient la mélancolie de Fiona. Vonni appuya sa machine contre une chaise.

— Je vais m'asseoir avec vous jusqu'à l'arrivée d'Elsa.
— Avec plaisir, se réjouit Fiona. Voulez-vous un ouzo?
— Non, je prendrai un *metrio kafethaki*, un petit café.

Sans parler, les deux femmes observèrent l'animation qui régnait sur l'embarcadère. L'instant était paisible et Fiona commença à se détendre. Ce que j'aime avec Vonni, se dit-elle intérieurement, c'est qu'elle a le don de la sérénité. Elle n'a pas besoin de discourir tout le temps. C'est très reposant.

— Vonni? demanda-t-elle brusquement.
— Oui?
— Pensez-vous que je pourrais trouver un travail à Aghia Ana? J'apprendrai le grec. Le Dr Leros a peut-être besoin de quelqu'un pour le seconder. Qu'en pensez-vous?
— Pourquoi voulez-vous rester ici? s'enquit doucement Vonni.
— D'abord parce que c'est un endroit magnifique et puis je voudrais être installée quand Shane reviendra.

Vonni garda le silence.

Danse d'une nuit d'été

— Vous croyez qu'il n'en a pas l'intention, n'est-ce pas ? Sa voix grimpa d'une octave. Vous êtes comme les autres, vous jugez les gens à l'apparence. Mais vous ne le connaissez pas.
— Exact.
— Personne ne l'a jamais compris. Du moins, jusqu'à ce qu'il me rencontre.
Vonni se pencha vers elle et repoussa ses cheveux d'une main douce afin de faire apparaître l'hématome qui défigurait son front.
— Il vous a drôlement remerciée pour votre compréhension.
Fiona se dégagea avec brusquerie. Une sourde colère montait en elle.
— Ce n'est pas ça. Je sais qu'il a le cœur brisé de m'avoir frappée.
— Vous croyez ?
— Ne soyez pas si hautaine et condescendante ! Cette attitude me révulse, je l'ai assez supportée dans ma famille.
— C'est leur façon de vous prouver qu'ils vous aiment.
— Ce n'est pas de l'amour, c'est de l'égoïsme. Ils cherchent à me ligoter. Ils désirent juste que j'épouse un fonctionnaire ou un employé de banque, que je prenne un crédit immobilier et que j'aie deux enfants.
— Je sais.
— Alors, pourquoi doutez-vous du retour de Shane ? Nous nous aimons, nous avons fui ensemble... Pourquoi ne reviendrait-il pas ?
Vonni avala sa salive et détourna le regard.
— Je vous en supplie, implora Fiona. Répondez-moi. Je suis désolée d'avoir crié. Je déteste qu'on s'en prenne à

Danse d'une nuit d'été

Shane. Je suis persuadée qu'on vieillira ensemble. Savez-vous quelque chose que j'ignore ?
Son visage respirait une angoisse incommensurable. La main cramponnée au bras ridé de Vonni, elle la fixait avec de grands yeux arrondis d'effroi. La vieille femme tenta de garder sa contenance. Après tout, c'était elle qui était responsable du départ de Shane. C'était sur ses conseils que Yorghis l'avait expédié à Athènes. Elle devait des explications à Fiona. Mais que pouvait-elle lui raconter sans l'accabler davantage ? Yorghis avait proposé au jeune homme d'écrire un dernier message, Eleni lui avait offert un papier et un crayon alors qu'il faisait ses valises. Il avait refusé. Ces renseignements feraient à Fiona plus de mal que de bien.

— Non, je ne sais rien, articula-t-elle lentement. Mais peut-être que Shane s'est dit que vous ne l'attendriez pas ici... S'il vous contacte...

— Il le fera, j'en suis certaine !

— Il essaiera peut-être de vous joindre à Dublin.

— Il sait parfaitement que je ne retournerai jamais là-bas. Ce serait admettre que j'avais tort. Shane me connaît bien. Vous verrez, un jour, il descendra d'un de ces ferries. Je veux être là, prête à l'accueillir.

— Ce n'est pas réaliste ! C'est une île de villégiature, pas un endroit où vivre.

— Vous l'avez bien fait !

— C'était différent. Je ne suis pas venue seule ici. J'ai suivi un homme qui habitait ce village. C'était il y a très longtemps. Il y avait peu de touristes à cette époque. Au début, on m'a prise pour une prostituée. Dans ces années-là, les gens se fiançaient, se mariaient, c'était la norme.

Le regard de Vonni se posa sur l'immensité bleutée. Les souvenirs semblaient affluer à son esprit.

Danse d'une nuit d'été

— Vous avez prouvé qu'il était possible de quitter l'Irlande et de s'installer dans un paradis comme celui-là. Vous y avez été heureuse, s'enflamma Fiona en tentant désespérément de trouver des similitudes entre leurs histoires.

— Si l'on veut !

— Ne me dites pas que vous le regrettez. Vous vous êtes intégrée au village, vous avez pris la bonne décision.

— Le regret est l'émotion la plus inutile au monde, se contenta de répondre Vonni.

Puis elle retomba dans le silence.

— Qu'est-il advenu de cet homme ? osa Fiona en la regardant bien en face.

Vonni se mesura à elle.

— Stavros ? Je ne sais pas. (Son ton brusque indiquait que la conversation était terminée. Elle se leva gauchement.) Il faut que je parte maintenant. J'ai des tonnes de choses à faire. Dieu merci, j'ai échappé à la corvée des leçons de conduite !

D'une voix adoucie, elle ajouta :

— Cela vous gêne-t-il de rester seule un moment ?

— Ne vous inquiétez pas pour moi... merci pour votre gentillesse.

Mal à l'aise, Fiona regarda s'éloigner la vieille femme. Pourquoi ai-je posé une question aussi stupide ? se reprocha-t-elle. À cet instant, à son grand soulagement, elle vit Elsa qui accourait vers elle. Elle lui fit un grand signe de la main. Elsa prit place à ses côtés, et après avoir commandé une salade, les deux jeunes filles se mirent à bavarder des plaisirs innombrables qu'offrait la vie sur cette petite île. Alors qu'elles achevaient leur déjeuner, une vieille camionnette passa devant elles en vrombissant

Danse d'une nuit d'été

et s'arrêta quelques mètres plus loin. David et Maria en descendirent.

— Ce garçon fera vraiment un mari formidable, s'exclama Elsa en voyant David faire le baisemain à la veuve de Manos.

— Ouais, soupira Fiona. Pourquoi sommes-nous incapables de tomber amoureuses de ce genre de type ?

Elsa éclata d'un rire cristallin, et, à son corps défendant, Fiona l'imita. Lorsque David s'avança vers leur table, elles riaient toujours.

— Alors, comment cela s'est-il passé ? hoqueta Fiona. Vonni dit que Maria est un vrai cauchemar !

— Elle exagère. Maria est tout simplement nerveuse. Un rien la bouleverse. Quand elle saura conduire, Vonni lui fournira du travail. C'est une femme étonnante.

Fiona ouvrit la bouche puis se ravisa. Elle mourait d'envie de leur parler de Stavros mais savait que cela aurait été une erreur. Vonni n'aurait pas aimé que l'on révélât ses secrets.

Le jour déclinait et une lueur jaune orangée irradiait la ville. Thomas hésita devant la porte de la boutique. À l'intérieur, Vonni travaillait avec une concentration studieuse. Il pensa l'inviter à boire un verre puis changea d'avis. Elle tenait farouchement à son indépendance et ce n'était pas parce qu'elle avait accepté de dormir dans la chambre d'amis qu'elle apprécierait que l'on empiétât sur sa vie privée. La démarche pesante, il descendit alors vers le centre-ville. Il n'avait aucune envie de se retrouver seul chez lui. La vérité était qu'il aurait souhaité discuter avec son fils. Leur dernière conversation s'était soldée par un échec. Vonni avait raison, il avait tout gâché. Il s'installa à la terrasse du premier café sur sa route et sortit un papier et un crayon de sa poche. Pour éviter les maladresses, il décida de faire la liste des sujets dont il pourrait parler avec Bill. Il lui raconterait, par exemple, comment il avait dîné au poste de police, à quelques mètres des cellules, comment les habitants avaient dansé toute la nuit en hommage aux morts ou comment les Allemands étaient férus de poésie anglaise...

Il jeta un bref coup d'œil sur les phrases qu'il avait jetées sur sa feuille. Décidément, en tant que père, il n'était bon à rien. Jamais un enfant de neuf ans ne s'intéresserait à ce genre de considérations. L'histoire du commissariat passait encore mais le reste... Qu'est-ce que Bill pouvait avoir à faire de littérature allemande ou anglaise ?

Il plongea la tête entre ses mains. Dieu, comme il se trouvait pathétique ! Pourquoi ne parvenait-il pas à communiquer avec ce gamin qu'il aimait pourtant de tout son cœur ?

— Entre, Yorghis, prends une chaise !

Hésitant dans l'embrasure de la porte, le policier fit quelques pas dans la boutique.

— J'ai entendu dire que tu apprenais à conduire à la veuve, attaqua-t-il.

— En fait, j'ai confié cette tâche à ce charmant jeune Anglais, mais c'est censé être un secret, répliqua Vonni avec un large sourire.

— Crois-tu que ça va le rester, dans une ville pareille ?

— Ça m'étonnerait !

Vonni se tut. Il était inutile de questionner Yorghis. Ce dernier finirait bien par lui expliquer les motifs de cette visite impromptue.

Danse d'une nuit d'été

— J'ai reçu un appel d'Athènes. Tu te souviens de ce garçon qu'on y a expédié, cet Irlandais ?
— Oui ?
Ainsi Shane avait fini par prendre contact. Fiona avait eu raison de lui faire confiance. Vonni hésitait entre la déception et le soulagement.
— Que voulait-il ?
— Rien. C'est le commissariat d'Exerchia qui m'a appelé. Il a été appréhendé alors qu'il dealait de la drogue. La police a trouvé ma carte de visite sur lui et voulait des renseignements.
— Que leur as-tu dit ?
— Pour l'instant, rien. J'étais absent quand ils ont téléphoné. Je voulais en discuter avec toi. C'est une fille tellement gentille.
— Oui, si gentille qu'elle prendra probablement le premier ferry pour aller soutenir Son Grand Amour !
— C'est ce que je craignais. Je crois que je vais me limiter à les informer qu'il a eu des ennuis pour coups et blessures et ivresse sur la voie publique. Je ne mentionnerais pas le nom de Fiona.
— Tu as raison. Le mieux serait aussi de la tenir à l'écart de ça. Tu es d'accord ?
— C'est un peu prendre la place du Bon Dieu, ne trouves-tu pas ?
— Tant pis ! Après tout, où était-il quand ce salaud l'a frappée ? Je ne suis pas loin de penser que le Tout-Puissant a besoin d'un coup de main de temps en temps, susurra malicieusement Vonni.

Beaucoup plus tard cette nuit-là, lorsque Vonni pénétra dans l'appartement, elle se heurta à Thomas qui gisait, affalé, dans un fauteuil.

Danse d'une nuit d'été

— Saint Joseph, vous m'avez fait une peur bleue! s'écria-t-elle.
— Salut Vonni!
Il paraissait complètement abattu.
— Vous avez encore fait des bêtises avec votre rejeton?
— Non, j'ai passé des heures à me demander ce que je pouvais lui dire. Comme je n'ai rien trouvé, je n'ai pas téléphoné, confessa-t-il.
— C'était probablement plus sage.
— J'ai l'impression d'être un imbécile. Pourquoi ai-je autant de mal à parler avec un enfant de neuf ans?
— Vous êtes comme la majorité des pères, incapables de communiquer avec leurs fils.
Son ton peu amène démentait la gentillesse de ses propos.
— Ce n'est pas le mien, avoua platement Thomas.
— Quoi? Que voulez-vous dire?
— La vérité. Il y a dix ans, je suis allé voir le médecin parce que Shirley et moi n'arrivions pas à avoir un bébé. Le docteur m'a annoncé que j'étais stérile, visiblement à cause des oreillons que j'avais contractés au cours de mon enfance. J'ai marché toute la journée en me demandant comment j'allais pouvoir expliquer ça à Shirley. Mais quand je suis rentré, elle m'a annoncé qu'elle était enceinte. Alors, je me suis tu. J'avais besoin de réfléchir. Je ne savais pas qu'elle me trompait, je n'avais eu aucun indice. Finalement, j'ai gardé le silence.
— Vous ne lui avez jamais rien dit?
— Je l'aime autant que si c'était le mien.
— C'est le vôtre dans le vrai sens du terme.
— C'est exact. Je l'ai élevé, je lui ai préparé ses biberons au milieu de la nuit, je lui ai appris à lire, à nager.

Danse d'une nuit d'été

Je suis davantage son père que l'inconnu qui a couché avec ma femme. Il a dû disparaître de la surface de la Terre. Ce n'est pas Andy, lui est arrivé beaucoup plus tard dans la vie de Shirley. D'ailleurs, il est persuadé que Bill est mon fils.

— Vous auriez pu en parler au moment du divorce.
— Quoi ! Pour perdre toute autorité parentale ? Si vous saviez, Vonni, c'est un merveilleux petit garçon !

Il y eut un long silence.

— Retournez auprès de lui, Thomas. Cela vous brise le cœur d'être séparé de lui.
— C'est impossible. Sa mère et moi avons décidé que c'était la meilleure solution.
— Vous avez le droit de changer d'avis, de modifier vos projets.
— Je me sentirai encore plus mal là-bas. Cela me serait insupportable de voir ce crétin jouer au bon papa gâteau.
— Cessez de vous flageller ! Vous êtes son père, un point c'est tout !
— J'aimerais le croire.

Vonni s'exprimait avec une conviction sereine qui semblait indiquer qu'elle savait de quoi elle parlait. Pourtant, lorsque Thomas croisa son regard, il comprit soudain que ce n'était pas le cas. La nuit où elle l'avait accusé d'avoir tout gâché avec Bill, elle lui avait annoncé qu'elle avait un fils, un fils qu'elle avait perdu à jamais par sa faute.

Thomas ferma les yeux. Cela faisait une éternité qu'il n'avait pas prié. S'il vous plaît, adjura-t-il, faites que je prenne la bonne décision. Je vous en prie, aidez-moi à ne pas perdre mon enfant !

11.

En attendant l'arrivée de Maria pour sa nouvelle leçon de conduite, Vonni et David buvaient un café, à la terrasse du bar décoré de nappes à carreaux.

— Elle vous trouve très gentil, expliqua Vonni avec un air satisfait. Il paraît que vous ne lui criez pas dessus.

— Pauvre Maria, pourquoi a-t-elle tellement peur qu'on lui en veuille ?

— Manos avait un sale caractère et moi, je l'ai pas mal houspillée, confessa Vonni. Pour la rassurer, je lui ai expliqué que vous aviez appris à conduire à votre mère. Elle la trouve très chanceuse d'avoir un fils tel que vous.

— Malheureusement, ma mère n'a pas l'air d'être de cet avis !

— Pourquoi dites-vous cela ?

— Parce que c'est la vérité. Maman défend toujours le point de vue de Père. Elle répète ses paroles comme un perroquet. À l'entendre, j'ai une magnifique carrière qui me tend les bras, l'occasion unique d'être le bras droit du grand Harold Fine. En un mot, j'ai une chance incroyable dont je ne sais pas profiter.

— Pourquoi ne pas leur expliquer que vous les aimez mais que le travail qu'ils vous proposent vous rebute ?

— J'ai essayé dix mille fois, mais ça se termine toujours par des récriminations et des querelles. J'ai eu beau leur avouer que j'avais des crises d'angoisse à chaque fois que j'arrivais au bureau, je pourrais aussi bien parler aux murs.

— À votre retour, ils se seront adoucis.

— Je n'ai pas l'intention de rentrer.

— Vous ne pouvez pas passer votre temps à fuir, ni rester là indéfiniment.

— Vous l'avez bien fait !

— Je suis fatiguée de toujours répéter la même chose, s'énerva Vonni. Pour la énième fois, c'était une époque différente.

Mal à l'aise, David s'empressa de changer de sujet de conversation.

— Aujourd'hui, j'emmène Maria sur les routes de montagne, hasarda-t-il.

— Seigneur, vous êtes courageux comme un lion !

— Elle se débrouille bien quand il n'y a pas trop de circulation.

— D'accord, mais tous ces nids-de-poule, ces affreux virages en épingle à cheveux...

— Il faudra bien qu'elle s'y habitue. C'est le chemin qu'elle empruntera pour aller à Kalatriada. De toute façon, elle est moins nerveuse une fois sortie de la ville, passé cet horrible poste à essence.

— Attention à ce que vous dites ! Vous parlez de mon petit paradis.

Danse d'une nuit d'été

— Comment ça ?
— Elle m'appartenait, j'y ai travaillé nuit et jour pendant des années.
— Vous l'avez vendue ?
— Non, on me l'a prise en quelque sorte. C'est trop long et compliqué à vous expliquer. Bon, alors, dans quel coin irez-vous aujourd'hui, histoire que je vous évite ?
— Je pensais aller rendre visite à Andreas, la route est sinueuse à souhait.
— Vous l'aimez bien, n'est-ce pas ? fit observer Vonni.
— Comment faire autrement ? C'est un homme adorable. Il est respectueux des désirs des autres.
— Peut-être, mais à sa façon, il est assez buté.
— Pour de bonnes raisons. À mon avis, son fils est fou de ne pas saisir la chance qui lui est donnée.
— Mouais...
Le ton de Vonni manquait d'enthousiasme.
— Vous n'êtes pas d'accord ? s'irrita David. Pourquoi continue-t-il à bosser dans une boutique de primeurs à l'autre bout du monde, alors qu'il pourrait peut-être vivre dans ce paradis, auprès de son père ?
Vonni se redressa, stupéfaite. La tête inclinée sur le côté, elle le toisa longuement.
— Qu'y a-t-il ? s'insurgea David.
— Ne faites pas l'innocent ! On pourrait dire la même chose de vous. Vos parents se demandent aussi ce que vous faites à des milliers de kilomètres de chez vous.
— C'est différent.
— Ah bon ?
— Totalement. Mon père n'est pas un homme raisonnable, il refuse d'avouer ses erreurs : il est invivable.

Danse d'une nuit d'été

— Adoni pensait la même chose d'Andreas. Ce dernier refusait qu'on mette des enseignes lumineuses sur le toit, qu'on organise des concerts de bouzouki dans la taverne pour attirer les clients. Adoni ne pouvait rien changer, rien suggérer. Andreas avait toujours raison.

— Je ne le perçois pas du tout comme ça, répliqua David froidement.

— Forcément. Avec vous, il est poli et respectueux mais vous n'êtes pas son enfant. Les pères sont rarement courtois avec leurs rejetons.

Elle eut une moue pensive.

— Vous avez un fils ?

— Oui, il s'appelle Stavros, comme son père.

— Êtes-vous aimable avec lui ?

— Cela me serait difficile, je ne le vois pas.

David resta bouche bée.

— C'est vrai, insista-t-elle. Quand il était petit, j'ai traversé une époque pénible, je n'étais agréable avec personne, encore moins avec lui. Mais je ne me suis jamais livrée. Il ignore à quel point j'avais du respect et de la tendresse pour lui.

Elle se redressa brusquement, affichant un air résolu.

— Bon, je vais aller chercher les enfants de Manos pendant que vous emmenez leur mère au Mur de la Mort.

Elle se leva et cria quelques mots en grec aux gamins qui sautèrent de joie.

— Que leur avez-vous dit ?

— Je leur ai fait miroiter la perspective d'une bonne glace, cela a semblé les intéresser.

— Vous voyez bien que vous êtes une femme attentive aux autres, plaisanta David avec un sourire.

Danse d'une nuit d'été

— Vous avez tort de penser cela, mais je préfère ne pas en dire davantage. Inutile aussi d'aller poser des questions à droite ou à gauche, les gens d'ici savent garder des secrets. La seule personne qui puisse expliquer mon passé chaotique, c'est moi.

L'arrivée de Maria pour sa leçon de conduite interrompit leur conversation. Elle salua Vonni avant de se tourner vers David.

Impressionnée, Vonni la regarda se caler sur le siège du conducteur et régler le rétroviseur d'un geste précis. Elle démarra facilement et s'engagea sur la route du port avec assurance.

Si ce garçon doit rester à Aghia Ana, il a une carrière toute tracée de moniteur d'auto-école, pensa la vieille femme.

Andreas et son frère Yorghis jouaient au backgammon dans un café près du poste de police lorsque la camionnette de Manos passa en trombe devant eux.

— C'est Maria, s'écria Yorghis. Quelqu'un lui apprend à conduire! Un homme apparemment.

— Oui, c'est David Fine, le jeune Anglais. C'est un garçon très sympathique.

— C'est vrai.

Le silence retomba en eux.

— As-tu eu des nouvelles de... hésita Yorghis.

— Non, rien.

Le visage d'Andreas n'exprimait aucune émotion.

— Peut-être n'a-t-on pas parlé de la tragédie, là-bas?

— Peut-être, répondit Andreas en déplaçant une pièce sur le damier.

Danse d'une nuit d'été

Tacitement, leur conversation s'orienta vers un sujet moins douloureux. Ils évoquèrent la jeunesse mouvementée de leur sœur Christina qui vivait aujourd'hui, heureuse, de l'autre côté de l'île avec son charmant époux. Ils prirent grand soin une fois encore d'éviter de prononcer le nom de l'ex-femme de Yorghis, qui avait connu Manos, lorsqu'elle était enfant. Elle non plus ne s'était pas manifestée.

Muni des renseignements que lui avait donnés Vonni, Thomas se rendit à la librairie du village où il espérait trouver des recueils de poésie allemande. Il déambula un temps dans la boutique exiguë avant de s'approcher de la section « Littérature étrangère ». Vonni ne s'était pas trompée : sur les étagères se trouvaient plusieurs livres en langue originale, dont deux ou trois ouvrages de Goethe. Les poèmes étaient rédigés à la fois en allemand et en anglais. Thomas paya son achat à la caisse et alla s'asseoir sur un banc, devant le magasin. Il feuilleta les pages une à une jusqu'à ce qu'il ait trouvé un texte qui lui convienne.

Kennst du das land wo die Zitronen blühn,
Im dunkeln laub die Gold-Orangen glühn.

La traduction s'étalait en face.

Connais-tu le pays où les citronniers fleurissent
Où les oranges dorées brillent dans le feuillage noir.

Son intention était de l'apprendre par cœur et de le réciter à Elsa. Elle n'avait pas le droit de penser qu'il ne

Danse d'une nuit d'été

connaissait pas les écrivains allemands. Il était en train de recopier sur son carnet les vers suivants qui parlaient de brises légères, de myrtes et de lauriers imposants lorsqu'une ombre se profila sur le livre. C'était Elsa qui lisait par-dessus son épaule. Reculant de quelques pas, elle déclama :

Kennst du es wohl ? Dahin ! Dahin !
Möcht ich mit dir, o mein geliebter, ziehn.

— D'accord, j'abandonne, s'exclama-t-il. Je n'ai pas encore lu la traduction. Qu'est-ce que cela veut dire ?
— Ça signifie... Euh...voyons... *Peut-être le sais-tu ? C'est là, là dans ce paradis que je voudrais aller avec toi, mon amour.*
En prononçant ces mots, elle releva la tête et rougit. Thomas la fixait d'une manière étrange. Ils se regardèrent un instant, embarrassés, comme s'ils venaient de lever le voile sur leur intimité.
— Goethe a-t-il visité la Grèce ? Est-ce le pays dont il parle ? Celui où fleurissent les citronniers ? se hâta de demander Thomas, désireux de ramener la conversation vers des rivages moins dangereux.
— Je pense effectivement qu'il s'agit de l'évocation d'un de ses voyages en Méditerranée. Mais ça doit plutôt concerner l'Italie. Il s'y est rendu très souvent. En fait, je ne sais pas s'il est venu ici. Tu vois, pour une fois, je dois avouer mon ignorance.
— Qu'est-ce que je pourrais dire ! Jusqu'à aujourd'hui, je n'avais lu aucun de ses poèmes, que ce soit en anglais ou autre, confessa Thomas.
— Pourquoi as-tu décidé de t'y mettre ?

Danse d'une nuit d'été

— Pour t'impressionner, concéda-t-il en toute simplicité.
— C'était inutile. Je suis déjà conquise.

Ce soir-là, Andreas reçut une communication en provenance d'Irlande.
— Suis-je bien à la Taverne de Aghia Ana ? interrogea une voix féminine.
— Oui, en quoi puis-je vous aider ?
— Fiona Ryan a appelé sa famille de ce numéro, le jour de l'accident qui a frappé votre village.
— Oui, je m'en souviens.
— Je suis sa meilleure amie, je m'appelle Barbara. J'aurais voulu lui parler... Enfin, disons plutôt savoir s'ils étaient toujours à Aghia Ana.
— Oui, y a-t-il un problème ?
— Non, non, pas réellement... Excusez-moi, à qui ai-je l'honneur ?
— Mon nom est Andreas, je suis le propriétaire de cet établissement.
— Ah, parfait ! Avez-vous vu Fiona récemment ?
— C'est un endroit minuscule, on y croise les gens en permanence.
— Fiona va-t-elle bien ?
Andreas ne sut quoi répondre. *Bien* ? Le mot lui paraissait inapproprié. Fiona avait une mine à faire peur : elle avait été frappée par son petit ami qui s'était enfui sans elle à Athènes, où il croupissait maintenant en prison en attendant de passer en justice pour trafic de drogue. Elle avait fait une fausse-couche et croyait dur comme fer que son amoureux allait revenir la chercher. *Bien* ? Si peu. Andreas se caressa pensivement le menton. Une part de

Danse d'une nuit d'été

lui – son instinct peut-être ? – mourait d'envie de révéler la vérité à cette jeune femme agréable, mais d'un autre côté, il savait que ce n'était pas son rôle.

— Ils semblent tous apprécier leur séjour, fit-il platement.

— *Tous* ? Voulez-vous dire qu'elle a réussi à se faire des amis ? Avec Shane sur ses talons ? D'habitude, les gens les évitent comme la peste.

— C'est un groupe de touristes charmants : un Allemand, un Américain, un Anglais, précisa-t-il pour la rassurer.

— Eh bien, pour une surprise... Écoutez, Andreas, savez-vous où je pourrais lui faire parvenir un fax ou un email ?

— Certainement.

Il lui donna les coordonnées du poste de police.

— Je tenais également à vous assurer de notre sympathie pour le drame qui a eu lieu dans votre village. Vous avez dû vivre un cauchemar.

— Merci, vous êtes très gentille, remercia-t-il chaleureusement.

Il était sincère. Cette jeune fille ne ressemblait pas à son fils. Elle au moins n'avait pas le cœur sec. Andreas regrettait chaque jour un peu plus d'avoir écrit à Adoni. Mais il en avait fait la promesse à Elsa. Il était trop tard maintenant pour changer d'avis. Sa lettre avait déjà dû arriver.

*
* *

Comme prévu, Fiona se rendit chez le Dr Leros afin d'établir un check-up et vérifier que son organisme ne

gardait aucune séquelle de l'accident. À l'issue de la consultation, le médecin se tourna vers elle.
— Rien à signaler, dit-il. Tout va bien. Vous êtes jeune et en bonne santé, vous n'aurez aucun problème pour avoir des enfants.
— Je l'espère, répondit gravement Fiona.
— Quand comptez-vous repartir pour l'Irlande ?
— Je n'en sais rien. J'attends Shane qui doit revenir me chercher. En attendant, j'espérais trouver un travail ici. Je suis infirmière diplômée. Auriez-vous besoin de quelqu'un pour vous seconder ?
— Pas vraiment, ma chère petite. De toute façon, mes patients ne parlent que le grec.
— Je l'apprendrai, promit Fiona. Ce serait tellement merveilleux si Shane me trouvait installée à son retour.
— Comment réagira-t-il à votre fausse-couche ? s'enquit doucement le Dr Leros qui avait entendu parler de ce qui s'est passé entre les deux jeunes gens.
D'après l'opinion générale, Shane ne reviendrait pas. Et il plaignait de tout son cœur cette malheureuse fille si naïve. Mais de là à l'embaucher...
— Il sera probablement bouleversé mais reconnaîtra que c'est un mal pour un bien. Il préférait planifier l'arrivée d'un bébé. En tout cas, il sera heureux d'apprendre que je suis en bonne santé.
— Vous êtes une gentille petite.
— Alors, concernant ma proposition ?
— C'est impossible. Pourquoi n'essayez-vous pas l'hôtel Anna ?
— J'y ai pensé, mais il est fermé en hiver.
— Vous comptez vivre ici toute l'année ? s'étonna-t-il, les yeux écarquillés.
— Vonni l'a bien fait, répliqua-t-elle, sur la défensive.
— Oui, mais c'était différent. Il y avait Stavros.

Danse d'une nuit d'été

— Vous le connaissiez ?
— Oui, c'était mon meilleur ami.
— Où est-il maintenant ?
— Je ne sais pas, il a quitté l'île, maugréa-t-il, la mine sombre.
La curiosité de Fiona était aiguisée. Elle mourait d'envie d'en savoir davantage.
— Pensez-vous qu'il reviendra ?
— Non, il s'est passé trop de choses. En plus, c'était il y a très longtemps.
Son ton sec indiquait clairement que la conversation était terminée. Il se leva, lui serra la main et la poussa gentiment vers la porte.

Alors qu'il circulait dans les rues de Aghia Ana, au volant de son fourgon, Yorghis aperçut Fiona qui achetait des légumes, chez le primeur, un panier d'osier accroché au bras.
— Oh bonjour Yorghis ! s'écria la jeune fille. Vous tombez à pic. Comment dit-on « melon d'eau » en grec ?
— *Karpouzi.*
— Bien, *karpouzi, karpouzi*, répéta-t-elle joyeusement.
— J'ai du courrier pour vous, lança Yorghis sans attendre.
— Shane ! Je *savais* bien qu'il me contacterait.
Son visage reflétait une émotion touchante.
— Non, elle vient d'Irlande, de votre amie Barbara.
Fiona jeta un œil distrait sur la feuille qu'il lui tendait. Sans la lire, elle la jeta dans son panier.
— Si vous voulez lui répondre, vous pouvez venir au poste de police et lui envoyer un email, proposa-t-il.
— Non, merci. Y a-t-il un moyen de savoir ce qui est arrivé à Shane à Athènes ?

Danse d'une nuit d'été

Yorghis se mordit la lèvre et étudia les traits tirés de Fiona. Avait-il le droit de lui cacher que Shane avait été arrêté et ne reviendrait pas ? Ne t'en mêle pas, décida-t-il finalement. Après tout, il y avait des stylos, du papier ou des cabines téléphoniques à Athènes. Si Shane avait voulu la contacter, il l'aurait fait.

— *Karpouzi*, conclut-il en s'éloignant.
— Est-ce que ça signifie au revoir ? grommela-t-elle, maussade.
— Non, ça veut dire melon d'eau ! (Il éclata de rire.) Il va falloir faire des progrès.

Fiona se rendit dans un café et déplia la lettre de Barbara.

Tu dois te demander comment « Sherlock Barbara » a retrouvé ta trace ! En fait, cela a été facile. Ta mère avait le numéro de la taverne d'où tu nous avais téléphoné, et Andreas m'a appris que son frère dirigeait le poste de police. Il m'a expliqué que toi et Shane avez noué des liens d'amitié avec d'autres touristes étrangers. C'est une super nouvelle.

Ta présence me manque terriblement à l'hôpital, si tu savais ! Depuis qu'elle dirige le service, Carmel est devenue insupportable. Elle effraie les patients, terrifie les infirmières, cherche querelle aux visiteurs et rôde dans les couloirs comme une vieille folle en manque. Heureusement, deux nouvelles aides-soignantes philippines ont été embauchées récemment – des femmes très gentilles. Au départ, elles avaient tellement peur de Carmel qu'elles ont failli repartir à Manille mais on les a rassurées. Le département orthopédie a fait un appel d'offres pour trouver du personnel. Je pense postuler. Ça me

Danse d'une nuit d'été

plairait bien de travailler sur des prothèses de hanches et de genoux. Quand comptez-vous rentrer tous les deux? Je te demande ça parce qu'à la fin de l'été, il y aura de nouveaux appartements à louer, à dix minutes à pied du centre hospitalier. Ils ont l'air super. Tu pourrais en prendre un avec Shane. Je suis sûre qu'ils te plairaient. Moi, j'hésite parce que pour une personne seule, les prix sont un peu élevés.

J'en ai touché un mot à tes parents. Apparemment, ils ont bien évolué. Quand j'ai parlé de Shane, ils n'ont même pas cligné des yeux. L'époque où ils ne supportaient pas qu'on mentionne son nom semble bien révolue. Je pense que ta stratégie a payé. De plus, ils étaient ravis que tu appelles après le drame. Les gens doivent être sous le choc. Maintenant que tu as mon adresse email, raconte-moi comment tu vas, ce que tu fais en Grèce. J'ai toujours rêvé d'y aller mais je ne connais que l'Espagne. Te souviens-tu de notre séjour à Marbella et des deux garçons rouges comme des écrevisses qui nous ont refilé les clefs de leur voiture? Nous étions un peu téméraires, pas vrai? Toi, tu l'es restée.

Bisous à tous les deux
Barbara.

Stupéfaite, Fiona replia la feuille. Elle n'en revenait pas. Comment croire que Barbara puisse ainsi envoyer son affection à Shane comme s'ils étaient de vieux complices ou que son père et sa mère acceptent l'idée qu'elle vive avec lui? Était-ce possible que son univers prenne enfin un tour différent? Elle relut la lettre à plusieurs reprises et tranquillement retourna chez Elsa cuisiner une soupe de légumes et une salade de fruits.

Danse d'une nuit d'été

Sur le chemin du retour, Elsa fit halte dans la boutique de Vonni pour l'inviter à dîner.

— On mangera entre filles, dit-elle. Fiona s'est mise aux fourneaux.

— Non, merci, c'est très gentil à vous deux mais je dois travailler.

— À quoi donc ?

— Chaque semaine, je rends visite aux aveugles qui fabriquent les tapis que je vends ici. Je choisis la couleur de la laine à leur place.

Elle haussa les épaules comme si cette tâche quotidienne était d'une grande banalité.

— Comment vous êtes-vous lancée dans cette activité ?

— Oh, j'ai éprouvé le besoin de me faire pardonner mes fautes, alors j'ai pensé que ce serait généreux de m'intéresser à des personnes plus malheureuses que moi.

— Que voulez-vous dire par « mes fautes » ?

— Les habitants de Aghia Ana se sont toujours montrés charmants envers moi, même aux pires moments. Vous savez, je faisais des scandales, je hurlais, j'effrayais les enfants. J'ai vraiment été insupportable.

— Je n'arrive pas à le croire. Je vous imagine mal terrifier les autres, gloussa Elsa comme s'il s'agissait d'une plaisanterie.

Une profonde gravité se lisait sur le visage de Vonni.

— Je suis sérieuse. J'ai été absolument monstrueuse, mais j'avais une excuse. Mon mari m'avait trahie. Il jouait du tavli dans les restaurants et les tavernes – ce qui ne me gênait pas – mais quand il a rencontré Magda, il a perdu la tête. Il était comme en transe. Il ne voulait plus rentrer à la maison. Les gens d'ici se sont occupés de mon petit garçon pendant que je travaillais à la station-service. Je

Danse d'une nuit d'été

n'oublierai jamais leur gentillesse... Ce n'était pas évident pour eux de prendre mon parti. J'étais l'étrangère.
— Qu'est-il arrivé ?
— Des quantités de choses. D'abord, Stavros a emménagé chez Magda.
— Non ! Dans le même village !
Elsa la contempla, bouche ouverte.
— Quelle différence, là ou ailleurs ? J'aurais autant souffert si ça s'était passé dans une grande cité anonyme. Il ne serait pas revenu. Puis, j'ai commis de graves erreurs – et là encore, tout le monde a fait preuve de tolérance envers moi.
— Qu'avez-vous fait ? insista Elsa, dévorée de curiosité.
— Je vous raconterai ça une autre fois peut-être.
Une ombre passa sur le visage de Vonni. Elle se tut.
— Je vous demande ça parce que moi aussi, je me suis comportée stupidement ces derniers temps, la rassura Elsa. C'est toujours intéressant de voir comment les autres gèrent leurs difficultés.
— Vous voulez parler de votre relation avec cet homme qui logeait au Anna Beach ? Celui qui a crié sous les étoiles qu'il vous aimait ?
— Décidément, vous savez tout ! Oui, il s'agit de lui. Le problème, c'est que j'éprouve encore beaucoup de sentiments pour lui. Mais c'est une histoire compliquée. Il s'appelle Dieter et dirige la chaîne de télévision où je travaille... enfin où je travaillais. Il m'a tout appris et a fait de moi une vedette. C'est moi qui présentais le journal du soir. Nous sommes tombés amoureux l'un de l'autre et nous avons une liaison depuis deux ans.
— Vous vivez ensemble ?
— Non, ce n'est pas possible.

Danse d'une nuit d'été

— Pourquoi ? Il est marié ?
— Non, ce n'est pas ça. On ne veut pas que nos collègues de bureau l'apprennent.
Vonni releva la tête et fixa Elsa droit dans les yeux.
— Vous ne connaissez pas l'ambiance qui règne dans l'audiovisuel, se défendit Elsa. C'est un univers de requins. Tout le monde penserait que c'est grâce à lui que j'ai obtenu ce poste. C'était plus sage de se taire.
— D'accord, mais alors, que faites-vous ici ?
Vonni s'exprimait maintenant avec un débit saccadé.
— J'ai découvert en lui quelque chose qui ne m'a pas plu – une sorte d'insensibilité, d'indifférence.
— Êtes-vous certaine que ce n'est pas parce qu'il refuse de s'investir officiellement avec vous ?
Un léger agacement s'empara d'Elsa.
— Vous ne comprenez vraiment pas. Nous avons pris cette décision ensemble. Non, le problème, c'est que j'ai appris qu'il avait eu un enfant il y a quelques années.
— Et alors ?
— Cela ne vous choque pas ? Il n'a jamais reconnu sa fille et ne la voit jamais.
— Cela arrive partout dans n'importe quel milieu, tous les jours. Ce n'est pas grave, on survit.
— Moi, je sais ce que c'est, s'énerva Elsa, frémissante. Mon père est parti et s'est toujours fichu de moi.
— Justement, regardez-vous ! N'avez-vous pas survécu ? Vous êtes belle, sûre de vous, vous réussissez tout ce que vous entreprenez. Ça prouve ce que je dis.
— Non. Vous ne savez pas ce que je ressens. J'ai toujours eu le sentiment que je n'avais aucune valeur puisqu'on m'avait abandonnée.

Danse d'une nuit d'été

— Grandissez Elsa! À terme, on ne doit compter que sur soi, et éventuellement sur les amis qu'on a la chance de rencontrer. On doit apprendre à se passer de ses parents et à l'inverse, de ses enfants. Aucune loi n'affirme « Tu aimeras ta progéniture et elle t'aimera en retour ». L'harmonie familiale est un jeu. Il faut en posséder les cartes, mais ce n'est pas la réalité.

— Je ne comprends pas pourquoi vous êtes si amère et cynique, mais je suis ravie de ne pas penser comme vous.

— Pourquoi voudriez-vous qu'il joue au papa du dimanche pour une gamine qu'il n'a probablement jamais voulue?

— Mais elle existe! C'est son devoir.

— Ce n'est pas pour cette raison que vous le quittez.

— Je vous demande pardon?

— Vous avez mis un terme à cette relation parce que vous n'avez pas confiance en lui. Vous avez espéré qu'il finirait par vous admettre dans sa vie. Vous êtes une femme séduisante, habituée à mener votre barque comme vous l'entendez. Si vous l'aimiez sincèrement, vous oublieriez l'existence de cette fillette. Mais le hic, c'est que vous doutez de ses sentiments. C'est pour cela que vous vous focalisez sur cet épisode de son passé. Vous l'utilisez comme une excuse, n'est-ce pas?

Devant l'injustice de cette attaque, Elsa sentit ses yeux la piquer.

— Vous vous trompez complètement! Il *m'aime*. Vous l'avez entendu le crier. Il a recommencé le lendemain sur le port. Et je me sens si vide, si seule sans lui, que j'ai décidé de rentrer le plus tôt possible en Allemagne pour lui dire à quel point je tiens à lui.

Danse d'une nuit d'été

Vonni se pencha vers elle.

— Écoutez bien mon conseil, vous n'en entendrez jamais de meilleur ! Ne retournez pas là-bas, continuez votre route. Restez un magnifique souvenir pour lui. Il ne vous aimera jamais de la façon dont vous voulez être aimée.

Elsa se leva d'un bond, incapable de répondre. Dans son champ de vision, elle crut apercevoir Thomas qui grimpait l'escalier, vêtu de son improbable bermuda. Elle ne voulait pas lui parler. D'ailleurs, elle ne voulait plus voir personne. La seule chose à laquelle elle aspirait, c'était de regagner son appartement. Immédiatement.

— Tu es très silencieuse, ce soir, s'étonna Fiona. Comment trouves-tu la soupe que je t'ai cuisinée ?

— Elle est délicieuse, murmura Elsa. Je suis désolée, je n'ai pas tellement le moral. Ne t'inquiète pas, ça va passer. Je déteste les gens moroses.

Elle adressa à Fiona un sourire forcé.

— Est-il arrivé quelque chose ?

— Oui, en effet, avoua-t-elle. Je me suis disputée bêtement avec Vonni. Je sais que ça paraît impossible mais c'est vrai.

— À propos de quoi ?

— Elle est au courant de ma relation avec Dieter. Elle veut que je le quitte, que je tourne la page.

Jusqu'à présent, Elsa n'avait rien raconté à Fiona de son histoire sentimentale, ce qui expliquait la mine ahurie de la jeune Irlandaise.

— Mais je ne suis pas d'accord avec elle, fit observer Elsa.

— Tu l'aimes toujours ?

Danse d'une nuit d'été

— Oh oui !
— Alors, il n'y a pas de question à se poser, dit Fiona d'un ton direct et tranchant. Tu dois aller le retrouver, que ça plaise ou pas à Vonni.

Les quatre amis avaient décidé de se réunir au café, sur le port, après le dîner. Chacun à tour de rôle passa en revue les événements marquants de la journée, puis Thomas engagea la conversation sur un sujet qui lui tenait à cœur.

— Est-ce que l'un d'entre vous a déjà eu le sentiment de perdre son temps ici ? demanda-t-il.
— Non, j'y suis heureux, j'aime cet endroit, répondit aussitôt David.
— Moi aussi, ajouta Fiona. De toute façon, je dois rester jusqu'au retour de Shane.
— En ce qui me concerne, je compte repartir pour l'Allemagne la semaine prochaine, lança brutalement Elsa. Enfin, j'y réfléchis. Et toi, Thomas ?
— Si j'en crois Vonni, il faut impérativement que je retourne en Californie auprès de mon fils. J'avoue que je n'ai pas encore pris de décision.
— Vonni a l'air très pressée de nous renvoyer chez nous. Une fois que Maria saura conduire la camionnette, elle veut que je rentre faire la paix avec mes parents et travailler avec mon père, maugréa David d'un ton lugubre.
— Elle me dit la même chose, s'enflamma Fiona. Elle est persuadée que Shane ne reviendra pas. Elle ne veut pas m'aider à trouver un travail ici. Selon elle, je dois réintégrer Dublin illico.
— Elle a raté sa vocation, elle devrait être flic à la place de Yorghis, gloussa Elsa. D'après elle, je devrais

Danse d'une nuit d'été

mettre un terme à ma relation avec Dieter, car il ne m'aime pas.
— Elle a dit ça aussi abruptement que ça ?
Thomas était médusé.
— Presque. Enfin, parmi vous, je suis une exception. Moi, elle ne me pousse pas à partir, elle me conseille d'oublier mon pays.

Méthodiquement, les quatre amis mirent en commun ce qu'ils avaient pu réunir sur Vonni, au fil de leurs conversations : elle était originaire de l'Ouest de l'Irlande et était arrivée, trente ans plus tôt, à Aghia Ana pour suivre l'homme qu'elle aimait. Ce dernier s'appelait Stavros, elle lui avait acheté une station-service et ils avaient eu ensemble un fils, baptisé également Stavros. Vonni ne le voyait plus, et le père avait quitté l'île depuis plusieurs années. Visiblement, Vonni avait traversé des périodes difficiles mais les habitants de Aghia Ana avaient tellement pris soin d'elle qu'elle estimait leur devoir quelque chose.

— Pensez-vous qu'elle ait fait une dépression lorsque Stavros l'a quittée ? interrogea Fiona.
— Je pense plutôt qu'elle était alcoolique, suggéra doucement David.

Les autres se turent. Quoi, cette femme pondérée et efficace aurait sombré dans l'alcool ? Impossible.
— Pourquoi dis-tu ça ? demanda Elsa.
— N'avez-vous pas remarqué qu'elle ne buvait jamais de vin ou d'ouzo ? répondit platement David.

Tous le considérèrent avec respect. Chacun d'eux avait, à un moment ou à un autre, dîné ou pris un pot avec Vonni mais seul, David – le gentil et sensible David – avait pris conscience de ce qui maintenant leur sautait aux yeux.

12.

Vonni ne s'était pas trompée en déclarant que les gens de Aghia Ana serreraient les rangs autour d'elle et n'étaient pas disposés à délivrer des informations sur son passé. Malgré leur détermination, aucun des quatre amis ne put dénicher le moindre renseignement. Thomas avait été le premier à entrer en action.

— Il paraît que Vonni dirigeait la station-service qui se trouve à la sortie de la ville, avait-il lancé à Yorghis.

Devant le mutisme du policier, le jeune Américain avait insisté.

— A-t-elle regretté de s'en séparer?

— Je ne sais pas. Puisque vous habitez chez elle, vous n'avez qu'à lui poser la question, avait biaisé Yorghis poliment.

David n'avait pas eu plus de chance avec Andreas.

— Avez-vous connu Stavros, le mari de Vonni?

— Bien sûr, tout le monde connaît tout le monde ici!

— Et Magda? L'avez-vous rencontrée?

Danse d'une nuit d'été

— Comme je vous l'ai dit, c'est un endroit minuscule.
— Et le petit Stavros ? Jouait-il avec Manos ou votre fils ?
— Dans un village, tous les enfants se fréquentent.
— J'ai l'impression que vous me trouvez trop curieux !
— Vous vous intéressez à cette île et à ses habitants, c'est normal, avait conclu Andreas sans se mouiller.

Elsa, quant à elle, avait tenté une approche différente. Sous prétexte d'acheter des olives et du fromage, elle s'était rendue à l'épicerie. Yanni était un homme d'une soixantaine d'années, il devait être là au moment des faits.

— Je suis émerveillée de voir à quel point Vonni s'est intégrée à cette communauté, avait-elle attaqué avec légèreté.
— C'est une excellente femme.

Il en fallait plus pour faire renoncer Elsa.

— La connaissiez-vous déjà quand elle a épousé Stavros ?
— Est-ce elle qui vous en a parlé ?
— Oui, elle a abordé le sujet.
— Alors, j'imagine qu'elle vous a expliqué tout ce qu'elle voulait que vous sachiez, avait répliqué Yanni dans un sourire qui dévoilait ses nombreuses dents en or.

Elsa avait dû s'avouer vaincue. Elle qui avait interviewé des centaines d'hommes politiques, des magnats de l'industrie ou des stars du show-biz pour la télévision avait été incapable de tirer trois mots à un pauvre épicier grec.

Fiona avait choisi la technique de l'apitoiement. Munie d'un sachet de bonbons, elle s'était rendue à l'improviste chez Eleni et ses enfants.

Danse d'une nuit d'été

— Je tenais à vous remercier de m'avoir soutenue pendant ma maladie, avait-elle lâché en guise de préambule.
— Comment vous portez-vous maintenant ?
Eleni lui coula un regard inquiet.
— Ça va mieux mais je suis triste de l'absence de Shane. Je ne veux pas rentrer en Irlande sans lui. S'il vient chez vous, promettez-moi de lui donner ma nouvelle adresse.
— Oui, si je le vois, je lui dirais. Enfin, s'il revient...
— Il reviendra, Eleni, il m'aime !
Un silence embarrassé tomba entre elles. Fiona en profita pour aborder de front le sujet qui avait motivé sa visite.
— Avez-vous connu Stavros, l'ancien mari de Vonni ?
— Excusez-moi, je ne parle pas très bien anglais. Je dirais à Shane où vous habitez s'il réapparaît. Merci pour les *Karameles*. Vous êtes une fille adorable.

En avisant Vonni qui pénétrait dans sa boutique, Thomas dévala les escaliers.
— Eh ! Vonni ! Quand vous aurez fini, montez boire un *portokalatha* à l'appartement. OK ?
— Ça y est ! Vous avez enfin remarqué que je ne buvais que des boissons sans alcool, plaisanta-t-elle.
— C'est David qui m'a ouvert les yeux. Il est toujours très attentif à tout. De toute façon, ça n'a pas d'importance. J'ai besoin d'un conseil.
— Tsst... Vous voulez surtout que je vous rassure sur votre avenir sans que vous ayez à lever le petit doigt. N'ai-je pas raison ?
— Je serais ravi que vous me développiez cet argument, gloussa-t-il.

Danse d'une nuit d'été

— Je monte dans dix minutes.

Quand elle poussa la porte du loft, un quart d'heure plus tard, Thomas remarqua qu'elle portait un nouveau chemisier jaune avec des petites roses brodées sur le devant. Elle devait stocker sa garde-robe dans son magasin.

— C'est joli, fit-il en indiquant les broderies. Est-ce vous qui les avez faites ?

— Non, c'est une amie. Cela date de plus de trente ans.

— Vraiment ? Comment s'appelait-elle ?

— Ça n'a plus d'importance maintenant. Mais elle avait des doigts de fée.

Thomas déglutit, la mine déconfite. Il s'était montré trop direct.

— Excusez-moi, j'ai l'impression de vous soumettre à un interrogatoire. Vous n'êtes pas obligée de me répondre.

— Si. J'ai appris que vous et vos copains passez Aghia Ana au peigne fin pour dénicher des informations sur moi, justifia-t-elle, visiblement amusée par la confusion qui s'inscrivait sur le visage de Thomas.

— On vous l'a dit ? demanda-t-il, embarrassé.

— Bien sûr.

— Je suis désolé, ça ressemble à du voyeurisme. Mais, en fait, vous nous fascinez, c'est tout.

— Je suis flattée. Bon, alors que désirez-vous savoir ?

Elle eut un sourire encourageant.

— Euh... Je ne sais pas, bredouilla Thomas. Maintenant que je suis en position de poser des questions, je ne sais plus quoi demander. En fait, on voulait savoir à quoi ressemblait votre mari et ce qu'il est devenu.

À son grand étonnement, il était le plus embarrassé des deux.

Danse d'une nuit d'été

— Difficile de vous dire ça en trois phrases. Il s'appelait Stavros, il avait des yeux noirs, très foncés et quelle que soit la mode, des cheveux bruns assez longs. Je me souviens que son père, qui était barbier, pestait contre sa dégaine. Pour le reste, il n'était pas bien grand... disons râblé. La première fois où je l'ai vu, j'ai immédiatement compris que c'était lui que je voulais.
— Où l'avez-vous rencontré ? À Aghia Ana ?
— Non, ailleurs... dans un endroit improbable, répondit-elle d'une voix rêveuse. Je l'ai croisé pour la première fois à Ardeevin, un petit village de l'Ouest de l'Irlande. C'était au printemps 1966, bien avant votre naissance.
— Pas tant que ça ! Je suis né en 1970.
— Il travaillait dans le seul garage automobile de la commune. Nous étions médusés. Jamais nous n'avions approché un être aussi exotique. Vous rendez-vous compte ? Un Grec en chair et en os, dans la rue principale ! Il disait vouloir apprendre l'anglais, la mécanique et connaître le monde... Elle soupira à ce souvenir. On avait du mal à comprendre ce qu'il faisait là. Ardeevin ne nous semblait pas le lieu idéal pour découvrir la vie. Paris, Londres ou Dublin, d'accord, mais Ardeevin... Lui semblait se plaire là-bas. Il prétendait que ça lui rappelait son île natale, Aghia Ana. Il se sentait en pays de connaissance.

Elle marqua une pause, semblant rassembler ses idées. Thomas respecta son silence. Il savait que cela ne servait à rien de la presser.

— À l'époque, j'étais encore en terminale. Mes parents s'attendaient à ce que je décroche une bourse au collège pour devenir professeur. Pour eux, c'était comme gagner le Sweepstake irlandais. J'étais assurée d'une formation gratuite, d'un bon salaire et d'une carrière durable.

Danse d'une nuit d'été

— Et vous ne l'avez pas eue ?
— Je ne sais pas. J'étais tellement amoureuse de Stavros que rien d'autre ne comptait. Je séchais les cours, je ne révisais même plus mes examens. Ma seule occupation de la journée consistait à me faufiler, à l'insu de ma sœur, dans les ateliers du *Ardeevin Motors*.

Fasciné par le calme dont elle faisait preuve en racontant la naissance de sa première histoire d'amour, Thomas prit soin de ne pas l'interrompre.

— C'est alors que Jimmy Keane, le patron du garage, a commencé à parler de renvoyer Stavros. Il disait qu'il n'était plus assez concentré sur son travail. J'étais mortellement inquiète. Je n'arrivais plus à manger ou à dormir. J'étais incapable d'imaginer ma vie sans lui. Que ferais-je s'il partait ? J'ai quand même passé mon bac mais j'étais incapable de comprendre les questions, encore moins d'y répondre.

— Quelles notes avez-vous eues ? interrogea Thomas chez qui le réflexe du professeur prenait le dessus.

— Aucune idée. Et pour cause... Cet été-là a eu lieu un événement formidable : les banques se sont mises en grève.

Les yeux de Vonni se mirent à briller comme si elle était de nouveau plongée dans ses années de jeunesse.

— Impossible !
— Je vous jure !
— Comment les gens se sont-ils débrouillés ?
— Principalement en signant des reconnaissances de dettes – ils imprimaient même des faux chéquiers pour que ça ait l'air normal.
— Et... ?
— Et il y a eu une sorte de miracle. Comme les supermarchés croulaient sous l'argent liquide et qu'ils n'avaient

Danse d'une nuit d'été

plus accès à leurs comptes, leurs directeurs encaissaient les chèques de ceux qu'ils connaissaient bien. Un des cousins de ma mère dirigeait une supérette dans la ville voisine. Je m'y suis rendue et j'ai échangé deux mille cinq cents livres contre mon bout de papier. C'est ce jour-là que Jimmy Keane m'a annoncé qu'il avait décidé de virer Stavros. (Tout en parlant, elle se mit à faire les cent pas dans la pièce.) Stavros et moi nous sommes déclarés notre amour. Il m'a dit que j'étais la femme de sa vie, qu'il allait rentrer à Aghia Ana ouvrir une station-service puis qu'il m'enverrait chercher. Que nous nous retrouverions pour ne plus nous quitter. Je lui ai proposé alors de m'enfuir avec lui. Je lui ai expliqué que j'avais des économies pour l'aider à s'installer.

— Il a dû être fou de joie.

— Oh oui, mais pas mes parents. Quand je leur ai annoncé ma décision, ils ont cherché à m'intimider. Mais j'avais dix-sept ans et demi, j'allais être majeure deux mois après. Que pouvaient-ils faire ? M'enfermer à double tour ? Ils ont pleuré, hurlé. À les entendre, je gâchais mon existence, je donnais le mauvais exemple à ma sœur. En fait, ils avaient honte. Mon père était un bourgeois, un professeur réputé, ma mère était issue d'une famille de chefs d'entreprise de la région. Ils n'osaient plus sortir dans les rues d'Ardeevin.

— Finalement, ils ont cédé !

— Je les ai prévenus que je partirais le soir même et c'est ce que j'ai fait. Stavros et moi avons pris le bus de 19 h 30.

— Et l'argent ?

— Ah oui ! (Elle émit un petit gloussement.) Nous étions déjà à Aghia Ana lorsque la grève des banques a cessé. On a pris le bateau, le train, on a traversé l'Italie et la Suisse. Ça a été un magnifique voyage. On n'a pas dépensé un centime. On a mangé du pain et du fromage. Je n'ai jamais été aussi heureuse de toute ma vie. *Personne* n'aurait pu me faire retourner en arrière.

— Comment s'est passée votre arrivée ici ?

— J'ai un peu déchanté. J'ai découvert qu'avant son départ, Stavros avait mis une fille enceinte. Elle pensait qu'il était revenu pour l'épouser. C'était Christina, la sœur de Yorghis et d'Andreas. Quand elle a compris qu'il l'avait quittée, elle a tenté de se suicider. Finalement, elle n'a réussi qu'à tuer l'enfant qu'elle portait. Cette période a été très dure à vivre pour tout le monde.

— Qu'est-il arrivé à Christina ensuite ?

— Elle est restée longtemps à l'hôpital ; vous savez celui qui est sur la colline, sur la route de Kalatriada.

— Oui, je vois. Et vous ? Qu'avez-vous fait ?

— J'ai acheté la station essence, appris le grec, à changer des roues, à gonfler des pneus. J'allais voir Christina toutes les semaines. Elle a mis quarante-cinq semaines avant d'accepter de me parler. Quand elle s'est rétablie, elle s'est mariée et a déménagé de l'autre côté de l'île. Aujourd'hui, elle a des enfants et des petits-enfants. Je la vois souvent.

— Avez-vous épousé Stavros ?

— Oui, on s'est mariés civilement à Athènes. Personne n'a voulu croire qu'on s'aimait vraiment – ni ma famille à Ardeevin, ni la sienne ici à Aghia Ana. (Elle montrait des signes de fatigue et Thomas décida de limiter ses questions.) Puis, en 1970, l'année de votre naissance, on a eu notre fils, Stavros. À cette époque, les gens s'étaient habitués à moi. On l'a baptisé à l'église en présence de ma belle-famille. Mon beau-père a même accepté de chanter.

Danse d'une nuit d'été

Christina elle-même est venue m'offrir la layette qu'elle avait confectionnée pour le bébé qu'elle aurait dû avoir.
— Incroyable!
— Je sais. En revanche, je n'ai eu aucune nouvelle d'Irlande. J'ai écrit à mes parents qu'ils avaient un petit-fils. Aucune réponse.
— Ils devaient être très amers.
— Je crois qu'ils n'ont pas pu me pardonner pour l'argent. Je n'arrêtais pas de dire que j'allais le rembourser.
— Bien sûr, fit Thomas sans conviction.
— Et je l'ai fait, riposta-t-elle comme si c'était la chose la plus évidente du monde.

David ouvrit l'enveloppe qui lui était adressée. C'était la première fois que ses parents lui écrivaient. Incrédule, il s'assit et prit connaissance du contenu de la lettre. Sa mère lui expliquait en long et en large la joie et la fierté qu'ils avaient ressenties en recevant le carton pour la remise des prix. Elle avait même joint à son courrier une photocopie du bristol consacrant son père Homme d'affaires de l'année.

David n'était pas impressionné : tous les ans, c'était la même histoire. Les hommes d'affaires du pays se congratulaient entre eux et récompensaient celui qui avait fait le plus de profits. Il n'y avait aucun but à cette course au trophée. Aucune philanthropie, aucune générosité, aucun motif humanitaire. Le dieu qu'on adorait à cette cérémonie s'appelait le dieu Argent. Prolixe comme à son habitude, Mme Fine se répandait en détails : les places qui leur seraient attribuées, le plan des tables, les tenues de soirée à porter. Bien sûr, elle terminait sa missive en demandant

Danse d'une nuit d'été

quand il comptait rentrer. David inspira longuement. Sa décision était prise. D'ici quelques heures, une fois calmé, il rédigerait un message courtois, déclinant l'invitation. Il était plus sage d'écrire que de téléphoner. Ainsi, personne ne perdrait son sang-froid.

Fiona se rendit au Anna Beach Hotel et envoya un email à son amie Barbara à Dublin.

J'ai été sincèrement ravie d'avoir de tes nouvelles. L'endroit où je me trouve est magnifique et je suis très heureuse du choix qu'on a fait. L'accident qui s'est déroulé ici a été un moment éprouvant, mais les habitants d'Aghia Ana sont très courageux. À leur contact, on devient généreux. Shane est parti quelques jours à Athènes pour travailler. Il doit rentrer bientôt. Je guette l'arrivée des ferries. Merci pour les potins concernant l'hôpital. J'imagine très bien ce que doit donner Carmel, la peau de vache, en chef de service. Je t'écrirai de nouveau lorsque je connaîtrai nos projets.
Avec toute mon affection.
Fiona.

Alors qu'elle s'apprêtait à quitter l'hôtel, le réceptionniste la rappela :
— On a reçu un fax pour votre amie allemande, dit l'homme.
— Je vais lui donner, dit-elle, heureuse de constater qu'elle n'était plus considérée comme une étrangère.
De jour en jour, elle se sentait intégrée dans ce petit coin de paradis. Elle connaissait maintenant comme sa poche les ruelles de Aghia Ana. Même les raccourcis

Danse d'une nuit d'été

n'avaient plus de secrets pour elle. Quelques minutes plus tard, elle déposa la feuille de papier devant Elsa.

— J'avoue que j'ai essayé de la lire, confessa-t-elle mais c'est en allemand.

— Merci.

— Inutile de me la traduire. Je vais te laisser tranquillement en prendre connaissance.

— Je sais ce qu'il y a dedans. Il doit m'ordonner de reprendre mes esprits et de rentrer immédiatement au bercail, c'est-à-dire dans son lit deux nuits par semaine.

— Peut-être te dit-il autre chose? encouragea Fiona.

— Allez, je vais te faire la lecture. Elle s'empara du texte. C'est très court, de toute façon.

Elsa chérie,
La décision t'appartient. Si tu acceptes de revenir, je te promets que nous nous installerons ensemble, sans plus nous cacher. Nous pourrons nous marier si c'est vraiment ce que tu veux. Je te jure que j'écrirai à cette enfant et que je lui enverrai des cadeaux si cela peut te faire plaisir. Nous sommes faits l'un pour l'autre, tu le sais comme moi. Pourquoi continuer ce jeu? Réponds-moi oui, très vite.
Je t'aime à jamais.
Dieter

*
* *

Pendant ce temps à Chicago, Adoni ouvrait une enveloppe qui portait un timbre grec. Par souci de discrétion – et surtout ne pas soulever d'interrogations de la part de la famille italienne qui l'employait – il emporta sa lettre aux toilettes et commença à déchiffrer les pattes de

Danse d'une nuit d'été

mouche de son père. Cela débutait par ces mots : « Adoni mou ». Andreas racontait sobrement comment le bateau de Manos avait pris feu dans la baie devant le village impuissant. « Face à cette tragédie, plus rien n'a d'importance », disait-il.

Comparées à la vie et à la mort, les disputes qui nous ont opposés à propos de la taverne me paraissent bien insignifiantes. Cela me ferait grand plaisir de te revoir, mon fils. J'aimerais que tu reviennes à Aghia Ana avant que je disparaisse. Je te promets de te parler sur un autre ton. Rien n'a été touché dans ta chambre, elle t'attend comme avant. Tu peux venir accompagné, si tu le souhaites. J'espère de tout mon cœur que tu as quelqu'un qui partage ton existence.

Andreas essuya ses larmes avec son mouchoir à carreaux bleus. Un lourd sanglot l'étreignit. Il était seul. Personne ne tenait de place dans sa vie.

Vu qu'il n'y avait personne pour payer sa caution, Shane fut ramené en cellule aussitôt après l'audience préliminaire.
— J'ai le droit de téléphoner, hurla-t-il. Vous faites partie de cette putain d'Union européenne ! C'est la loi ! Vous êtes obligés de respecter les Droits de l'Homme, c'est pour ça qu'on vous a laissés y entrer.
Sans faire de commentaire, le policier de service lui tendit le combiné. Shane composa fébrilement le numéro du poste de police de Aghia Ana. Zut ! Il ne se souvenait plus du nom du vieux ! Bordel, comment s'appelait-il ?

Danse d'une nuit d'été

— Salut ! J'essaie d'entrer en contact avec Fiona Ryan, lança-t-il en guise d'introduction.
— Je vous demande pardon ? répondit Yorghis.
— J'appelle d'un commissariat d'Athènes, d'une cellule de merde, attaqua-t-il.
— On vous l'a déjà dit, elle n'est pas là, mentit Yorghis.
— C'est impossible, elle est enceinte de moi. Il faut qu'elle trouve de l'argent pour me sortir de là...
La voix de Shane était empreinte de frayeur.
— Je suis désolé, je ne peux pas vous aider.
Sans attendre davantage, Yorghis raccrocha.
Devant l'insistance de Shane, le gardien l'autorisa à passer un deuxième appel.
— Faites vite ! dit-il en haussant les épaules. Surtout, si c'est une communication longue distance.
Quelques minutes plus tard, une voix féminine résonna à l'oreille de Shane.
— Barbara ! C'est Shane ! Où étais-tu ? J'ai mis un temps fou à te trouver !
— J'étais de garde, les gens normaux appellent ça du travail ! ironisa-t-elle, aussitôt sur la défensive.
— Très drôle ! Bon, écoute-moi, je suis pressé. Fiona est-elle rentrée à Dublin ?
— Quoi ? Vous avez rompu ? s'exclama Barbara sans parvenir à cacher sa joie.
— Ne sois pas ridicule. J'ai été obligé de me rendre à Athènes...
— Pour bosser ? suggéra-t-elle sèchement.
— En quelque sorte – mais ces crétins à Aghia Ana affirment qu'elle est partie. J'ai l'impression qu'il y a un malentendu entre elle et moi...
— Oh, mon cher Shane, je suis désolée.

— Arrête de jouer les hypocrites. Tu es ravie.
— Comment puis-je t'aider exactement ?
— Peux-tu lui demander de me contacter au... Non ! ne t'embête pas, je la trouverai tout seul.
— Tu es sûr ? Ça me ferait très plaisir de te rendre service, ronronna Barbara.

C'étaient les meilleures nouvelles qu'elle entendait depuis le jour où son amie Fiona avait lié sa destinée à cet horrible Shane.

Vonni s'était tue. Sa confession n'était pas terminée, Thomas le sentait mais il attendait qu'elle décide elle-même quand poursuivre son récit. Elle s'était arrêtée, après avoir expliqué qu'elle avait remboursé l'argent au supermarché. Combien d'autres secrets possédait-elle encore ? Lentement, elle reprit la parole.

— J'ai mis pour cela presque trente ans, admit-elle. Mais ils ont récupéré jusqu'au dernier penny. Au début, je leur versais cent livres l'année.

— Vous ont-ils remerciée et pardonnée ?

— Non, rien de tout cela.

— Mais le cousin de votre mère a dû raconter à vos parents que vous vous étiez acquittée de votre dette !

— A priori, cela n'a pas fait de différence.

— Avez-vous toujours des contacts avec votre famille ?

— Elle m'envoie des messages à peine polis au moment des fêtes, juste par charité chrétienne. Elle veut se prouver qu'elle a du cœur, qu'elle est capable de pardon. Moi, j'ai écrit de longues lettres, je leur ai envoyé des photos du petit Stavros. Mais c'était à sens unique. Et puis, bien sûr, les choses ont changé.

Danse d'une nuit d'été

— Comment ça ? Sont-ils revenus sur leur position ?
— Non, je veux dire, j'ai *changé*. Je suis devenue folle.
— Vous ? Oh non ! Je ne peux pas le croire.
La lassitude se lisait sur son visage.
— Cela fait des siècles que je n'avais pas autant parlé de moi. Je suis fatiguée.
— Allez vous allonger, dans votre chambre, proposa-t-il gentiment.
— Non, je dois aller nourrir les poulets. Elle se leva lentement. Au fait, je vous autorise à expliquer aux autres ce que je vous ai dit. Je ne veux pas qu'on ennuie les habitants de Aghia Ana avec ces tristes souvenirs.
Thomas fixa le bout de ses sandalettes, l'air embarrassé.
— Personne n'a besoin de savoir... Nous non plus d'ailleurs...
— Je vous livrerai le reste une autre fois... « La suite au prochain épisode » comme on dit !
Ses traits tirés se fendirent d'un large sourire. Instinctivement, Thomas l'imita. Il ne la revit pas de la soirée. Quand, au milieu de la nuit, il alla regarder par la fenêtre, il vit sa torche se déplacer dans le poulailler.

Le lendemain, comme tous les jours, Thomas rejoignit ses nouveaux amis sur le port, dans le café où ils avaient pris leurs habitudes. Au début, ils avaient parlé de tout et de rien : David avait raconté sa dernière leçon de conduite avec Maria, et Fiona et Elsa – omettant de mentionner les messages qu'elles avaient reçus – s'étaient bornées à expliquer comment elles avaient aidé un vieux villageois à repeindre ses chaises en bois. Puis, Thomas leur avait révélé l'histoire de Vonni.

— Elle avait envie que tu saches, commenta David rêveusement. C'est comme si elle avait l'intention de se lier avec l'un d'entre nous.

— Je me souviens de cette grève des banques, s'exclama Fiona. Enfin, disons que mon père m'en a parlé. Je crois que beaucoup de personnes en ont profité pour s'enfuir avec des fortunes.

— Je me demande à qui elle va confesser la suite, songea Elsa à voix haute.

David fut l'heureux élu. L'après-midi était bien entamée et la petite bande s'était dispersée. Thomas et Elsa étaient partis faire une promenade à pied sur la côte tandis que Fiona était allée demander à Yorghis s'il avait des nouvelles d'Athènes. Livré à lui-même, David s'était installé sur le port, sa méthode Assimil ouverte sur ses genoux. C'est alors que Vonni s'était approchée de lui.

— Dans peu de temps, vous parlerez comme un vrai Grec, dit-elle pour l'encourager.

— Ça m'étonnerait. Mais j'adore cet endroit, les gens ont le sens des valeurs, ils ne sont pas obsédés par l'argent.

— Oh, ne croyez pas ça! L'humanité est la même partout.

Désireux de s'épancher, il lui avait tendu le fac-similé de l'invitation reçue par son père et la lettre que venait de lui envoyer sa mère. À sa grande surprise, il vit des larmes dans les yeux de Vonni.

— Vous allez rentrer chez vous, n'est-ce pas? s'écria-t-elle d'emblée.

— Non, c'est impossible. Dans six mois, ils trouveront autre chose. Je n'y échapperai jamais, je serai

Danse d'une nuit d'été

broyé. Vous, plus que quiconque, savez comme la fuite est parfois nécessaire. Vous n'êtes jamais retournée en Irlande, pas vrai ?

— Non, mais j'ai voulu le faire des millions de fois. Je mourais d'envie de revoir ma famille et j'ai regretté de ne pouvoir assister au mariage de ma sœur ou à la fête qu'a donnée mon père à l'occasion de son départ en retraite. J'aurais souhaité également être là quand ma mère est tombée malade. Mais comme je n'étais pas la bienvenue, je m'en suis abstenue.

— Comment le saviez-vous ? Vos amies vous donnaient-elles des nouvelles ?

— Absolument pas. Elles m'en voulaient terriblement. Probablement parce que j'avais osé ce qu'elles étaient incapables de faire – coucher avec un homme plus âgé, quitter l'école, voler de l'argent, m'enfuir sur une île grecque. Étrangement, la seule personne avec qui j'ai gardé contact, c'est Jimmy Keane. Je pense qu'il se sentait coupable. S'il n'avait pas viré Stavros, rien de tout cela ne serait arrivé. Du coup, il est le seul à avoir répondu à mes courriers. Quand je lui ai expliqué que je ne regrettais rien, il a été soulagé, je crois. Au fil des mois, il m'a raconté ce qui se passait à Ardeevin – les potins, les événements majeurs.

— Vous a-t-il écrit longtemps ?

— Oui, du moins jusqu'à ce que je perde la tête.

Elle parlait de son coup de folie aussi naturellement que s'il s'agissait d'une banale excursion.

— Quand vous dites « perdre la tête », c'est exagéré, n'est-ce pas ? murmura David.

— Oh non, pas du tout ! Tout ça est arrivé à cause de Magda. Elle était mariée à un type jaloux, violent, qui s'imaginait qu'elle le trompait. En réalité, elle passait son temps à briquer sa maison, à cuisiner et à broder, les yeux

223

baissés. Du moins, c'est ce que nous avons cru. Peut-être était-ce vrai ? Peut-être n'a-t-elle levé le regard pour la première fois que lorsque Stavros s'est intéressé à elle. On ne le saura jamais.

— Vous l'aimiez bien ?

— Oui, c'était une ravissante et douce jeune femme avec un charmant sourire. Je la plaignais. Elle vivait un enfer, elle n'avait pas d'enfants et son époux la battait. Parfois, on la voyait arriver, le visage tuméfié mais elle prétendait avoir eu un vertige, être tombée. À l'exemple des autres hommes du village, Stavros jouait du tavli au café avec son mari. Il préférait faire l'autruche. « Leur vie ne nous regarde pas, Vonni, me disait-il souvent, nous n'avons pas à nous en mêler. » Comme j'étais très occupée entre mon travail à la station-service et l'éducation du petit Stavros, je me contentais de cette réponse. Mais un jour, en arrivant chez Magda, je l'ai trouvée, assise dans la cuisine, couverte de sang. J'ai couru chercher le vieux Dr Leros, le père du médecin actuel. Après l'avoir soignée, ce dernier a ordonné qu'on mette fin à la situation. Alors, j'ai couru en parler à Stavros et, pour une fois, il m'a écoutée. Avec deux de ses copains, ils sont allés trouver l'époux de Magda. Je ne sais pas exactement ce qui s'est passé mais je crois qu'ils l'ont menacé, qu'ils lui ont fait peur.

— Et ça a marché ?

— Oui, apparemment. Magda a cessé d'avoir ses soi-disant vertiges, elle s'est mise à marcher la tête haute, en fixant les gens droit dans les yeux. C'est là que tout le monde s'est aperçu qu'elle était très jolie. Jusque-là, personne n'avait rien remarqué, expliqua Vonni tristement.

— Aviez-vous déjà compris que Stavros... euh... s'intéressait... à elle ? s'enquit timidement David.

Danse d'une nuit d'été

— Non, pas du tout. J'ai été la dernière à le savoir. Je l'avais entendu dire, mais je n'y croyais pas. Ou alors, je me persuadais que la femme qui répandait ces ragots était une belle idiote. Finalement, ça m'est tombé dessus...

— Comment ?

— De la façon la plus horrible qui soit ! Un jour, alors qu'il était avec moi à la station essence, mon fils – qui avait quatre ans et demi à l'époque – m'a demandé pourquoi Magda était toujours aussi fatiguée. Alors que je m'étonnais de sa question, il m'a répondu qu'elle allait toujours se coucher quand elle venait à la maison et que son papa restait auprès d'elle. Je me rappelle de ce moment comme si c'était hier. Ma tête s'est mise à tourner et j'ai failli m'évanouir. Magda et Stavros ? Chez nous ? Dans mon lit ? C'était forcément un malentendu, une grossière erreur.

— Qu'avez-vous fait ?

— Le lendemain, j'ai fermé les pompes plus tôt que d'habitude et j'ai couru chez moi. Le petit Stavros jouait dans le jardin. On habitait tout près d'ici, juste derrière la villa de Maria. J'ai déposé mon fils chez un voisin et je suis revenue sur la pointe des pieds. J'ai ouvert la porte doucement. Tout était silencieux puis, soudain, je les ai entendus rire. Il l'appelait son petit lapin, c'était une expression qu'il me disait souvent quand on faisait l'amour. J'ai avancé vers la chambre et je les ai observés. Elle était ravissante avec ses longues boucles noires et sa peau mate. C'est alors que j'ai surpris mon image dans le miroir. C'était la pire chose qui pouvait m'arriver.

Un long silence tomba entre eux, puis Vonni poursuivit.

— Je regrettais de les avoir surpris. Je ne pouvais plus faire semblant, plus continuer comme si je ne

Danse d'une nuit d'été

savais pas. Nous étions, tous les trois, obligés d'affronter la vérité. Mais, lorsque je l'ai vue, *elle*, j'ai compris que j'avais perdu. Elle était trop belle, je ne pouvais pas lutter. Alors, je me suis tue, en me contentant de les observer. Ça m'a paru une éternité. Puis Stavros a dit : « Je t'en prie, Vonni, ne fais pas de scène, ne bouleverse pas le petit. » Ça m'a mis dans une rage noire. Comment ? La seule pensée qui lui venait était de protéger son fils ? Au fond, il n'en avait rien à fiche de moi. Moi qui avais quitté ma famille et mon pays pour lui ; moi qui avais volé de l'argent pour lui acheter un garage, qui avais travaillé jour et nuit... Soudain, j'ai eu l'impression que mon monde basculait, comme un tableau accroché de travers sur un mur. Plus rien ne tenait...

Glacé par son intensité, David écoutait.

— Je suis sortie en courant de la chambre, puis de la maison. En passant devant chez le voisin, j'ai aperçu le petit Stavros qui jouait avec d'autres enfants. Mais je ne me suis pas arrêtée, j'ai grimpé jusqu'en haut de la colline et je suis entrée dans un bar fréquenté exclusivement par des vieux. J'ai commandé un ouzo, puis deux, puis trois. J'ai bu jusqu'à oublier comment le corps de Magda épousait celui de Stavros, j'ai bu jusqu'à tomber par terre. Ensuite, je ne me souviens de rien. Je me suis réveillée le lendemain matin, dans mon lit. Stavros n'était pas là, le petit non plus. En repensant à la scène que j'avais surprise la veille, je me suis mise à vomir. Je suis quand même allée à la station mais l'odeur de l'essence m'a de nouveau rendue malade. Alors, je suis retournée au café où j'avais été la veille : je voulais m'excuser pour mon attitude et payer mes consommations. Mais le patron a refusé, sous prétexte que c'était de sa faute si je n'avais pas supporté l'alcool maison qu'il m'avait servi. Nerveusement, j'ai cherché à savoir comment s'était passé mon retour à la villa,

Danse d'une nuit d'été

lorsque j'étais inconsciente. J'ai appris que Magda avait emmené mon fils – *mon fils*! – chez son grand-père, le barbier. Stavros était partie avec elle, presque aussitôt. Pour supporter le choc, je me suis remise à boire, quelques bons brandys cette fois, puis j'ai titubé jusqu'à chez moi. *Chez moi*! Pouah! Il n'y avait personne. Il m'a fallu quatre jours et quatre nuits d'ivresse pour comprendre qu'on m'avait pris mon enfant. Je ne me souviens pas de grand-chose de cette période-là. J'évoluais comme dans un rêve. Je crois avoir appris que le mari de Magda avait déménagé sur une autre île, c'est tout. Quand je me suis réveillée, j'étais allongée dans un lit à l'hôpital – celui qui est sur la route de Kalatriada. Christina, le premier amour de Stavros, est venue me rendre visite. Je me rappelle qu'elle m'a dit : « Fais semblant d'être calmée, ils te laisseront sortir. » Je lui ai obéi.

— Est-ce que cela a donné un résultat? interrogea David.

— Pas vraiment. Stavros se comportait comme si je n'existais pas. Je n'arrivais même pas à savoir où était passé mon fils. Je prenais garde à ne pas me mettre en colère, j'avais peur qu'on me renvoie à la clinique, qu'on me mette à l'isolement dans une chambre fermée à clef.

— Qu'a fait Stavros?

— Il a emménagé avec elle, de l'autre côté de la rue. Comme tout le monde me surveillait, je ne pouvais pas retourner au bar, alors j'ai acheté des bouteilles d'alcool – une par-ci, par-là dans différents magasins – et je me suis saoulée jusqu'à m'évanouir. Je dormais sur le canapé, ça m'était insupportable de m'allonger dans mon lit... Je ne sais pas combien de temps ça a duré. Christina est revenue me voir. Elle m'a aidée à reprendre mes esprits et, sur ses conseils, je me suis lavée, habillée correctement et suis allée trouver Stavros. Son ton était poli mais glacial.

Danse d'une nuit d'été

Il m'a demandé de le laisser tranquille, de disparaître de sa vie. Il m'a expliqué qu'il me laissait la maison, mais qu'il avait changé toutes les serrures de la station-service, vidé les comptes en banque et envoyé le petit Stavros chez sa tante à Athènes. Sans même me regarder en face, il a continué en disant que je ne le reverrais jamais. Puis, comme s'il parlait à une débile mentale, il m'a fait part de ses projets : il comptait vendre *son* garage et partir s'installer ailleurs avec Magda et son fils. Brusquement, j'ai pris conscience qu'il disait la vérité. J'allais me retrouver seule, abandonnée, sans mon enfant, sans travail. Je possédais à peine deux mille livres... Comment pourrais-je rentrer en Irlande ? J'avais réussi jusque-là à rembourser au supermarché cinq cents livres par an, en travaillant neuf heures par jour... Je ne pourrais plus continuer...

— Mais Stavros était au courant de cette dette ! s'exclama David, choqué. Il a dû promettre de vous aider ?

— Non, je ne lui avais rien dit. Rappelez-vous, il pensait que c'étaient mes économies.

Sur ses paroles, elle se leva du muret où elle était assise et s'éloigna sans dire au revoir. Consterné par ce qu'il venait d'entendre, David la suivit des yeux, son livre de grec fermé sur les genoux.

*
* *

Quelques heures plus tard, réunis dans le café du port, les quatre amis reprirent leur conversation interrompue. L'histoire de Vonni faisait l'objet de toutes les interrogations.

— Il y a quelque chose qui m'échappe, s'écria Fiona une fois que David eut terminé son récit.

Danse d'une nuit d'été

— Moi aussi, renchérit Thomas. Je ne comprends pas pourquoi elle n'a pas fait appel à un avocat.
— Elle n'était pas en position, expliqua Elsa. Non seulement elle avait volé de l'argent mais Stavros lui laissait la jouissance de la maison. En plus, elle devait tout ignorer des lois grecques.
— Moi, ce que je ne saisis pas, coupa Thomas, c'est pourquoi Andreas a raconté que le petit Stavros venait jouer avec Andreas à la taverne ? Il paraît qu'ils grimpaient aux arbres : je ne vois pas un gamin de quatre ans faire ça !
— Stavros et Magda n'ont peut-être pas déménagé immédiatement. Si ça se trouve, ils sont restés encore quelques années à Aghia Ana, suggéra David.
— Nous le saurons bientôt, elle a promis de tout nous dire.
— Je ne veux plus lui poser de questions, se récria David. Elle me fait trop de peine.
— C'est si facile de parler avec toi, lança Elsa avec un charmant sourire, que je ne serais pas surprise si elle reprenait cette discussion bien plus tôt que tu ne le penses.

Effectivement, une heure plus tard, Vonni réapparut et, comme si de rien n'était, s'approcha de David.
— Pourriez-vous me rendre un service ? demanda-t-elle.
— Avec plaisir.
— Il faut que j'aille déposer de la glaise et du terreau à l'hôpital pour les patients en cure de désintoxication ; c'est pour leur cours de poterie. Voulez-vous m'accompagner ? Je déteste y aller seule. J'ai toujours peur qu'ils m'enferment à double tour.

Danse d'une nuit d'été

— Pourtant, vous n'y êtes pas restée longtemps ! Je croyais que Christina vous avait expliqué comment en sortir...

— Oui, la première fois. Mais j'y suis retournée à plusieurs reprises. En fait, j'y ai passé des années, répondit-elle avec désinvolture. Allons, jeune homme, mettons-nous en route. Il y a un très joli jardin, là-bas, je vous le ferai visiter.

Un quart d'heure plus tard, après avoir déchargé le matériel au bureau d'accueil, ils allèrent s'asseoir sur un petit promontoire qui surplombait la vallée de Aghia Ana. Sans prendre la peine de se perdre en préambule, Vonni reprit aussitôt le fil de son récit. Sa souffrance était perceptible.

— Quand j'ai compris que j'avais tout perdu, je n'ai plus cherché à faire semblant. J'ai vendu le mobilier de la maison et j'ai acheté de l'alcool. Pendant des mois, j'ai multiplié les séjours dans cet hôpital. Ma vie était comme un yo-yo. Stavros avait convaincu tout le monde que j'étais une mère indigne. À l'époque, il n'y avait ni tribunaux, ni assistantes sociales... De toute façon, j'étais trop paumée pour comprendre leurs discours. J'avais le droit de voir mon fils une fois par semaine, le samedi pendant trois heures. Mais on ne me laissait pas seule avec lui, il y avait toujours quelqu'un, le père de Stavros, sa sœur, ou Andreas. Ils lui faisaient confiance.

— Vous également, j'imagine ?

— Bien sûr, mais ces rendez-vous étaient affreux. Je pleurais tout le temps, je gémissais sur mon sort. Je m'agrippais au petit Stavros en criant que je l'aimais, que j'avais besoin de lui. Je le terrifiais.

— Non, murmura David.

— Si, sincèrement ! Il avait peur de moi. Après chaque visite, Andreas l'amenait chez lui, faire de la balançoire

Danse d'une nuit d'été

avec Adoni, histoire de le distraire. Ensuite, il venait me tenir compagnie, il essayait de m'empêcher de me saouler. Ça a duré des années. Vraiment des années. Le petit Stavros avait douze ans quand ils l'ont emmené.
— Qui « ils » ?
— Son père et Magda. Je suis restée ici et, curieusement, c'est après leur départ que j'ai décidé de continuer à vivre et de remonter la pente. Un des types qui étaient avec moi en cure de désintoxication s'est suicidé, un jour, à l'hôpital. Ça m'a fait un électrochoc. J'ai arrêté de boire. Ça paraît simple mais j'ai eu un mal fou. Enfin, j'y suis parvenue ! Malheureusement, c'était trop tard. Mon enfant m'avait été enlevé. Je ne savais pas où il vivait. Même mon beau-père, qui pourtant se montrait plus gentil avec moi, ne voulait rien me dire. Je lui ai écrit tous les ans pour son anniversaire, par l'intermédiaire de ses tantes. Cette année aussi quand il a eu trente-quatre ans.
— Et vous n'avez jamais eu de réponse ?
— Jamais.
— Pourquoi ne demandez-vous pas à Andreas ? Il est si bon. Il fera le lien entre vous deux.
— Andreas ne sait rien.
— Au moins, il vous comprendra. Il vit la même chose que vous à cause de son égoïste de fils...
— Vous regardez les choses de travers, David ! Une histoire a toujours deux versions. J'ai vraiment été une mauvaise mère pendant des années, c'est un fait. Comment pourrait-il savoir que j'ai changé ? Que j'ai réappris la tendresse et la sérénité ? S'il reprenait contact, ce ne serait que par pitié.
— Quelqu'un pourrait lui expliquer qui vous êtes aujourd'hui, insista David.
D'un violent mouvement de tête, Vonni repoussa cette proposition.

Danse d'une nuit d'été

— On ne change pas d'opinion aussi aisément. Regardez Adoni ! Enfant, il s'est construit une image de son père. Pour lui, c'était un homme autoritaire et froid. Comment pourrait-il deviner qu'il souffre de son absence, qu'il attend son retour ?
— Vous pourriez lui dire !
— Ne soyez pas ridicule ! Pourquoi Adoni écouterait-il une vieille folle ? C'est à lui de découvrir ce dont il a besoin.
— Vous ne m'empêcherez pas de penser que Adoni et Stavros sont cinglés. Ils manquent de bon sens. Je ne comprends vraiment pas pourquoi ils ne font pas la paix avec leurs parents. Franchement cela me dépasse.
— Beaucoup de gens en Angleterre pensent probablement la même chose, insinua Vonni.
— C'est complètement différent.
— Êtes-vous certain d'avoir bien lu la lettre de votre mère ?
— Oui, mais je ne vois...
— Espèce d'idiot ! Je vous aime beaucoup, mais vous êtes aveugle. N'avez-vous pas compris que votre maman vous supplie de rentrer ?
— Où avez-vous vu ça ?
— C'est écrit entre chaque ligne. Votre père est malade. Il est condamné.
— Vonni !
— Je dis la vérité.
Son regard se détourna de celui de David et s'attarda sur la mer qui scintillait en contrebas. Une façon de s'isoler qu'elle avait si souvent expérimentée à cet endroit même, des années auparavant.

13.

Elsa n'avait pas encore répondu au fax de Dieter. Même si ce dernier était sincère, elle éprouvait le besoin de réfléchir. Était-elle prête à épouser cet homme ? Il vivait seul depuis très longtemps et sans doute aurait-il du mal à accepter quelqu'un au quotidien. En outre, comment supporterait-il l'ironie de ses amis ? Comment vivrait-il sa culpabilité d'avoir abandonné sa fille ? S'il acceptait enfin de lui ouvrir sa porte, il ne pourrait pas faire l'impasse sur ce sentiment. Elsa ne savait que penser. Il lui avait répété qu'il était prêt à tout pour conserver son amour mais elle en doutait. Jusqu'à présent, il avait cru que leurs existences pouvaient s'écouler paisiblement, sans qu'il y ait besoin d'y apporter le moindre changement.

Mais aujourd'hui, devant les obstacles, il avait fait un choix. La balle était maintenant dans le camp d'Elsa. C'était à elle de lui annoncer la date de son retour, à elle de lui dire qu'elle était prête à faire un bout de chemin avec lui. Qu'est-ce qui la retenait ?

Désireuse de faire le point, Elsa s'engagea sur la petite route tortueuse qui menait en rase campagne. C'était la

Danse d'une nuit d'été

première fois qu'elle empruntait cet itinéraire et comme elle allait bientôt quitter Aghia Ana, elle voulait en graver chaque détail dans sa mémoire.

L'endroit était peu fréquenté et assez désolé. À part quelques masures, il n'y avait rien, ni restaurant, ni taverne, ni même de boutique artisanale.

Au détour du chemin, Elsa aperçut brusquement quelques gamins qui jouaient dans une cour de ferme, au milieu des chèvres et des poules. Elle s'arrêta pour les regarder tandis qu'une pensée lui traversait l'esprit. Elle et Dieter auraient-ils un jour des enfants ? Si oui, à quoi ressembleraient-ils ? Seraient-ils aussi blonds que ces petits Grecs étaient bruns ? À part la couleur des yeux et des cheveux, elle gageait qu'ils ne seraient pas très différents. Mais leur présence adoucirait-elle les chagrins ? Comment leur expliquerait-on qu'ils avaient quelque part une demi-sœur, nommée Gerda ? Elle souriait à son fantasme quand la porte de la bicoque s'ouvrit, livrant le passage à Vonni.

— Seigneur ! Vous êtes partout ! s'exclama-t-elle, prise de court.

— Je pourrais en dire autant de vous ! répliqua Vonni du tac au tac. À chaque fois que je sors de chez moi, je tombe sur l'un de vous.

— Où mène cette route ? J'ai voulu faire un peu d'exploration.

— Nulle part en fait. C'est la même chose sur des kilomètres. Venez avec moi, j'ai besoin de compagnie. La visite que je dois faire ne me réjouit pas vraiment.

Effectivement, elle ne semblait pas dans son assiette.

— Qu'est-ce qui ne va pas ?

Danse d'une nuit d'été

— La femme qui habite ici est la veuve d'un des marins de Manos. Elle est enceinte mais a décidé d'avorter. Comme le Dr Leros ne veut pas en entendre parler, elle a l'intention d'aller trouver la faiseuse d'anges du village voisin. C'est très dangereux, elle peut en mourir ou faire une septicémie. Pourquoi refuse-t-elle d'aimer cet enfant ? C'est incompréhensible. Cela fait une heure que j'essaie de la convaincre de le garder. Je lui ai promis qu'on l'aiderait mais cela n'a servi à rien.

— Je comprends que vous soyez déroutée, plaisanta Elsa. Vous êtes tellement habituée à ce que l'on vous écoute.

— Pourquoi dites-vous ça ?

— Nous gobons tous vos conseils sans lever un sourcil. Tout à l'heure, on a passé deux heures à discuter de votre théorie sur la maladie du père de David.

— Ce n'est pas une *théorie*, s'énerva Vonni. C'est la vérité. Je sais que David n'a pas apprécié mon propos mais je vous affirme que j'ai raison. Au fait, qu'a-t-il décidé ?

— Il est persuadé qu'il s'agit d'un piège, destiné à le faire rentrer. Il a peur ensuite d'être bloqué là-bas... Tout ça l'a bouleversé.

— Ce n'est pas ce que je voulais.

— Bien sûr que si ! Vous cherchiez à le secouer, à le faire réfléchir. Et vous avez atteint votre but : il a l'intention de téléphoner chez lui aujourd'hui.

— Parfait ! Elle hocha la tête pour marquer son approbation avant de s'arrêter devant une villa délabrée. Nous sommes arrivées – venez avec moi. Je dois donner à Nikolas son médicament magique.

Elle sortit un pot en argile de son sac en laine peignée.

Danse d'une nuit d'été

— De quoi parlez-vous ? s'écria Elsa, interloquée.
— Il s'agit en fait d'une crème antibiotique, mais comme Nikolas n'a pas confiance dans la médecine moderne, le Dr Leros et moi sommes obligés de ruser.
Les deux femmes poussèrent la porte et Elsa découvrit un vieil homme, allongé à même la terre battue, sur une paillasse. Sans cesser de parler, Vonni s'activa dans la pièce, ramassant des affaires, rangeant de la vaisselle sale. Avant de partir, elle enduisit la jambe du vieillard avec une bonne dose de pommade. Ce dernier les gratifia d'un sourire chaleureux. Une fois sur la route, Vonni et Elsa repartirent en direction de la ville. De temps à autre, Vonni ralentissait le pas, histoire d'indiquer à sa compagne les endroits qui méritaient un détour.
— Vous adorez cette île, n'est-ce pas ? s'enquit doucement Elsa.
— J'ai eu de la chance de m'y installer. Aghia Ana m'a beaucoup apporté. Jamais je ne pourrais vivre ailleurs.
— Moi aussi, j'aurais de la peine en partant.
— Comment cela ? Vous rentrez en Allemagne ?
Le visage de Vonni se durcit. Une lueur de contrariété s'alluma dans ses yeux.
— Oui, je dois reprendre le cours de ma vie.
— Vous voulez dire plutôt repartir en arrière !
— Vous ignorez...
— J'ai bien écouté votre récit. Pourquoi revenir sur ce que vous aviez décidé ? Vous aviez raison de fuir cette relation toxique. Qui vous a fait changer d'avis ? Lui, en venant ici ?
— Non, absolument pas – je n'ai besoin de personne pour savoir ce que j'ai à faire, répliqua Elsa, piquée.
— Ah bon ?

Danse d'une nuit d'été

— Vu votre histoire, vous devriez comprendre. Vous aussi avez connu un amour capable de déplacer les montagnes. Après tout, vous avez traversé un continent pour Stavros.

— J'étais une écolière à l'époque, vous êtes une adulte, une jeune femme sophistiquée dotée d'une carrière, d'une existence bien réglée, d'un magnifique avenir. Cela n'a rien à voir.

— Faux! C'est exactement la même chose. Vous aimiez Stavros et vous avez tout quitté pour lui. J'agis de même avec Dieter.

Vonni s'arrêta net et posa sur elle un regard interloqué.

— Comment osez-vous dire ça? Qu'est-ce que vous abandonnez pour lui? Rien. Vous allez tout récupérer : votre travail, votre liaison boiteuse... Au fond, vous allez régresser... Comment pouvez-vous penser qu'il s'agit d'une victoire?

— Vous vous trompez, hurla Elsa, furieuse. Dieter veut m'épouser. Notre relation ne sera plus secrète. Nous vivrons ensemble comme mari et femme, nous ne nous cacherons plus.

Ses yeux lançaient des éclairs.

— Alors, pourquoi l'avoir fui? Pour le forcer à se déclarer? Je croyais vous avoir entendu dire que vous détestiez l'idée qu'il ait abandonné sa fille. Est-ce déjà oublié? Ne vous dégoûte-t-il plus?

— La vie est courte, Vonni. Il faut prendre ce qu'elle nous donne, se servir quand il en est encore temps.

— Et peu importe d'où ça vient, c'est ça?

— Vous-même n'avez pas eu de tels états d'âme, il me semble! Vous avez pris ce dont vous aviez envie...

Danse d'une nuit d'été

— Stavros n'était pas promis à une autre, il était libre.
— Que faites-vous de Christina ?
— Je n'ai appris son existence qu'à mon arrivée ici. Il avait rompu, et puis le bébé est mort. C'était différent.
— Et le fric ? Arrêtez de prétendre que vous êtes blanche comme neige ! Vous avez volé ce supermarché, cria Elsa.
— Ce n'était que de l'argent et je l'ai remboursé jusqu'au dernier penny.
— Vous délirez, Vonni ! Vous aviez un salaire de misère, vous passiez votre temps à l'hôpital. Comment auriez-vous pu faire ?
— Je vais vous le dire ! En briquant les sols du poste de police, en faisant la plonge dans la taverne d'Andreas, en nettoyant les toilettes de l'épicerie, en enseignant l'anglais à l'école...
— Vraiment ! Vous avez été femme de ménage ?
— Je n'avais pas vos qualifications ! Encore moins votre assurance ou votre physique. Je n'avais pas d'autres solutions.
— Êtes-vous parvenue à oublier Stavros ? J'ai besoin d'une réponse... implora brusquement Elsa. Je vous en prie. Je veux le savoir, au cas où je changerais d'avis.
— Inutile, vous avez choisi de rentrer et de vous servir, ce sont vos propres paroles.
— Pourquoi vous montrez-vous si cruelle et si destructrice ?

Elsa était au bord des larmes.

— Moi, *cruelle et destructrice* ? Vous dépassez les bornes, Elsa ! Comment osez-vous me dire une chose pareille ? Vous êtes trop sûre de vous. Magda vous ressemblait. J'avais raison de penser que la beauté est toujours

Danse d'une nuit d'été

source d'égoïsme. Au fond, c'est un poison. Cela donne l'impression qu'on a un pouvoir illimité sur les autres. Enfin, pendant un certain temps...

— Êtes-vous en train de me dire que Magda est devenue laide ?

— Comment le saurais-je ?

— Arrêtez de vous foutre de moi ! On a dû vous le raconter.

— Gagné ! Effectivement, j'ai appris par certaines personnes qu'elle avait beaucoup vieilli et que, du coup, Stavros s'était éloigné d'elle. Apparemment, il s'intéresse à une jeune femme qui travaille dans leur société.

Un sourire malicieux éclaira les traits fatigués de Vonni.

— Qui vous a dit ça ? Des menteurs ou des jaloux ?

— Laissez-moi réfléchir. Probablement des gens qui détestent l'injustice et veulent me récompenser d'avoir rampé après la respectabilité pendant des années.

— Vous vous moquez de votre réputation, maugréa Elsa, l'air boudeur. Vous êtes un esprit libre.

— Non, j'aime pouvoir me regarder dans une glace... Quant à votre question, je vais y répondre ! J'ai oublié Stavros même si je pense à lui de temps en temps. Je sais qu'il a les cheveux blancs aujourd'hui, mais je serais ravie de le voir débarquer chez moi, s'il était capable de me parler normalement. Mais cela n'arrivera jamais.

— Bon, revenons à ma situation. (Le ton d'Elsa était redevenu formel.) Pourquoi, selon vous, devrais-je quitter Dieter ? S'il vous plaît, essayons de ne plus nous disputer à ce sujet.

— Mon avis n'a aucune importance, soupira Vonni. De toute façon, vous n'en tiendrez pas compte. Oubliez ce que j'ai dit.

Danse d'une nuit d'été

Elsa n'insista pas. Elles cheminèrent côte à côte dans un silence gêné, jusqu'à l'entrée de la ville.

*
* *

— Shirley ?
— Oui, Thomas.
— Andy est-il là ?
— Pourquoi ? Tu as quelque chose à lui dire ?
— Non, j'espérais simplement pouvoir discuter avec mon fils sans que Andy-la-Gonflette lui lance un ballon ou l'entraîne faire un footing...
— Tu cherches la bagarre, Thomas ?
— Non, je te parle franchement. Passe-moi Bill, OK ?
— Attends, je vais le chercher.
— D'accord, mais fais en sorte que Monsieur Muscle ne lui souffle pas dans le cou, comme d'habitude.
— Tu es injuste. À chacun de tes appels, Andy a la politesse de s'éclipser. Tu es le seul à faire des histoires.
— Vas-y, s'il te plaît, Shirley, dépêche-toi ! C'est un appel longue distance, ça coûte cher.
— À qui la faute ?
Il eut l'impression de l'entendre hausser les épaules.
— Salut papa !
— Bonjour fiston. Raconte-moi ta journée, fit-il d'un ton plus assuré qu'il ne le ressentait.
L'enfant lui expliqua qu'il venait de participer à un parcours d'obstacles organisé par l'université. Lui et Andy avaient couru sur plusieurs kilomètres, attachés par les chevilles.

Danse d'une nuit d'été

— Comment appelle-t-on cette épreuve ? interrogea Thomas avec amertume. Une course père et fils ?
— Non, papa, ça n'existe plus ça – tu sais, il y a beaucoup de familles recomposées aujourd'hui.
— *Recomposées ?*
Thomas faillit s'étouffer.
— Oui, c'est notre prof qui nous en a parlé. C'est à cause des divorces, je crois.
L'expression était assez bien choisie mais ne rendait pas vraiment compte de la réalité. Thomas resta silencieux un long instant.
— Ça ne va pas, papa ?
— Tu es seul, là ? Où sont Andy et ta mère ?
— Maman est dans la cuisine et Andy, dans le jardin. Il s'éloigne toujours quand tu appelles. Pourquoi veux-tu savoir ça ?
— Je voulais te dire que je t'aimais.
— Papa !
— Voilà c'est fait ! Je ne t'embêterai plus avec ça aujourd'hui. Au fait, je t'ai acheté un merveilleux ouvrage à la librairie du village. Une adaptation de contes mythologiques, Je l'ai lue cet après-midi. Connais-tu des légendes grecques ?
— Comme celle des enfants qui partent chercher la Toison d'Or ?
— C'est ça, s'exclama Thomas, ravi. L'as-tu apprise à l'école ?
— Oui, nous avons un nouveau professeur d'histoire qui n'arrête pas de nous lire des livres.
— C'est génial.
— Ce qui sera encore plus génial, c'est quand j'aurai un petit frère ou une petite sœur, l'année prochaine.

Danse d'une nuit d'été

Le cœur de Thomas fit un bond dans sa poitrine. Il avait l'impression qu'un sac de sable lui comprimait la respiration. Ainsi, Shirley était de nouveau enceinte. Le plus dur, c'était de s'apercevoir qu'elle n'avait eu ni la politesse, ni le courage de lui annoncer. Elle et Andy se bâtissaient une nouvelle famille et le laissaient à l'écart. Thomas ne s'était jamais senti aussi seul de toute sa vie. Mais il n'avait pas le choix, il devait veiller à ne pas rompre les ponts avec Bill.

— Effectivement, c'est une nouvelle fantastique, s'entendit-il grommeler entre ses dents serrées.

— Andy est en train de repeindre la nursery. Je lui ai raconté comment tu avais meublé la mienne, avant ma naissance, et installé des étagères de livres.

Thomas sentit les larmes lui monter aux yeux. Mais son dépit était si fort qu'il ne put s'empêcher de mettre les pieds dans le plat.

— J'imagine qu'il doit surtout être très occupé à fixer des éléments pour y déposer des trophées, des baskets et des haltères pour ce malheureux bébé. Les bibliothèques, ce n'est pas son fort !

Bill eut un hoquet.

— Tu es injuste, papa.

— Non, rétorqua Thomas en raccrochant, c'est la vie qui n'est pas juste.

— Expliquez-moi ce qui s'est passé, demanda Vonni en découvrant Thomas assis, immobile, sur une chaise, devant la fenêtre.

Thomas n'esquissa aucun geste. Cela faisait des heures qu'il n'avait pas bougé.

Danse d'une nuit d'été

— Je vous en prie, insista-t-elle. Avez-vous encore gaffé ?
— Je lui ai foutu la paix, je l'ai laissé s'installer dans sa nouvelle vie. Qu'auriez-vous fait à ma place ?
— Si j'étais vous, je rentrerais chez moi, je reprendrais ce qui m'appartient et je m'occuperais de cet enfant.
— Shirley est enceinte, murmura-t-il, abattu.
— Alors, il va avoir encore plus besoin de vous. Mais vous, vous préférez rester noble et distant et briser le cœur de ce pauvre gamin. Comme vous voulez.
— Vous, plus que quiconque, savez comme c'est dur d'être parent. On ne sait jamais ce qu'on doit faire. Vous avez passé votre vie à regretter vos choix. Vous devriez comprendre.
— J'en ai marre qu'on me serine tout le temps la même chose. Je n'ai pas la science infuse.
— Mais vous avez vécu la même souffrance, s'emporta Thomas. On vous a enlevé votre fils. Pour vous, ce n'est pas que de la théorie...
— Vous m'agacez sincèrement, Thomas. Je sais que je suis d'une autre génération – le petit Stavros a votre âge – mais je déteste l'apitoiement. Arrêtez de vous regarder le nombril. La solution vous tend les bras. Vous avez beau clamer que vous aimez ce môme, c'est vous qui creusez le fossé.
— Vous ne comprenez pas. J'ai pris une année sabbatique.
— Ils ne vont pas appeler le FBI sous prétexte que vous retournez voir votre petit garçon.
— Ah ! Si les choses pouvaient être aussi simples, soupira-t-il. (Voyant qu'elle se dirigeait vers la porte

Danse d'une nuit d'été

d'entrée, il la rappela.) Où allez-vous ? Votre chambre est par là...
— Je vais dormir avec les poules. Finalement, elles se contentent de glousser et ça me réconforte. Elles au moins ne se compliquent pas la vie inutilement.
Et elle claqua le battant derrière elle.

*
* *

Fiona discutait à la réception avec M. Leftides, le directeur du Anna Beach Hotel. À dire vrai, c'est elle qui faisait la conversation, cherchant par tous les moyens à se faire embaucher.
— Je pourrais m'occuper des enfants des clients, faire du baby-sitting. Je suis infirmière diplômée, ils seraient en sécurité avec moi.
— Oui, mais vous ne parlez pas grec, objecta le responsable.
— Certes, mais la plupart des touristes parlent anglais, même les Suédois et les Allemands.
Du coin de l'œil, Fiona aperçut soudain Vonni qui traversait le hall, les bras chargés de poteries.
— Vonni vous expliquera, s'écria-t-elle, soulagée. Elle vous certifiera qu'on peut me faire confiance.
Elle tourna un regard implorant vers la vieille femme qui disposait ses bibelots sur des présentoirs.
— Vonni ! Pouvez-vous dire à M. Leftides que je suis capable de travailler ici ?
— À quel titre ?
— Une fois qu'Elsa sera partie, il faudra que je déniche un logement. Je cherche un boulot en échange du gîte et du couvert.

Danse d'une nuit d'été

— Vous n'avez pas besoin de ça, coupa Vonni d'un ton abrupt. Vous devez rentrer chez vous.
— Non, j'attends Shane. Je ne peux pas partir.
— Shane ne reviendra pas.
— C'est faux. Je sais qu'il va m'appeler. S'il vous plaît, dites à M. Leftides que je suis une jeune fille sérieuse.
— Impossible ! Je suis sûre du contraire. Vous n'êtes pas quelqu'un de fiable puisque vous vous mentez à vous-même.

M. Leftides, qui suivait la scène depuis le début, comme un spectateur à un match de tennis, haussa les épaules et regagna son bureau. Visiblement, il en avait assez entendu.

— Pourquoi avez-vous fait ça ? bredouilla Fiona, le corps secoué de sanglots.
— Vous êtes ridicule ! Tout le monde s'est montré très gentil envers vous quand vous avez fait votre fausse-couche mais il est temps de retrouver vos esprits. Il n'y a aucun avenir pour vous ici. Cessez d'attendre un homme qui ne vous aime pas. Retournez à Dublin.
— Vous êtes froide et cruelle, balbutia Fiona d'une voix tremblante. Et moi qui croyais que vous étiez mon amie.
— Je suis la meilleure que vous ayez jamais eue. Ayez l'intelligence de vous en rendre compte. Pourquoi vous pousserai-je à prendre un job stupide dans cet hôtel ? Pour prolonger votre malheur ? Pour vous laisser croupir dans votre coin ?
— Je ne serai pas seule, j'ai mes amis, Elsa, Thomas, David.
— Ils vont tous rentrer chez eux. Croyez-moi, vous vous sentirez perdue.

Danse d'une nuit d'été

— Et alors, en quoi cela vous regarde-t-il ? De toute façon, Shane reviendra quoi que vous en disiez. Maintenant, à cause de vous, il faut que je trouve une autre solution.

Sur ces mots, elle fit volte-face, se détournant pour cacher ses larmes.

Comme il le faisait fréquemment, Andreas passa la tête dans l'encadrement de la porte de la boutique et tendit à Vonni une crème glacée qu'il avait achetée à l'épicerie.

— Ça te dit un *Morning Glory* ?

— Non, je préférerais une bouteille de vodka avec beaucoup de glace, répliqua-t-elle.

Andreas se figea. Vonni ne plaisantait jamais sur son passé d'alcoolique.

— Y a-t-il a un problème ? demanda-t-il.

— Oui. Je me suis disputé avec les jeunes étrangers... l'un après l'autre.

— Je pensais que tu les aimais bien, ils sont tous très attachés à toi.

Andreas ne pouvait cacher son étonnement.

— Je ne sais pas ce qui m'a pris. En ce moment, je ne suis pas dans mon assiette, j'ai des désirs contradictoires. Tout m'agace chez eux

— Toi qui adores faire la paix autour de toi, ça ne te ressemble pas !

— Depuis quelques jours, j'ai l'impression d'avoir changé. J'ai envie de tout foutre en l'air. C'est sûrement à cause de cet accident, toutes ces vies perdues. Tout me paraît inutile. Plus rien n'a de sens à mes yeux, râla-t-elle en faisant les cent pas dans le magasin.

Danse d'une nuit d'été

— Pourtant, ton existence est d'une grande richesse.
— Ah bon? Tu trouves? Je ne vois pas en quoi. J'ai le sentiment d'être une vieille folle qui n'a plus qu'à attendre la mort.
— Mais nous sommes tous dans ce cas-là, objecta Andreas, sincèrement stupéfait.
— Tu ne comprends pas. Je ne perçois plus que la futilité des choses. Je me sens revenue des années en arrière, tu sais, à l'époque où je montais la colline pour aller me saouler à l'ouzo, jusqu'à perdre connaissance. Ne me laisse pas dégringoler la pente, Andreas, mon ami.

Il posa ses mains sur ses épaules.

— Fais-moi confiance. Tu t'es tellement battue pour sortir du gouffre que personne ne te laissera tomber.
— J'ai vraiment eu un destin stupide – les gens se sont occupés de moi, m'ont protégée, m'ont sauvée. Raconter mon histoire à ces jeunes gens m'a fait comprendre à quel point j'avais été idiote et égoïste. C'est pour ça que j'ai envie de boire et de tout oublier.
— D'habitude, tu dépasses tes problèmes en t'occupant des autres. C'est pour ça qu'on t'aime tant.
— Peut-être mais ça ne fonctionne plus. J'en ai assez d'aider mes frères, je veux tout effacer... Tant pis si l'on me déteste. De toute façon, tout le monde me fuit en ce moment.

Andreas, qui semblait réfléchir intensément depuis quelques minutes, prit une soudaine décision.

— Peux-tu me rendre un service, Vonni? Avec mon arthrite, mes doigts sont trop raides pour rouler les *dolmadhes*. Veux-tu m'aider à farcir les feuilles de vigne? S'il te plaît, ferme ta boutique et monte à la taverne avec moi. Je t'en serais très reconnaissant.

Danse d'une nuit d'été

— Et tu m'offriras du café et des glaces pour me tenir éloignée des démons de l'alcool, hein ? répliqua-t-elle avec un sourire triste.
— Tu as deviné ! C'est exactement mon plan.

Il était midi sur le port. Une fois de plus, Vonni faisait l'objet de toutes les curiosités et de toutes les conversations.
— Personnellement, je comprends pourquoi elle m'a agressée, admit Fiona. Tout le monde a du mal à supporter Shane. Mais pourquoi s'en prend-elle à vous ? C'est bizarre !

Cette déclaration plongea ses compagnons dans une réflexion intense.
— En ce qui me concerne, c'est simple à concevoir, ironisa Elsa. À ses yeux, je ne suis qu'une traînée qui a forcé un pauvre innocent à se déclarer.
— Est-ce ce qui s'est passé ? interrogea Thomas.
— Oui, mais c'est plus compliqué que ça. Et toi ? Que te reproche Vonni ? enchaîna-t-elle, désireuse de changer de sujet.

Thomas se frotta le menton d'un air pensif.
— Sincèrement, je ne sais pas ce qui l'agace autant dans ma situation. Elle m'a accusé de renoncer volontairement à mon fils alors qu'elle-même n'avait pas eu le choix. J'ai failli lui dire que moi, au moins, je n'étais pas devenu alcoolique, mais je ne voulais pas l'offenser. Je cherchais simplement à ce qu'elle reconnaisse mon sens des responsabilités.

David monta au créneau pour défendre Vonni.
— Je pense qu'elle t'envie. Elle aurait tellement aimé être autorisée à voir son enfant de temps en temps. Elle sait que tout est de sa faute, ça la rend folle de rage.

Danse d'une nuit d'été

— Je trouve que tu lui pardonnes bien vite, s'insurgea Fiona. Après tout, toi aussi, tu en as pris pour ton grade.
— Certes, mais c'est parce qu'elle ne comprend pas qui sont mes parents. J'ai lu et relu la lettre de ma mère et franchement, je ne vois pas où il est écrit que mon père est malade.
— Mais pourquoi s'est-elle mise en colère contre toi ?
— Parce que j'ai eu le malheur de dire qu'Andreas était généreux et qu'Adoni était un sale égoïste. Elle a affirmé que je mettais Andreas sur un piédestal. D'après elle, beaucoup de gens pensent que je me comporte comme Adoni, que je devrais rentrer chez moi. Elle ne veut pas admettre que les choses sont complètement différentes.

Son regard s'appesantit sur les visages qui lui faisaient face. Un silence gêné lui répondit. Apparemment, personne ne lui donnait raison. Légèrement contracté, David se leva lentement.

— Il faut que j'aille donner sa leçon de conduite à Maria, dit-il sèchement.

La démarche un peu raide, il se dirigea vers la jeune veuve vêtue de noir qui l'attendait sur le perron de sa maison. Bien qu'il commençât à pouvoir mener des conversations rudimentaires en grec, il avait le plus grand mal à comprendre ce que lui disait Maria. Elle parlait trop vite et ses paroles ne semblaient avoir aucun sens. Pourquoi faisait-elle allusion à son prochain départ ? Et à la maladie de son père ?

— Non, s'insurgea-t-il dans un phrasé balbutiant. Il va bien. Parfaitement bien.
— Vonni m'a dit que vous deviez téléphoner chez vous.

Danse d'une nuit d'été

Comment expliquer la situation à Maria ? C'était déjà si difficile de le faire avec des anglophones...
— Non, pas de téléphone, bredouilla-t-il.
— *Yiati* ?
En grec, le mot signifiait « pourquoi ». Mais David n'avait pas la réponse.

Sur la terrasse de la taverne, à quelques encablures de la ville, Vonni farcissait les feuilles de vigne avec des grains de riz et des pignons de pin. Bien que son geste fût assuré, elle paraissait nerveuse. Andreas ne la quittait pas du regard et ses sourcils broussailleux se soulevaient à intervalles réguliers, comme à chaque fois qu'il était soucieux. Vonni semblait aussi agitée qu'à l'époque où elle était tombée dans l'alcoolisme. Devait-il contacter sa sœur Christina ? Les deux femmes s'étaient souvent entraidées par le passé et étaient de grandes amies. Andreas avait du mal à prendre une décision. Ce qui l'angoissait le plus, c'était la lueur inquiète qui brillait dans les yeux de Vonni. Son front était barré de multiples sillons et elle se mordait les lèvres tout en travaillant.

Par deux fois, sans raison, elle se leva et pénétra dans la cuisine. Discrètement, Andreas la suivit du coin de l'œil. Il la vit tendre le bras vers l'étagère où étaient rangées l'huile d'olive et la bouteille de brandy. Puis elle demeura un instant figée, la main suspendue dans l'air et tourna les talons, comme frappée par la foudre. Sa respiration était haletante. On avait l'impression qu'elle venait de courir.

— Que puis-je faire pour toi ? supplia brusquement Andreas. Je voudrais t'aider.

Danse d'une nuit d'été

— Tu es gentil mais tu ne peux rien... Je n'ai jamais rien fait d'utile dans ma vie.
— C'est faux! Tu t'es toujours montrée généreuse envers ma sœur, envers moi-même et les habitants de Aghia Ana. Ne me dis pas que ça n'a servi à rien.
— Je trouve que cela n'a aucun intérêt. Je ne quémande pas la pitié – je déteste ça – mais ni le passé, ni le présent ne m'intéressent plus. Alors, l'avenir...
Sa voix mourut.
— Dans ce cas, je te conseille de te servir un verre.
— Quoi?
— Prends le metaxa. Il est là-haut sur l'élément. Tu l'as lorgné toute la matinée. Attrape-le, bois un coup. Ce sera fait une bonne fois pour toutes.
— Pourquoi me dis-tu ça?
— Parce que c'est l'une des solutions qui s'offrent à toi. Si tu le veux, tu peux foutre en l'air, en une heure, toute la discipline et la volonté dont tu as fait preuve pendant des années. Puisque tu cherches l'oubli, vas-y! En quelques gorgées, tu devrais le trouver très vite.
— Et tu resteras là, à côté de moi?
— Quitte à ce que tu replonges, je préfère que ce soit ici, loin des regards des autres, dit-il avec philosophie.
— Je ne *veux* pas, avoua-t-elle d'un ton pitoyable.
— Je le sais. Mais puisque la vie t'apparaît vide de sens, il faut sans doute que tu le fasses.
— Mais toi, où trouves-tu le courage d'avancer?
— Certains jours, c'est plus dur que d'autres, c'est tout. Mais n'oublie pas que tu as d'excellents amis partout.
— Non, je suis parvenue à les chasser.
— De qui parles-tu?

Danse d'une nuit d'été

— De cette idiote de Fiona. Je lui ai dit que son amoureux ne reviendrait pas et elle était en larmes. Le problème, c'est que je sais où il est. Pas elle.
— Hum... Arrête de te faire du mal.
— Je n'avais pas le droit de lui cacher la vérité. Je me suis prise pour Dieu.
— Tu as agi dans une bonne intention.
Il cherchait par tous les moyens à la rassurer.
— Je dois tout lui expliquer ! s'écria-t-elle brusquement. Où est ton téléphone ?
— Je me demande si c'est sage, hésita Andreas.
Sans l'entendre, Vonni sauta sur ses pieds et se rua sur l'appareil. Elle composa fébrilement le numéro et, après quelques secondes, s'adressa ainsi à Fiona :
— Je voulais vous dire que je suis désolée de vous avoir malmenée aujourd'hui. Excusez-moi, je vous en prie.
Par souci de discrétion, Andreas quitta la cuisine. Vonni avait un amour-propre redoutable et il lui était toujours difficile d'admettre qu'elle avait tort. Dans l'appartement d'Elsa, Fiona peinait à trouver ses mots. Elle fixa le combiné d'un air intrigué. Jamais elle ne se serait attendue à un tel aveu.
— Ce n'est pas grave ! répondit-elle, embarrassée.
— Si ! Attendez, je ne vous ai pas tout dit. Shane ne vous a pas appelée parce qu'il est en prison à Athènes.
— Oh mon Dieu ! Pour quelle raison ?
— Une histoire de trafic de drogue.
— Je comprends mieux son silence maintenant. Pauvre Shane ! Pourquoi ont-ils refusé qu'il prenne contact avec moi ?
— Il a essayé – simplement pour que vous payiez sa caution – mais on lui a répondu que...

Danse d'une nuit d'été

— Bien sûr que je vais le faire ! Pourquoi ne m'en avez-vous pas parlé ?
— Parce qu'on a estimé que vous seriez mieux sans lui, rétorqua platement Vonni.
Une rage froide s'empara de Fiona.
— Qui « on » ? maugréa-t-elle entre ses dents serrées.
— Yorghis et moi... Enfin, surtout moi !
— Comment avez-vous osé vous mêler de ma vie ? (Elle en bégayait.) Maintenant, il doit penser que je ne veux plus de lui. Tout ça à cause de vous.
— C'est pour ça que je vous téléphone. Je vais vous accompagner auprès de lui. On prendra le premier ferry demain, dans la matinée, et on ira à la prison voir ce qui s'est passé. Je vous dois bien ça.
— Pourquoi une telle gentillesse tout à coup ? dit Fiona d'un ton soupçonneux.
— J'ai fini par comprendre que je n'avais pas le droit de me mêler de vos affaires. Je vous retrouve sur l'embarcadère à 8 heures.
Elle raccrocha et rejoignit Andreas sur la terrasse.
— Ça a marché ? demanda ce dernier.
— Je ne sais pas, on verra demain. Mais je me sens plus forte. Tu avais raison en disant que certains jours sont plus durs que d'autres. À ce propos, comment vas-tu aujourd'hui ?
— Pas très bien. J'ai écrit à Adoni, mais il n'a pas répondu. J'ai eu du mal à rédiger cette lettre et ce silence est insupportable. Mais on doit continuer à se battre, Vonni. Manos et les autres n'ont pas eu cette chance, alors il faut persévérer... pour eux.
— Tu as pris contact avec ton fils !

Danse d'une nuit d'été

Elle le fixa avec un regard brillant, chargé de curiosité.
— Oui, personne ne le sait, à part Yorghis.
— Tu as eu raison, je suis heureuse que tu l'aies fait. Tu verras, il va te répondre. Fais-moi confiance.
— Laisse-moi en douter! Après tout, tu ne crois plus à rien... Pourquoi devrais-je t'écouter?
— Je suis certaine qu'il appellera. Est-ce que ton répondeur est branché? Suppose qu'il revienne bientôt... Sa chambre est-elle prête?
— Elle est comme il l'a laissée, la rassura Andreas en haussant les épaules.
— Et si on la repeignait? Maintenant que j'ai terminé ces putains de *dolmadhes*, fourre-les dans le frigo et sors la peinture. As-tu des pinceaux?
— Oui, dans l'étagère du fond, je vais chercher du white-spirit.
— OK, mais garde-moi à l'œil. Si j'en avale une goutte, je suis bonne pour redescendre la pente...
Andreas la considéra avec stupéfaction. Elle semblait avoir réellement repris le dessus. Son visage était redevenu lumineux et enthousiaste. Rien que pour cela, cela valait le coup d'avancer, de donner un grand coup de neuf à la chambre d'Adoni. D'ailleurs, même si ce dernier ne revenait pas, cela en valait la peine...

14.

— Mère ?
— David !
Le jeune homme frémit. La joie qui transparaissait dans la voix de Miriam était plus qu'il ne pouvait supporter.
— J'ai reçu votre lettre concernant la remise du prix.
— Oh, David, j'étais certaine que tu appellerais. Tu es adorable de l'avoir fait aussi vite.
— Euh... Je ne sais pas encore si je vais...
Comment éviter d'être entraîné dans une avalanche de détails pratiques, dates de retour, horaires d'avions, plans de table ou listing des invités ? David tenta d'éviter le pire.
— Ton père va être ravi d'apprendre que tu as téléphoné. Ça va égayer sa journée.
Un étau compressait la poitrine de David. C'était pareil à chaque fois. Il lui suffisait d'entendre le timbre aigu de sa mère pour ressentir les premiers signes d'une crise d'angoisse.

Danse d'une nuit d'été

Mme Fine continuait de bavarder avec excitation.
— Il sera de retour dans une heure environ, ça va le mettre de bonne humeur.
— Il est au bureau un samedi ?
— Non, il est simplement... euh... sorti.

David resta muet. Habituellement, son père ne se rendait à la synagogue qu'à l'occasion des fêtes juives traditionnelles. Les week-ends, il ne bougeait pas de la maison.
— Où est-il ?
— Oh tu sais... ici et là... répondit Miriam d'un ton évasif.

Un froid glacial parcourut l'échine de David.
— Papa est-il malade ?
— Qu'est-ce qui te fait penser cela ?

Au-delà des mots, David entendit la peur filtrer dans sa voix.
— Je ne sais pas. J'ai simplement pensé qu'il avait peut-être un problème et que vous ne vouliez pas me le dire.
— Cette idée t'est venue comme ça, brusquement, en Grèce ?
— Oui, en quelque sorte. (Il s'agita, mal à l'aise.) Est-ce vrai ?

Tandis qu'il attendait sa réponse, le temps lui paraissait comme suspendu. Quelques secondes qui lui parurent une éternité. Derrière la vitre de la cabine téléphonique, le port de Aghia Ana grouillait de son activité habituelle. Comme tous les jours, en début de matinée, on chargeait et déchargeait des grues des bateaux, la foule allait et venait en direction du centre-ville.
— Ton père a un cancer du côlon inopérable. On lui a donné six mois.

Danse d'une nuit d'été

Il retint sa respiration. Le silence se prolongea.
— Est-il au courant ? Les médecins l'ont-ils prévenu ?
— Oui, c'est la procédure classique aujourd'hui. Il a accueilli la nouvelle avec beaucoup de calme.
— Souffre-t-il ?
— Non, curieusement. Ses médicaments lui font de l'effet.
David eut un hoquet, presque un sanglot.
— Ne sois pas bouleversé, David. Il est résigné, il n'a pas peur.
— Pourquoi ne me l'avez-vous pas annoncé avant ?
— Tu le connais, il est très fier. Il refuse ta pitié, il serait furieux d'apprendre que je t'en ai parlé.
— Je vois, balbutia David d'un ton pitoyable.
— Mais comment aurait-il pu savoir que tu avais des dons de télépathie ? C'est incroyable, David ! Tu l'as senti alors que tu étais à des kilomètres de là... Je n'en reviens pas. Et en même temps, cela ne m'étonne pas, tu as toujours été si sensible.
David n'avait jamais eu aussi honte de toute sa vie.
— Je vous rappellerai lundi, promit-il.
— Pour m'informer de tes projets ?
Son impatience était palpable.
— Oui, je vous le promets, dit-il en raccrochant, la mine défaite.

Thomas se décida enfin à appeler sa mère.
— C'est gentil de me téléphoner, s'exclama-t-elle, mais c'est inutile de dépenser ton argent pour moi.
— Ne t'en fais pas, maman. Avec mon salaire, j'ai de quoi vivre comme un millionnaire. J'ai bien assez pour voyager et contribuer à l'entretien de Bill.

Danse d'une nuit d'été

— Et également pour m'envoyer des cadeaux ! Tu es un gentil garçon, Thomas. Les magazines que tu m'adresses chaque mois me font grand plaisir. Jamais je n'oserai me les offrir.
— Tu penses sans cesse à nous, mais jamais à toi, hein ? C'est ta règle de base.
— C'est ce que font la plupart des parents, tu sais. J'ai eu beaucoup de chance avec ton frère et toi. Vous avez toujours été reconnaissants.
— Est-ce que cela t'a paru difficile de nous élever ?
— Non, pas tellement. La seule différence avec toi, c'est que j'étais veuve. Mon mari ne s'est pas enfui avec quelqu'un d'autre comme Shirley.
— Il faut être deux pour briser un couple. Tout n'est pas de sa faute.
— Mais toi ? Quand as-tu l'intention de refaire ta vie ?
— Un jour, je te le jure, tu seras la première à l'apprendre. Mais trêve de plaisanterie, je voulais te parler de Bill. L'as-tu de temps en temps au téléphone ?
— Bien sûr, je l'appelle tous les dimanches. Il a d'excellentes notes à l'école et pas mal d'activités – il adore le sport maintenant.
— Forcément, depuis que son vieux croulant de père n'est plus là pour l'ennuyer avec sa poésie...
— Tu lui manques terriblement, Thomas, tu le sais.
— Il n'est pas seul pourtant. Entre Andy-la-gonflette et son futur frère – ou sœur –, il a de quoi se consoler. Que veut-il de moi ?
— Il m'a dit que tu prenais mal l'arrivée du bébé.
— Tu trouves que j'aurais dû danser de joie ? répliqua amèrement Thomas.

Danse d'une nuit d'été

— Il pensait que tu aimerais cet enfant, puisque Andy l'aime lui, alors qu'ils ne sont pas du même sang.
— T'a-t-il vraiment dit ça ?
Thomas était stupéfait.
— C'est un gamin, Thomas. Il n'a que neuf ans. Mets-toi à sa place, son père est parti, a quitté l'Amérique, il se raccroche à de faux espoirs. Il espère que tu reviendras grâce à cette naissance. Pour lui, tu seras comme Andy, un beau-père.
— Andy est un trou du cul.
— Peut-être, mais il est gentil.
— Moi aussi.
— Je le sais, mon chéri, mais je ne suis pas certaine que Bill en soit toujours convaincu.
— Écoute, maman, j'ai fait mon devoir : je lui ai donné sa liberté, sans le mettre sous pression. Il a pu ainsi s'adapter à sa nouvelle existence.
— Mmh... Crois-tu qu'un môme de neuf ans peut comprendre ça ?
— Que devrais-je faire, à ton avis ?
— Je ne sais pas, au moins vivre près de lui.
— Penses-tu que cela réglerait les choses ?
— Peut-être... En tout cas, Bill ne penserait pas que tu l'as abandonné.
— OK, maman, j'ai compris le message.

Elsa lut le deuxième fax que venait de lui adresser Dieter.

Je sais que tu as reçu le dernier message que je t'ai envoyé. C'est le réceptionniste de l'hôtel qui me l'a confirmé.

Danse d'une nuit d'été

S'il te plaît, Elsa, arrête de me mener en bateau : dis-moi simplement quand tu as l'intention de revenir. Tu n'es pas seule dans cette histoire; moi aussi, j'ai ma vie à construire. Je ne peux pas annoncer aux autres que l'on va se marier si j'ignore quand tu comptes rentrer... et si tu comptes rentrer. Je t'en prie, réponds-moi par retour du courrier.
 Je t'aime à jamais.
 Dieter.

 Elsa relut la lettre une seconde fois à voix haute, essayant d'entendre, au-delà des mots, la voix de Dieter. Son ton impatient et énergique, sa diction haletante résonnaient à son oreille.
 Je t'en prie, réponds-moi par retour du courrier. C'était lui le personnage principal de la pièce qu'ils étaient en train de jouer. Avait-il déjà oublié l'importance que tout cela avait pour elle ? C'était son existence, son avenir qui étaient en jeu. Comment osait-il lui réclamer une réponse aussi rapide ? Elle se dirigea vers le bureau de la réception du Anna Beach et envoya un email.

 C'est une décision trop importante à prendre pour que je me décide aussi vite. J'ai besoin de réfléchir. Ne me harcèle pas. Je t'écrirai dans quelques jours. Je t'aime aussi mais ce n'est pas la seule chose qui compte à mes yeux.
 Elsa.

 Lorsque Fiona s'éveilla à l'aube, le soleil se levait déjà sur Aghia Ana. Sa dernière conversation avec Vonni lui revint en mémoire. Elle avait encore du mal à croire qu'elle avait vraiment dit ça et lui en voulait terriblement. Comment Vonni et Yorghis avaient-ils osé lui mentir ?

Danse d'une nuit d'été

Pourquoi lui avaient-ils caché que Shane avait cherché à la contacter ? En se taisant, ils l'avaient laissée croire qu'elle méritait d'être abandonnée.
Enfin, l'essentiel, c'est qu'elle avait plus que jamais confiance en Shane. Tant pis si les autres pensaient qu'il avait juste besoin d'elle pour payer sa caution. Fiona s'en fichait. Bien sûr qu'elle avait l'intention de l'aider. Que croyaient donc ces deux vieux croûtons ? Pour que la vie redevienne comme avant, il fallait que Shane soit libéré. Après, on verrait.
Elle était si heureuse de le revoir. La seule fausse note, c'était ce voyage en ferry avec Vonni. Elle s'en serait bien passée. De la même façon, elle regrettait d'avoir parlé à Elsa la veille au soir. Cette dernière n'avait pas été d'un grand soutien, bien au contraire. Ah si elle avait pu remonter dans le temps et effacer cette conversation ! Tout avait commencé lorsqu'elle avait demandé à sa nouvelle amie de lui prêter mille euros, juste pour quelques jours, en attendant que Barbara lui envoie un mandat de Dublin.
— Tu es folle, avait grogné Elsa. Tu veux que je te file de l'argent pour qu'il achève de t'arranger le portrait !
— Il ne l'a pas fait exprès. Il était en état de choc, je lui avais mal présenté les choses.
D'un geste impatient, Elsa lui souleva les cheveux.
— Tu as toujours ton hématome, murmura-t-elle gentiment. Personne ne te donnera un centime pour aider un type pareil à sortir de sa cellule. Je préférerai payer pour qu'il le garde. Devant l'expression misérable de Fiona, elle s'adoucit. Excuse-moi, j'ai l'impression de te sermonner comme une petite fille et de ressembler à Vonni, mais tu dois m'écouter. Essaie de faire comme moi, prends de la

distance avec cette histoire, regarde les faits avec objectivité. Cela pourrait t'aider.
Fiona secoua la tête violemment.
— Ça ne me serait d'aucune utilité. Je vois juste que Shane m'aime et qu'il se languit dans sa prison. C'est tout ce qui compte. Hormis le fait que je l'ai abandonné.
Muette de stupeur, Elsa lui lança un long regard empreint de pitié et d'incrédulité. C'était comme si elle contemplait une orpheline affamée et se sentait impuissante à soulager sa misère.

Quand Fiona arriva sur le port, Vonni avait déjà acheté les billets. Deux allers et retours. Fiona faillit lui dire qu'elle avait l'intention de rester plusieurs jours à Athènes mais elle n'osa pas. Elle ravala ses paroles.
— Pourquoi avez-vous emporté ce gros sac ? s'étonna Vonni.
— Comme ça ! On ne sait jamais ce qui peut arriver.
Quelques minutes plus tard, alors que le ferry gagnait la haute mer, Fiona alla s'accouder au bastingage. Le village de Aghia Ana ressemblait à un minuscule point à l'horizon. Tant de choses s'étaient passées depuis qu'elle était arrivée, deux semaines auparavant.
Vonni était descendue au bar chercher deux tasses de café. Inquiète, Fiona se mit à penser à cette vieille histoire d'alcoolisme. Et si Vonni se remettait à boire au cours de cette traversée ? Après tout, c'était possible. Du moins, c'est ce que Andreas avait fait sous-entendre à David. D'après lui, Vonni n'avait pas le moral et, pour la première fois depuis des années, envisageait de se saouler à nouveau.

Danse d'une nuit d'été

S'il vous plaît, Seigneur, pria Fiona, faites qu'elle attende qu'on soit à quai ! À son grand soulagement, elle vit réapparaître Vonni. Dans ses mains, la vieille femme tenait deux gobelets en carton et des biscuits poisseux.

— Des *loukoumadhes*, s'écria-t-elle. Ce sont des sortes de beignets au miel avec de la cannelle. Cela vous donnera de l'énergie pour la journée.

Fiona lui adressa un sourire reconnaissant. Manifestement, Vonni essayait par tous les moyens de se faire pardonner.

— Vous êtes la gentillesse même, lança-t-elle en lui tapotant le bras.

À son grand étonnement, les yeux de Vonni se remplirent de larmes. Gênée, Fiona s'assit à côté d'elle et mordit dans son gâteau.

*
* *

— Andreas ! Je pensais justement à toi. Entre !

Le chef de la police avança une chaise à son frère.

— Yorghis, il s'est passé quelque chose...

— D'agréable ou de désagréable ?

— Je ne sais pas encore. Il y avait un message en anglais sur mon répondeur.

Apparemment, c'était le patron du magasin où travaille Adoni. Il demandait à ce qu'il téléphone dès son arrivée, à cause des clefs de l'entrepôt qui ont disparu. C'était un peu confus, mais j'ai eu l'impression que cet homme pensait que... C'était comme s'il croyait qu'Adoni pourrait...

Yorghis serra violemment la main d'Andreas.

Danse d'une nuit d'été

— Tu crois que ça veut dire qu'il va revenir ? demanda-t-il, presque effrayé à l'idée de prononcer les mots.
— Peut-être, Yorghis. Peut-être... chuchota Andreas, le visage rayonnant d'espoir.

Dans la salle de rédaction, Hannah s'approcha de Dieter qui était assis, seul, à son bureau. En général, personne n'osait le déranger quand il travaillait, sauf en cas d'extrême urgence. Hannah estima qu'elle se trouvait dans ce cas de figure. Elle venait de recevoir un email d'Elsa. Un texte très court et explicite.

Je me sens bien dans ce village. J'y apprends la sérénité et c'est l'endroit idéal pour prendre des décisions. Mais ici, le temps avance à petits pas et cela se répercute sur mon état d'esprit. Si Dieter t'interroge à mon propos, explique-lui, s'il te plaît, que je ne joue pas. Je réfléchis à quantité de choses et je reprendrai bientôt contact avec lui. Sans doute ne te posera-t-il pas de questions, mais je préfère que tu sois au courant au cas où...
Tendresse.
Elsa.

Hannah déposa la feuille de papier sur le bureau de Dieter.
— Je sais que tu n'as rien demandé... hésita-t-elle.
— ... Mais je suis ravi de lire cette lettre. Merci, Hannah.
Pour une fois, il s'était souvenu de son nom, ce qui était très inhabituel.

Danse d'une nuit d'été

Au fur et à mesure que le ferry progressait en pleine mer, Vonni indiqua à Fiona les curiosités qui s'offraient à leurs regards. D'abord une île qui avait autrefois abrité une colonie de lépreux, puis une autre qui avait connu un terrible tremblement de terre. Venaient ensuite une petite ville, juchée au loin sur un promontoire, qui abritait un festival chaque printemps et une étendue de terre qui s'était un jour vidée entièrement de ses habitants. On savait juste qu'ils avaient émigré au Canada, mais on en ignorait les raisons.

— Quelle chance vous avez eu de vous installer dans ce pays ! s'écria Fiona. Vous y êtes très attachée, n'est-ce pas ?

— Je ne sais pas si l'on peut parler de chance. C'est une notion à double tranchant. Je ne suis pas sûre que cela existe. Regardez tous ces gens qui achètent des billets de loto, qui courent à Las Vegas, lisent leurs horoscopes, traquent les trèfles à quatre feuilles ou évitent de passer sous une échelle. Tout ça ne sert à rien, en fait.

— L'être humain a besoin d'espoir.

— Bien sûr, mais le destin se provoque. Ce sont nos décisions, bonnes ou mauvaises, qui écrivent la suite de l'histoire. Tout vient de nous, pas de l'extérieur.

— Et la prière, qu'en faites-vous ? Moi, je crois au pouvoir de saint Jude.

— Vous êtes trop jeune pour ça.

— Détrompez-vous. Ma grand-mère passait son temps à l'interpeller pour un rien : pour retrouver ses lunettes, miser au tiercé ou faire descendre son horrible fox-terrier de ses genoux. Saint Jude s'est toujours montré à la hauteur !

— En êtes-vous certaine ? fit Vonni avec scepticisme.

Danse d'une nuit d'été

— Il n'y a eu qu'une exception : moi ! Gran avait supplié sa Sainteté pour que je déniche un riche mari... Cette mission a dû le dépasser.

Un sourire de fierté illumina le visage de Fiona comme si, à elle seule, elle était parvenue à vaincre le célèbre patron des causes désespérées, rien qu'en s'accrochant à Shane.

— Êtes-vous impatiente de le voir ?

— Oui, terriblement. J'espère simplement qu'il ne m'en voudra pas trop d'avoir mis autant de temps pour lui rendre visite.

Difficile de se méprendre sur le sens de ces paroles. La trahison de Yorghis et de Vonni n'était toujours pas digérée.

— Comme je vous l'ai promis, je lui expliquerai que ce n'est pas de votre faute.

— Je sais, Vonni... Merci. C'est juste que... bafouilla Fiona en se tordant les mains. Vous connaissez Shane... Parfois, il est un peu agressif. C'est sa façon d'être, ça ne veut rien dire. Je ne voudrais pas que vous pensiez...

— Ne vous inquiétez pas, je ne penserai rien, répliqua Vonni, la mâchoire serrée.

Thomas venait d'apercevoir Elsa.

— Eh ! cria-t-il. Je suis ravi de te voir.

— Tu dois être la seule personne sur cette île, répliqua Elsa.

— Pourquoi une telle amertume ? Que dirais-tu de m'accompagner en mer ? J'ai loué une barque et je comptais aller me balader pendant deux heures.

— Excellente idée. On part tout de suite ?

Danse d'une nuit d'été

— Si tu veux. David ne nous rejoindra pas au café : Vonni avait raison, son père est malade. Il est allé acheter son billet de retour.
— Pauvre garçon ! s'exclama-t-elle, compatissante.
Fiona est partie à Athènes avec Vonni. Elle était très en colère contre moi parce que j'ai refusé de lui prêter de l'argent pour la caution de Shane.
— Parfait, alors nous serons seuls tous les deux.
— Je suis ravie de cette dernière excursion. Je t'aiderai à ramer, si tu veux.
— Non, profite du paysage. Au fait, pourquoi dis-tu « dernière » ? Rentres-tu en Allemagne ?
— Oui, même si je n'ai pas encore fixé la date.
— Dieter doit être fou de joie.
— Il n'est pas au courant.
Thomas s'arrêta, interdit.
— Pourquoi ne le lui as-tu pas annoncé ?
— Je l'ignore. Tout n'est pas encore très clair dans ma tête.
— Je vois, fit Thomas avec la voix de quelqu'un qui pensait exactement l'inverse.
— Et toi, quand retournes-tu en Californie ?
— Cela dépend de Bill. Je veux être convaincu qu'il le souhaite vraiment.
— Quelle question ! Bien sûr qu'il en a envie !
— D'où te vient cette certitude ?
— Je sais ce que ressent ton fils. Mon père nous a quittés lorsque j'étais enfant. J'aurais donné n'importe quoi pour qu'il revienne et s'installe près de chez nous. J'aurais été comblée de le voir tous les jours. Mais cela ne s'est pas produit.
Thomas posa un regard sidéré sur la jeune Allemande. Elsa avait le don de simplifier les problèmes.

Danse d'une nuit d'été

Dans sa bouche, tout devenait facile. Il passa son bras autour de ses épaules et l'entraîna vers l'endroit où l'on pouvait louer des barques.

La foule qui s'agglutinait sur le port du Pirée était impressionnante. Légèrement effrayée par la cohue, Fiona s'efforça de rester à la hauteur de Vonni qui l'entraînait d'un pas vif vers le métro.

— Indépendamment du fait qu'elle est située à Athènes, cette place est magnifique, expliqua Vonni. Il y a plein d'excellents restaurants de poissons et une grande statue en bronze d'Apollon mais nous n'avons pas le temps de l'admirer maintenant.

— J'ai un peu peur de le revoir, avoua Fiona alors qu'elle montait dans la rame.

— Il tient à vous, il sera ravi de vous retrouver.

Malgré la gentillesse de ces propos, le ton manquait de conviction.

— Oui, bien sûr. Seulement, je ne connais pas le montant de la caution et je ne sais vraiment pas où trouver la somme. Ma famille à Dublin refusera de m'aider. J'aurais dû trouver une excuse.

Vonni préféra changer de sujet.

— Êtes-vous réellement angoissée à l'idée de ces retrouvailles ? insista-t-elle.

— Je pense que c'est normal. On est toujours un peu nerveux face à quelqu'un qu'on aime.

Yorghis avait prévenu le commissariat central d'Athènes de l'arrivée de Fiona et de Vonni. En quelques mots, il avait expliqué à ses collègues qui elles étaient et

Danse d'une nuit d'été

d'où elles venaient. Le policier de service l'avait écouté attentivement jusqu'au bout, puis avait pris la parole.

— Si cette idiote est disposée à payer pour nous débarrasser de ce sale type, personne ici ne viendra s'en plaindre, avait-il dit. On en a tellement assez de lui qu'on était sur le point de se cotiser pour qu'il dégage de notre vue.

Au moment où elle pénétrait dans le poste de police, Fiona sortit son poudrier et son peigne. Devant le regard ahuri de Vonni, elle appliqua une touche de fard à paupières sur le bleu qui jaunissait sur son front, tenta tant bien que mal de le dissimuler sous une mèche de cheveux, se mit un peu de rouge à lèvres et vaporisa de l'eau de Cologne sur ses poignets et derrière ses oreilles. Puis elle sourit à son reflet dans la glace afin de se donner confiance.

— Je suis prête maintenant, lança-t-elle à Vonni d'une voix tremblante.

Shane ne fut averti de l'arrivée de Fiona que dix minutes auparavant.

— A-t-elle apporté l'argent ? s'enquit-il aussitôt.

— De quoi parlez-vous ? demanda Dimitri, le jeune policier.

— Du fric que vous exigez, espèce de vampires, en échange de ma liberté ! hurla Shane en flanquant des coups de pied contre le mur.

Impassible, Dimitri le toisa de haut en bas.

— Voulez-vous enfiler une chemise propre ?

— Pour lui faire croire que je suis dans le quartier VIP ? Allez vous faire foutre ! Je veux qu'elle se rende compte de la réalité.

— Elles seront là très bientôt, rétorqua l'homme d'un ton glacial.
— Elles sont plusieurs ?
— Votre amie est accompagnée par une habitante de Aghia Ana.
— Un autre canard boiteux ? C'est tout à fait le genre de Fiona, elle met des mois pour venir mais elle n'est pas foutue de se pointer seule.

En refermant la porte de la cellule, Dimitri ne put s'empêcher de s'interroger sur le pouvoir de l'amour. Lui-même était sur le point de se marier. C'était un type solide, sur lequel on pouvait compter, mais parfois il se trouvait trop fade face à sa séduisante fiancée. Il avait entendu dire que les filles préféraient les aventuriers aux hommes ordinaires. D'après les explications du vieux policier de Aghia Ana, la fameuse Fiona était une jeune femme gentille, jolie, bien sous tous rapports. La preuve qu'il ne fallait rien généraliser.

— Quel âge avez-vous, Andreas ?
— Soixante-huit ans.
— Papa en a soixante-six et il va mourir, commenta David.
— Oh, je suis désolé de cette nouvelle. Vraiment désolé.
— Merci, mon ami, je sais que vous êtes sincère.
— Comptez-vous rentrer chez vous afin d'être auprès de lui ?
— Oui, bien sûr.
— Croyez-moi, il sera ravi de votre présence. Puis-je vous donner un conseil ? Soyez très gentil avec lui. (Il

Danse d'une nuit d'été

hésita :) Je sais que Vonni vous a blessé en vous donnant son avis...
— C'est vrai mais c'est oublié. Finalement, elle avait raison. Je l'ai cherchée pour le lui dire, mais elle n'est pas là...
— Elle est partie à Athènes pour la journée, elle sera de retour ce soir.
— Si vous étiez malade, Andreas, qu'aimeriez-vous que votre fils vous dise ?
— Peut-être que j'ai été un bon père...
— Je m'en souviendrai en arrivant chez moi.
— Il sera heureux d'entendre cette phrase, David.

Deux policiers conduisirent Vonni et Fiona dans le parloir.
— Vos amies sont là, lança Dimitri en ouvrant la porte d'un coup sec.
— Shane ! s'écria Fiona.
— Tu as pris ton temps.
— Je n'ai appris qu'hier où tu étais, s'exclama-t-elle en courant vers lui.
Shane se contenta de hausser les épaules, ignorant les bras qui se tendaient vers son cou.
— C'est moi la responsable, intervint Vonni. Je ne lui ai pas dit que vous aviez téléphoné.
— Bon sang, qui êtes-vous ? grommela Shane.
— Je m'appelle Vonni, je suis irlandaise mais je vis à Aghia Ana depuis plus de trente ans. Je fais partie du paysage désormais.
— Que faites-vous là ?
— J'ai accompagné Fiona jusqu'à Athènes.

— Parfait, merci. Bon, vous pouvez dégager maintenant! J'aimerais bien rester seul avec ma petite amie, grogna-t-il, les sourcils froncés.

Faisant mine de ne pas l'avoir entendu, Vonni se tourna vers la jeune fille.

— Que décidez-vous, Fiona?

— Ça ne dépend pas d'elle, mais de moi.

Shane se redressa tel un coq en colère.

— Soyez gentille, supplia Fiona. Voulez-vous m'attendre... dehors... un instant?

— D'accord. Si vous avez besoin de moi, je suis là.

Vonni tourna les talons et rejoignit Dimitri sur le perron du poste de police.

— *Dhen pirazi*, lui dit-elle en irlandais. Je vis ici depuis des années, j'ai été mariée à un Grec, j'ai un fils plus âgé que vous, mais ça me dépasse qu'elle puisse pardonner à ce salaud. À côté, rien n'a d'importance.

— Les femmes aiment peut-être ce genre d'homme, murmura Dimitri, attristé.

— Ne croyez pas ça. Elles n'éprouvent au fond aucun amour, ni même aucune sympathie pour les brutes. Au début, ça les attire, mais elles ne sont pas idiotes. Fiona comprendra bientôt à quel point ce type est abominable. Ce n'est qu'une question de temps.

La confiance qu'elle manifestait parut rassurer Dimitri.

— Qui est cette horrible mégère qui t'a accompagnée? demanda Shane.

— Elle a été très gentille avec moi.

— Forcément, bouda-t-il.

Danse d'une nuit d'été

Fiona fit un bond pour le prendre dans ses bras mais il garda ses distances.

— Comme c'est bon de te revoir, s'écria-t-elle.

— As-tu apporté le fric ?

— Je te demande pardon ?

— L'argent de la caution ?

— Mais je suis fauchée, tu le sais, bredouilla-t-elle en écarquillant les yeux.

Pourquoi ne la serrait-il pas contre lui ?

— Es-tu en train de me dire que tu es venue ici sans raison ?

— Mais si ! J'ai plein de choses à te raconter.

— Alors parle ! Dépêche-toi !

Bien qu'elle se demandât pourquoi il ne cherchait pas à l'embrasser, Fiona comprit qu'il valait mieux continuer à discuter comme si de rien n'était. Devait-elle commencer par les bonnes ou les mauvaises nouvelles ? Elle opta pour la première solution.

— J'ai reçu une lettre de Barbara, tu vas être content, attaqua-t-elle. Il paraît qu'il y a de très jolis appartements près de l'hôpital, on pourrait facilement en louer un et rentrer au pays.

Shane la toisa avec un air interrogateur. Le débit de Fiona s'accéléra.

— Mais il s'est passé aussi quelque chose de grave. Nous avons perdu notre bébé. C'était terrible. Heureusement, le Dr Leros m'a dit qu'il n'y aurait pas de problème la prochaine fois. Dés qu'on voudra essayer à nouveau...

— Quoi ?

— Je sais que ça te bouleverse. Moi aussi, j'étais désespérée mais le médecin affirme...

Danse d'une nuit d'été

— Arrête tes conneries à propos de ce sale toubib. Tu as le fric ou pas ?
— Excuse-moi, que veux-tu dire ?
— As-tu de quoi me faire sortir d'ici ?
— Non, Shane, tu le sais bien. Je suis simplement venue te voir, te parler, de dire que je t'aime et que tout va s'arranger...
— De quelle façon ?
— J'emprunterai une grosse somme et quand nous serons installés à Dublin, nous la rembourserons...
— Oh, cesse de bavasser, pour l'amour du ciel ! Comment allons-nous trouver l'argent ?
Cela faisait près de dix minutes qu'elle était arrivée et il ne l'avait toujours pas prise dans ses bras.
— Es-tu triste à cause du bébé ?
— Tais-toi et explique-moi plutôt où on va dénicher ce fric !
— J'ai eu une hémorragie et l'embryon s'est décroché...
— C'étaient tes règles, bordel de merde, pas un enfant. Bon, tu réponds à ma question ?
— Quand je connaîtrai le montant de la caution, je travaillerai pour la payer. Ce n'est pas ça le plus important.
— C'est quoi ?
— C'est de t'avoir retrouvé. Je t'aime, tu sais.
Elle le contempla avec adoration, attendant une réponse. Rien ne vint.
— Je t'adore, répéta-t-elle.
— Mouais.
— Pourquoi ne viens-tu pas près de moi ?
— Oh bon sang, c'est pas le moment de parler d'amour. Faut que je sorte d'ici.

Danse d'une nuit d'été

— On sera sûrement obligés de prendre un emploi...
— Tu le feras, si tu veux. Dès que je serai libre, j'aurai des gens à contacter. Je vais devenir riche.
— Tu ne reviendras pas à Aghia Ana ?
— Dans ce trou ? T'es folle !
— Où iras-tu ?
— Je me baladerai un peu à Athènes, puis j'irai peut-être à Istanbul. Ça dépend.
— De quoi ?
— De mes rencontres. De ce qu'on me proposera.
Elle planta son regard dans le sien.
— Pourrais-je t'accompagner ?
Il haussa les épaules.
— Si tu veux, mais t'avise pas de me harceler. Il n'est pas question que je m'installe quelque part, ni que je bosse. Si on a quitté l'Irlande, c'est pour fuir ce genre de merdier.
— Non, on a quitté l'Irlande parce qu'on s'aimait, que personne ne le comprenait et qu'on ne nous laissait jamais tranquilles.
— Mais oui, c'est ça...
Fiona frémit. Elle reconnaissait cette voix. Lorsque Shane voulait couper court à une discussion, son ton se faisait à la fois mordant et monotone. C'était ainsi qu'il parlait à ceux qui l'ennuyaient profondément. Généralement, une fois les raseurs partis, il poussait un profond soupir en s'exclamant qu'il faudrait voter des lois pour éliminer tous les cons. Fiona comprit qu'elle l'agaçait. Et elle comprit. Enfin. Ainsi, il ne l'avait jamais aimée. Jamais. Cette idée était insupportable et presque impossible à croire mais elle était vraie. Tout ce qu'elle avait rêvé et espéré n'avait servi à rien. Elle avait perdu son temps.

Danse d'une nuit d'été

Les peurs, les angoisses des derniers jours et l'absence qui lui avaient fait si mal l'avaient dévorée inutilement.

Jamais il ne l'aurait appelée s'il n'avait eu besoin de payer sa caution. À la façon dont il regardait, elle avait conscience que son visage devait exprimer une immense incrédulité. Bouche ouverte, les yeux écarquillés, elle le fixait comme si elle sortait d'un trop long rêve.

— C'est quoi ton nouveau fantasme ? ironisa-t-il.
— Tu ne m'aimes pas, lâcha-t-elle en tremblant.
— Oh, bordel ! T'as fini avec ce disque ? Je t'ai déjà dit que tu pourrais venir avec moi si tu veux. Je te demande juste de ne pas me harceler. C'est un crime ?

Fiona se laissa tomber sur la seule chaise de la cellule et enfouit son visage entre ses mains.

— Pitié, pas maintenant, gronda-t-il. Il faut trouver une solution. Ce n'est pas le moment de pleurnicher et de me gonfler avec des conneries. Arrête !

Elle se redressa d'un bond et rejeta ses cheveux en arrière. En dépit du maquillage, l'hématome était toujours visible. Il la considéra avec étonnement.

— Qu'est-ce qui t'est arrivé ? demanda-t-il, l'air dégoûté.
— C'est toi qui m'as fait ça. Au restaurant.

C'était la première fois qu'elle faisait allusion à la scène qui les avait opposés. Il commença par fanfaronner.

— C'est faux.

Fiona affichait un calme presque inquiétant.

— Tu l'as probablement oublié. Ce n'est pas grave.

Elle se leva lentement et se dirigea vers la porte.

— Où vas-tu ? Tu viens à peine d'arriver. Et le fric ?
— C'est ton problème, débrouille-toi tout seul.
— Tes menaces ne me font pas peur.

Danse d'une nuit d'été

— Pense ce que tu veux. Ma visite est terminée, je m'en vais. — Mais... et la caution? (Sa bouche se tordit.) Écoute... Si ça peut te faire plaisir, je te dirai que je t'aime... Fiona, ne pars pas!

Elle donna un coup de poing sur le battant et Dimitri lui ouvrit aussitôt, un large sourire aux lèvres. Visiblement, il avait compris la situation. Fou de rage, Shane bondit sur Fiona et l'attrapa par les cheveux.

— Je t'interdis de jouer avec moi, hurla-t-il.

Dimitri fut plus rapide qu'on l'aurait cru. Plantant son bras en travers de la gorge de Shane, il lui releva le menton pour l'obliger à lâcher la jeune fille. La partie était inégale. Grand et musclé, le policier était d'une force dix fois supérieure à celle de Shane.

Une fois libérée, Fiona s'immobilisa un instant dans l'encadrement de la porte puis, après avoir observé les deux hommes une seconde, s'engagea dans le couloir. Vonni était assise avec le commissaire dans le hall d'entrée.

— La somme est de deux mille euros, commença-t-elle.

— Grand bien leur fasse! Ce n'est pas moi qui les paierai, se récria-t-elle, les yeux brillants.

Sidérée, Vonni la regarda sans rien dire. Elle avait du mal à y croire. Était-ce réellement fini? Fiona avait-elle recouvré sa liberté? Cela y ressemblait...

15.

Thomas ramena à la rame le petit bateau vers le port. Ils avaient l'impression de rentrer à la maison. La tête levée en direction des collines, ils se remémorèrent les différents endroits qu'ils connaissaient. Ça, c'était l'hôpital de la route de Kalatriada, plus loin, la taverne d'Andreas; devant eux, l'embarcadère et le café aux nappes à carreaux. Tout était si différent de la Californie ou de l'Allemagne. Une fois qu'ils eurent rendu la barque au bureau de location, ils poussèrent un soupir de regret. L'escapade était terminée, la réalité les frappait à nouveau de plein fouet.

— La balade vous a-t-elle plu? s'enquit le loueur avec un sourire cordial.

— C'était génial, répondit Elsa.

— *Avrio*? Vous revenez demain?

La saison avait du mal à démarrer et le vieil homme tenait à s'assurer le plus de réservations possible.

— Peut-être, répliqua Thomas.

En ce qui le concernait, il n'éprouvait aucune hésitation. Mais ce n'était pas le cas d'Elsa. La jeune fille avait

Danse d'une nuit d'été

prévu de s'atteler à ses préparatifs de départ, dès le lendemain. Sans se l'être avoué, ils savaient tous deux que cette excursion le long de la côte était une promenade d'adieu.

Ils remontèrent en direction du centre-ville.

— Je me demande si nous parviendrons un jour à oublier cette île, dit brusquement Thomas.

— C'est exactement ce que je pensais, s'étonna Elsa dans un éclat de rire. J'adore imaginer que le monde tourne sans nous.

Alors qu'ils passaient devant un petit bar ombragé, Thomas lui proposa de s'asseoir.

— Pourquoi pas ? s'exclama-t-elle, ravie. La semaine prochaine, à la même heure, il y a peu de chance qu'on soit installé en terrasse, alors profitons-en.

— Parle pour toi. Moi, je serai encore là, à lire au soleil, à faire du bateau.

— Non, tu seras en route pour la Californie, affirma-t-elle, sûre d'elle.

— Tu es aussi méchante que Vonni ! Je viens à peine d'entamer mon année sabbatique. Je n'ai pas l'intention de rentrer avant plusieurs mois. Et même si je le voulais, ça ne serait pas une bonne solution.

— Je t'enverrai une carte postale chez toi, je suis certaine que tu la recevras.

— Tu te trompes. Pourquoi partirai-je ?

— Parce que Vonni, la grande pythie de l'île, l'a affirmé. Tout ce qu'elle avance se réalise. Regarde, David part demain...

— Mais c'est le seul et puis son père est mourant... Dans son cas, Vonni avait raison. Pour le reste, aucun de nous n'a tenu compte de ses conseils. Fiona est allée à Athènes retrouver son cinglé, tu pars, moi je reste. Un sur quatre ! Ce n'est pas un excellent taux de réussite.

Danse d'une nuit d'été

— La partie n'est pas terminée, tu verras...
À cet instant, Andreas s'approcha de leur table.
— Puis-je me joindre à vous ? J'ai d'excellentes nouvelles à vous annoncer.
— Adoni ? s'exclama Elsa, frémissante d'excitation.
Le vieil homme secoua la tête.
— Non, ce n'est qu'une bonne nouvelle, pas un miracle. La petite Fiona a envoyé balader Shane. Elle et Vonni ont pris le dernier ferry, elles seront de retour au coucher du soleil.
— Comment le savez-vous ? interrogea Thomas.
— Un des policiers du commissariat d'Athènes a téléphoné à Yorghis pour le lui annoncer. Elle n'a même pas cherché à payer la caution – elle a tourné les talons, expliqua Andreas en ouvrant ses mains devant lui, en signe d'incompréhension.
— Mais pourquoi ? demanda Elsa, intriguée. Pourquoi faire tout ça pour le quitter ainsi ?
— Apparemment, il l'a encore frappée, hésita Andreas.
— Ce n'était pas la première fois, plaida Thomas. Avant, cela ne l'avait pas gênée.
— Il faut croire que cela devait être différent. Peut-être a-t-elle ouvert les yeux brusquement ?
Elsa restait pensive.
— Enfin, tout est pour le mieux, conclut Andreas. David vient dîner ce soir à la taverne. Il s'en va demain après-midi. Voulez-vous vous joindre à nous ? Yorghis ira chercher Fiona au ferry. Allez, dites oui !
— Vonni sera-t-elle de la partie ?
— Je l'espère !
À l'idée de cuisiner pour autant d'amis, Andreas débordait d'enthousiasme.

Danse d'une nuit d'été

— Vous êtes très gentil, se hâta d'expliquer Thomas, mais Elsa et moi avons rendez-vous avec quelqu'un. Quel dommage ! Nous aurions préféré passer la soirée avec vous.

Elsa comprit immédiatement l'allusion.

— Oui, on s'est mal organisés. Pouvez-vous dire à David que nous le retrouverons demain, à midi, sur le port ?

Andreas hocha la tête. Lui aussi savait lire entre les lignes. Ces deux-là voulaient être seuls, c'était manifeste. Sans insister davantage, il se leva.

— Je comprends, dit-il. On aurait dû le prévoir plus tôt.

Tandis qu'il s'éloignait sur la place en s'arrêtant de temps à autre pour serrer la main aux passants, Elsa et Thomas le suivirent des yeux.

— J'admire ce vieux bonhomme, fit enfin remarquer Thomas. Il est complètement enraciné dans ce village.

— Pourquoi as-tu menti ? s'enquit Elsa qui ne l'avait pas écouté.

Thomas resta silencieux un instant.

— Je ne sais pas... mais j'ai deviné que tu n'avais pas envie de te disputer avec Vonni. Moi non plus d'ailleurs. Et puis, entendre parler de Shane toute la soirée, merci bien. En outre...

— Oui, quoi ?

— Tu me manqueras quand tu seras partie. Je voulais profiter de ta compagnie avant ton départ. Juste nous deux.

Elle le gratifia d'un de ses plus beaux sourires.

— Ce sont d'excellentes raisons. Je partage totalement ton point de vue.

Danse d'une nuit d'été

Sur le chemin du retour, Fiona et Vonni traversèrent de nouveau la place du Pirée. L'endroit grouillait de monde, on aurait dit une ville au cœur de la ville. Bien qu'elle en eût assez de traîner derrière elle son sac trop lourd et de se faire bousculer par la foule, Fiona était plus gaie qu'elle ne l'avait été depuis longtemps.

— Vous aviez raison, s'enthousiasma-t-elle. Ces restaurants de poissons ont l'air délicieux. Puis-je vous inviter à manger ? Je ne sais pas comment on appelle ça, un déjeuner tardif, un thé ?

— Oh, je serais ravie de goûter un *barbouni*, s'exclama Vonni en frappant des mains comme une enfant à qui l'on offrirait une crème glacée.

— C'est du mulet rouge, c'est ça ? Que dites-vous de cette terrasse ?

— Ça a l'air parfait. Je vais commander deux rations de *barbouni* et des frites.

— Génial et une bouteille de retsina, s'il vous plaît. Je meurs de soif.

— D'accord, grommela Vonni d'une voix pincée.

Fiona se mordit la lèvre. C'était totalement irréfléchi de proposer une chose pareille à une femme qui ne buvait plus d'alcool.

— Ou de l'eau pétillante, reprit-elle, penaude.

— Oh, pour l'amour du ciel, buvez du vin si ça vous chante. Vous en avez pleinement le droit. Ce n'est pas parce que vous allez avaler quelques verres devant moi que je vais craquer. Même quand j'étais alcoolique, je détestais le retsina. Ça ne me tente pas du tout.

Tout en mangeant, elles commentèrent avec animation les scènes qui se déroulaient autour d'elles : les marins qui embarquaient à bord des navires, les pêcheurs qui vendaient leurs poissons à la criée, les étudiants qui erraient en mal d'aventure, les yachts de luxe amarrés un peu plus loin. On aurait dit un décor de théâtre. À aucun moment Vonni ne fit allusion à l'incident qui avait eu lieu au poste de police. De la même façon, elle évita d'évoquer l'avenir de Fiona. Cette dernière lui en parlerait quand elle le souhaiterait.

Lorsque l'heure fut arrivée de monter sur le ferry, Fiona demanda l'addition.

— *O logariasmos* ! s'exclama le serveur en lui tendant la note.

— Hé, laissez-moi en payer la moitié, se récria Vonni.

— Non, rangez votre argent. Vous avez déjà acheté les billets.

— J'ai des revenus, pas vous, protesta Vonni.

— On peut voir les choses autrement. Au vu des derniers événements, je viens de gagner deux mille euros. C'est mieux que de remporter tous les numéros au loto.

Les deux femmes échangèrent un sourire. Comme à l'aller, une fois sur le ferry, Fiona s'accouda au bastingage, le regard fixé sur la mer. De temps en temps, ses lèvres remuaient en silence. Vonni se demanda si elle pleurait. Non, elle semblait plutôt prier ou se remémorer intérieurement ce qui venait de se passer. Au fond, peu importait. Elle n'avait plus besoin d'aide.

Dans la cuisine de la taverne, David donnait un coup de main à Andreas pour la dernière fois.

— Cet endroit va tellement me manquer, dit-il.

— Vous pourrez peut-être cuisiner pour votre père.

— Ce ne sera pas pareil.

Danse d'une nuit d'été

— Non, mais ça ne durera pas et il sera content. Sortez votre carnet et notez. Je vais vous apprendre à faire une bonne moussaka. Avez-vous des *melitzanes* en Angleterre ?
— Des aubergines ? Oui.
À cet instant, le téléphone sonna. C'était Yorghis qui appelait d'une cabine sur le port. Il avait récupéré Fiona et Vonni. Ils seraient là dans un quart d'heure.
— Mon frère me dit que Fiona est en grande forme, expliqua Andreas en rejoignant David.
— Elle doit avoir réussi à faire sortir ce salaud de prison, commenta ce dernier d'un air lugubre.
— Non, au contraire, j'allais vous l'annoncer. Elle l'a quitté.
— C'est temporaire, elle ne tiendra pas.
— Je crois que vous avez tort mais il vaut mieux qu'elle nous raconte ça elle-même. D'accord ?
— Oui, ça a toujours été ma politique. Au fait, s'est-elle rabibochée avec Vonni ?
— J'ai comme l'impression qu'elles sont devenues les meilleures amies du monde. Du moins, c'est ce que m'a laissé entendre Yorghis.
David éclata de rire.
— Vous faites une sacrée paire de commères tous les deux.
— J'ai bien le droit de faire des ragots avec mon propre frère, non ? (Il était hilare.) Où est votre carnet ? Bon, notez : un kilo d'agneau coupé en morceaux, puis...

— Veux-tu aller dîner au Anna Beach ? suggéra Thomas à Elsa.

Danse d'une nuit d'été

— Non, c'est trop... comment dire... trop luxueux et moderne. En plus, je n'y ai pas de bons souvenirs. Que penses-tu plutôt du restaurant sur le promontoire ? Celui où les vagues s'écrasent sur les rochers ?

Thomas n'avait pas l'air enthousiaste.

— Bof... Cela me rappelle le jour où ce sauvage a frappé Fiona. Il s'est jeté sur elle, le poing en avant – il aurait pu lui briser le visage...

— Arrête de penser à ça. Ça ne s'est pas produit et depuis, elle l'a quitté, le calma Elsa. Bon, où allons-nous alors ? Il vaudrait mieux choisir un endroit tranquille. Je te signale qu'on est censés avoir un rendez-vous.

— Et si on allait chez moi ? On peut acheter des kebabs et du vin.

— Super idée ! Si on rencontre Vonni, on lui dira que...

— ... que notre invité allemand nous a posé un lapin.

— Non ! Elle ne le croira jamais. Un Allemand indigne de confiance, ça n'existe pas, pouffa Elsa. Disons plutôt un Américain !

— Tu es injuste et raciste ! Jamais je ne salirai ainsi mes compatriotes. Que dirais-tu d'un Irlandais ?

— Non, Vonni est de Dublin. Un Anglais ?

— Ce n'est pas très sympa pour ce pauvre David, qui est de loin le plus sérieux de nous quatre, mais à situation désespérée, solution désespérée. Donc, on est d'accord, ce sale type qui nous a laissés tomber est originaire de la perfide Albion.

— Allons faire les courses. Au passage, je laisserai un mot à Fiona pour lui dire que je rentrerai tard.

Danse d'une nuit d'été

Fiona avait subi une réelle transformation. Tous s'en apercevaient. Les épaules rejetées en arrière, elle se tenait plus droite et son sourire avait gagné en spontanéité. De la même façon, sa voix était plus assurée, son ton moins agressif. On avait l'impression qu'elle était sur le point de décoller son ancienne peau, de révéler la fille qu'elle avait toujours été. Elle allait et venait, d'un pas rapide de la cuisine à la terrasse, prenant en main le service de la clientèle. Trois tables étaient occupées par des anglophones. Fiona commença par leur traduire le menu et leur expliquer en quoi consistaient les *dolmadhes* – « des petits paquets de chair à saucisse enveloppés dans des feuilles de vigne. Ils sont faits à la demande et sont excellents » –, puis leur suggéra le vin maison. Dès qu'elle eut fini de noter la commande, Rina, la jeune serveuse, prit le relais, laissant ainsi à Andreas le temps de s'asseoir avec ses invités et de contempler les lumières qui s'allumaient dans Aghia Ana.

— Quel dommage qu'Elsa et Thomas n'aient pas pu se joindre à nous, fit David.

— Oh, vous savez... éluda Andreas en haussant les épaules.

Les autres se contentèrent de cette réponse, même s'ils ne la comprenaient pas. Ce n'était pas une nuit à se disputer.

— Je n'oublierai jamais ce village, reprit David, la gorge serrée. Jamais.

— Vous reviendrez nous voir souvent, coupa en hâte Andreas par crainte de le voir céder à l'émotion.

— Oui, mais ce ne sera pas pareil.

— Et vous, Fiona? Je vous ai vue à l'œuvre avec les clients, vous vous en sortez bien. Que diriez-vous de travailler ici? suggéra Andreas tout à trac.

Danse d'une nuit d'été

— Comme serveuse ?
Elle n'en croyait pas ses oreilles.
— Vous êtes exactement la personne qu'il me faut. Vous pourriez loger dans la chambre d'Adoni, quand Elsa sera partie.
Fiona posa une main sur la sienne.
— Si vous m'aviez proposé ça la nuit dernière, ou même ce matin, j'en aurais pleuré de gratitude. Ce soir, c'est différent. Je vous remercie du fond du cœur, mais c'est impossible.
— Est-ce trop loin de la ville ?
— Non. J'ai l'intention de rentrer chez moi. Je retourne à Dublin.
Son regard effleura les convives qui la fixaient avec stupéfaction.
— J'ai pris ma décision sur le ferry, en revenant d'Athènes. Je suis simplement venue vous dire au revoir.

Hannah tapa quelques lignes sur l'écran de son ordinateur.

Chère Elsa,
Je ne sais pas vraiment quel genre de nouvelles tu as envie d'entendre, mais j'ai montré ton dernier courrier à Dieter. Il l'a lu attentivement et m'a remerciée. Très poliment. Cela ne lui ressemble pas. J'ai pensé qu'il fallait que tu le saches. Je tiens aussi à t'informer que Birgit ne cesse de faire des allées et venues devant son bureau pour attirer son attention. Jusque-là, elle n'a réussi qu'à l'irriter. Si je te raconte tout ça, c'est pour que tu puisses prendre une décision en pleine connaissance de cause. Naturellement,

Danse d'une nuit d'été

je souhaiterais que tu reviennes. Mais quoi que tu décides, nous resterons toujours amies.
Baisers.
Hannah.

Une fois qu'ils eurent fini de dîner, Thomas et Elsa s'installèrent confortablement sur la terrasse donnant sur les toits.

— La vue qu'on a de ton appartement est plus jolie, fit remarquer Thomas.

— Peut-être, mais d'ici, on voit très bien les étoiles, c'est ce qui importe.

— *Qu'est-ce que les étoiles, Joxer ?* déclama soudain Thomas avec un lourd accent irlandais.

— Tu vas dire que je me vante, mais je sais qui a écrit ça.

— Allez, fais-moi honte, écrase-moi de ta supériorité, répliqua-t-il en riant.

— C'est de Sean O'Casey.

— Bravo, quelle classe ! Un autre professeur passionné de littérature ?

— Non, j'ai passé un week-end en amoureux à Londres avec Dieter. On est allés au théâtre. C'était génial.

— Es-tu impatiente de le revoir ?

— Je ne sais pas, c'est compliqué.

— Ne l'est-ce pas toujours ?

— Probablement. Mais là, c'est un peu inhabituel. Il m'a promis de ne plus me décevoir, d'assumer publiquement notre relation.

Le ton de sa voix disait mieux que ses mots qu'elle n'était absolument pas convaincue.

— C'est une bonne chose, non ?

Danse d'une nuit d'été

— Oui... enfin, dans un sens, dit-elle en se mâchonnant la lèvre.

— Veux-tu dire que tu préférerais une liaison clandestine ?

— Non, pas du tout. Le problème, c'est qu'il m'a caché qu'il avait eu un bébé avec une autre femme.

— Depuis que vous êtes ensemble ?

— Non, bien avant, mais il n'a jamais reconnu cette petite fille.

— Est-ce pour cela que tu t'es enfuie ?

— Je n'ai pas fui, j'ai démissionné de mon travail et j'ai voulu changer d'horizon. Mais j'avoue qu'il m'a déçue. J'estime que lorsqu'on a un enfant, accidentellement ou volontairement, on doit l'assumer.

— Il n'était pas d'accord ?

— Non et cela m'a révoltée. J'ai eu le sentiment que je ne pourrais plus lui faire confiance. J'avais honte de l'aimer. Je lui ai fait savoir.

— Qu'est-ce qui t'a fait changer d'avis ? Pourquoi as-tu décidé d'aller le retrouver ?

— C'est le fait de le revoir ici, de savoir qu'il m'aime et ferait n'importe quoi pour moi. En un mot, il s'est montré persuasif.

Elle le regarda, en espérant qu'il comprendrait. Il hocha la tête.

— Moi aussi, je l'aurais cru. Quand on aime quelqu'un, on est capable de faire semblant pour le garder. Je sais de quoi je parle. J'ai fait comme si Bill était mon fils. J'aimais tellement Shirley à l'époque que je ne pouvais pas supporter qu'elle m'ait trompé.

Spontanément, il lui raconta son histoire sans émotion. Comment les tests avaient prouvé sa stérilité le jour même où sa femme lui avait annoncé sa grossesse.

Danse d'une nuit d'été

Et comment, surtout, il avait découvert qu'il aimait Bill même s'il n'était pas de son sang. Connaître l'identité de son véritable père lui avait paru superflu.

— Aimes-tu encore Shirley?

— Non, cela m'est passé aussi vite qu'une mauvaise grippe. Elle m'agace. En plus, savoir qu'elle et Andy vont avoir un bébé m'irrite au plus haut point. D'abord, parce qu'ils sont capables d'être parent – ce qui n'est pas mon cas – et aussi parce que Bill est excité à cette idée...

— Savais-tu que Shirley avait un amant?

— Non, absolument pas. Mais j'ai été forcé de m'en apercevoir : l'existence même de Bill prouvait qu'elle était infidèle. J'ai pensé que ce n'était qu'une aventure.

— C'était probablement le cas.

— Oui, mais nous avions de moins en moins de choses à nous dire. Alors, nous avons divorcé.

— As-tu rencontré quelqu'un d'autre?

— Je n'ai pas cherché. Je me souciais trop de Bill pour ça. Mais j'ai été sidéré quand Shirley m'a présenté Andy en me faisant part de leurs projets. Elle m'a dit qu'elle haïssait les secrets et les faux-semblants, qu'elle voulait normaliser nos rapports. Elle promettait de jouer la carte de la franchise.

Son ton dénotait l'amertume.

— Et alors, c'est plutôt pas mal, non!

— Quand c'est vrai, oui! Mais elle a joué double jeu pendant des mois. Les amoureux sont souvent très suffisants, ils s'attendent à ce que les autres acceptent leur vision des choses sans discuter.

Elsa resta silencieuse. Visiblement, elle réfléchissait, cherchait à comprendre.

— Désolé, je radote, s'excusa Thomas.

— Au contraire, tu viens de clarifier une idée qui m'obsédait depuis longtemps.

Danse d'une nuit d'été

— Ah bon ?
— Oui, si Dieter est un être humain digne de ce nom, il doit accepter sa fille et la reconnaître.
— Même si cela signifie te perdre ?
— S'il parvient à saisir que cet enfant a besoin de lui, il ne me perdra pas. Le problème, c'est qu'il est capable de jouer un personnage. Il pense que ce que je désire, c'est une bague en diamants, la respectabilité, l'engagement...
— Il ne te connaît pas bien.
— Que veux-tu dire ?
— Vous êtes ensemble depuis deux ans et il n'a pas compris comment tu fonctionnes.
— C'est vrai, je suis très différente de lui, mais pendant longtemps, j'ai cru que cela n'avait pas d'importance. L'amour est aveugle, comme on dit. Tu as raison, les amoureux sont souvent insensibles. Je n'y avais jamais pensé. Elle se tut un instant. Trouves-tu que je devrais le laisser tomber ?
— Mon avis ne compte pas.
— À mes yeux, si !
— Bon... J'estime que tu devrais rencontrer quelqu'un avec qui tu partagerais les mêmes valeurs... sans compter le reste.
— C'est-à-dire ?
— Le désir, le sexe, l'amour. Et la compréhension.
— Crois-tu qu'on peut dénicher tout ça chez une seule et même personne ?
— Ah, si je connaissais la réponse à cette question, je régnerais sur le monde ! conclut-il en levant son verre dans sa direction.

Danse d'une nuit d'été

Dans la taverne d'Andreas, le repas s'achevait. Tout le monde était encore sous le choc de la récente déclaration de Fiona. Rina débarrassa les assiettes et leur servit le café.

— Tes parents sont-ils déjà au courant? s'enquit David.

— Non, personne ne le sait, à part vous, répondit Fiona.

Des murmures d'approbation parcoururent l'auditoire. Chacun reconnaissait qu'il était urgent qu'elle reprenne son métier et retrouve son ancienne vie. Le nom de Shane ne fut pas mentionné. Tandis que Andreas imaginait surtout la joie de ses parents, Yorghis insistait sur la satisfaction qu'auraient ses anciens employeurs à la voir de retour. David, lui, s'inquiétait de savoir si elle comptait réintégrer le domicile familial. Le souvenir de Shane semblait se dissoudre au fur et à mesure des conversations. La seule qui restait silencieuse, c'était Vonni. Contrairement à son habitude, elle restait immobile, le regard fixé devant elle. Finalement, ce fut Fiona qui l'obligea à prendre la parole.

— Votre analyse était juste depuis le début, lui dit-elle soudain. Je suis la première à l'avouer. Que pensez-vous de votre victoire?

— Ce n'est pas un jeu. Nous ne sommes pas là pour compter les points. Il s'agit de votre avenir.

— Raison de plus pour être ravie. Vous avez entièrement le droit de vous féliciter de votre clairvoyance.

— Ce n'est pas mon genre. Je crois en avoir assez dit à vous tous. J'ai même réussi à vous agacer. Le problème, c'est que j'ai toujours su ce qui était bon pour les autres, pas pour moi. Andreas et Yorghis vous le confirmeront. Je suis une femme autoritaire et stupide qui saurait par-

faitement gouverner le monde, mais pas sa propre existence.
Il y eut un silence.
— Il est vrai que tu as su guider notre sœur Christina, elle n'aurait jamais guéri sans toi, dit finalement Yorghis.
— Toute l'année, tu cherches à améliorer l'existence des habitants de Aghia Ana, tu apprends à conduire à Maria, tu t'occupes des enfants, tu visites les malades. Cela n'a rien d'idiot, ajouta Andreas.
— Sans vous, je n'aurais jamais su que mon père était mourant, s'enflamma David. Songez à la culpabilité que j'aurais ressentie si je ne l'avais pas découvert.
— Lorsque vous m'avez accompagnée aujourd'hui à Athènes, vous n'avez pas tenté de m'influencer, précisa également Fiona. Je ne crois vraiment pas que vous vous mêliez de tout. Il se trouve juste que vous aviez raison. Vous m'avez laissé prendre seule mes décisions. Je ne l'oublierai jamais.
Le regard de Vonni passa de l'un à l'autre. Son cœur était si débordant d'émotion qu'elle osait à peine parler. Finalement, elle bredouilla nerveusement deux mots en irlandais.
— *Slan abhaile.*
— Qu'est-ce que cela signifie ? interrogea David.
— Ça veut dire « Bon retour », traduisit Fiona.

Thomas et Elsa discutaient toujours sur la terrasse comme deux vieux complices. À entendre leurs conversations, on avait du mal à croire qu'ils ne se connaissaient que depuis douze jours. En à peine quelques heures, ils

Danse d'une nuit d'été

avaient fait un immense chemin l'un vers l'autre, libérant des pans entiers de leur intimité.

— Ainsi, tu rentreras avant la fin de l'année et la naissance du bébé ? demanda Elsa.

— Est-ce un conseil ?

— Hé, je n'ai pas dit ça ! Je refuse d'interférer dans tes choix. Rappelle-toi comme on en a voulu à Vonni...

— C'est différent. Ton avis m'intéresse.

— OK, veux-tu mon opinion ? J'estime que puisque Bill et toi, vous vous aimez vraiment, il est temps que tu retournes auprès de lui. C'est si rare de trouver un tel amour, ne le gâche pas. Si tu parvenais à vivre sereinement sans lui, je te dirais autre chose. Mais visiblement, tu t'inquiètes en permanence. Installe-toi près de lui. Il pourra venir te voir quand il en aura envie. N'oublie pas qu'il sera jaloux de sa petite sœur ou de son petit frère, il aura besoin d'avoir un toit rien qu'à lui.

Thomas l'écoutait attentivement.

— Avant, notre relation était parfaite, commenta-t-il, attristé, mais ces derniers temps, je suis devenu amer, je m'en suis pris à Andy. J'ai abîmé notre lien.

— Raison de plus pour essayer de recoller les morceaux, pour consolider vos rapports avant qu'ils se délitent.

— Je suis déchiré. Une partie de moi a envie de suivre cette route mais j'ai tellement peur de tout gâcher que j'ai tendance à m'éloigner de lui... pour notre salut à tous les deux.

— Je suis certaine que tu trouveras la bonne solution. Je te connais bien désormais. (Elle tapota le bord de la table du bout des doigts.) Bon, et moi ? Que dois-je faire, selon toi ?

Danse d'une nuit d'été

— Je pense qu'il est toujours possible d'oublier quelqu'un et qu'il est peut-être temps que tu quittes vraiment cet homme.
— Mais pourquoi veux-tu que je rompe cette histoire ? Tu es mon ami, tu ne veux que mon bien. Tu sais que Dieter est l'homme de ma vie.
Elle semblait ne plus rien comprendre.
— Tu m'as demandé mon opinion, je te l'ai donnée, répondit simplement Thomas.
— Mais je ne saisis pas... Pourquoi me demandes-tu de tourner la page ?
— Je pourrais te consoler.
Une immense stupéfaction se peignit sur le visage d'Elsa. Bouche ouverte, elle le fixa.
— Ce n'est pas vrai, haleta-t-elle. Nous sommes des copains. Je ne te plais pas, c'est juste l'effet romantique du vin et des étoiles.
— N'as-tu jamais imaginé qu'il pourrait y avoir autre chose entre nous ?
Il l'observa attentivement, la tête inclinée sur le côté.
— Il m'est arrivé de penser qu'il me serait facile d'aimer un homme aussi attentionné que toi. Tellement différent de Dieter – lui est toujours si agité et impatient. Mais c'est resté théorique dans mon esprit. C'est le genre d'idée sur laquelle on ne s'arrête pas forcément. Surtout quand c'est irréalisable.
— D'accord, alors pars le rejoindre dès demain ! Pourquoi traîner ?
— Tu ne luttes pas beaucoup, susurra-t-elle à travers ses cils baissés.
— Voyons, Elsa ! Je plaisante. Je t'ai fait la courtoisie de réfléchir à ce que tu venais de dire. Tu as parlé en l'air.

Danse d'une nuit d'été

— Je me contente de jouer avec toi, répliqua-t-elle.
— Ne fais pas ça.
Elle baissa la tête, contrite.
— C'est vrai, je ressemble à ces féministes qui détestent qu'un type se lève pour leur laisser un siège et qui râlent lorsqu'il ne le fait pas. Si je joue, c'est parce que je ne sais rien faire d'autre. À ta place, je saurais quelle décision prendre. Ça me paraît évident. C'est pareil pour tout le monde – Dieter, David, Fiona, Andreas et Vonni. Je me sens assez clairvoyante, sauf quand il s'agit de moi.
— Que devrait faire Vonni ?
— Elle devrait solliciter l'aide d'Andreas et de Yorghis pour l'aider à retrouver son fils. S'il savait la femme qu'est devenue sa mère, le jeune Stavros rentrerait chez lui.
Thomas darda sur elle un sourire attendri.
— Tu es un vrai chevalier blanc, dit-il affectueusement en lui tapotant la main.

Dans la taverne, les conversations tournaient toujours autour du futur départ de Fiona.
— Pourquoi ne prends-tu pas le ferry avec moi ? proposa David. On pourrait même voyager ensemble jusqu'à Londres.
— Ce n'est pas une mauvaise idée, ça faciliterait les adieux.
— ... qui ne sont pas définitifs, fit observer Vonni. Vous reviendrez, vous avez de nombreux amis ici, maintenant.
— Demain, j'irai dire au revoir à Eleni et j'appellerai également le Dr Leros, expliqua Fiona.
— Moi, je donnerai sa dernière leçon de conduite à Maria. Il faut qu'elle s'habitue à poursuivre l'aventure avec Vonni.

Danse d'une nuit d'été

— Est-elle mieux latéralisée ? s'inquiéta la vieille femme avec un rictus comique.
— Oui, elle s'est bien améliorée, la rassura David. Si vous parvenez à ne pas lui crier dessus, elle prendra confiance en elle.
— Mouais, je ferai ce que je peux, grommela Vonni.
Andreas, qui avait peu parlé jusque-là, revint à des détails plus terre à terre.
— Quand comptez-vous annoncer votre retour à votre famille ? demanda-t-il à Fiona.
— Je leur téléphonerai demain du Anna Beach.
— Je vous en prie, faites-le d'ici. L'appareil est derrière le bar.
C'était la phrase qu'il avait prononcée le soir où Manos avait péri sur son bateau.
— D'accord, c'est gentil. Je vais prévenir rapidement mon amie Barbara. Merci beaucoup, Andreas, s'exclama Fiona en s'élançant dans la cuisine.
— Je trouve étrange que tous ces jeunes n'aient pas de portable, fit brusquement remarquer Yorghis.
— Oui, c'est vrai, reconnut David. Il n'y en a pas un seul qui fonctionne ici...
— Moi, je trouve ça tout à fait normal, coupa Vonni. Vous fuyez tous quelque chose. Pourquoi voudriez-vous avoir un téléphone qui permette qu'on retrouve votre trace ?

— Barbara ?
— Dieu tout-puissant, Fiona !
— Oui, c'est moi. Je voulais te dire... Je rentre à la maison.

Danse d'une nuit d'été

— Quelle merveilleuse nouvelle ! Quand arriverez-vous ?
— Pas vous, tu... Je serai seule.
Il y eut un silence à l'autre bout du fil.
— Ainsi Shane a décidé de rester là-bas ? lâcha finalement Barbara.
— Oui, si l'on veut.
— Quel dommage !
— Ne sois pas hypocrite, au fond tu es ravie.
— Tu es injuste – je n'ai aucune envie de te savoir malheureuse.
— Je ne le suis pas du tout – crois-tu qu'on pourrait partager un appartement, toi et moi ?
— Bien sûr, je vais commencer les démarches dès aujourd'hui.
— Génial ! Pourrais-tu aussi avertir mes parents ?
— Sans problème. Que dois-je leur dire exactement ?
— Que je reviens à la maison, répliqua Fiona, étonnée par la question.
— Tu dois t'attendre à un interrogatoire. Tu sais comment sont les gens de cette génération...
— Je te fais confiance. Pare les coups.

Thomas raccompagna Elsa à pied jusqu'à son appartement et, au moment de la quitter, l'embrassa affectueusement sur la joue.
— *Schlaf gut*, dit-il.
— Tu apprends l'allemand pour m'impressionner ?
— Non, je pense qu'il en faudrait plus que ça, avoua-t-il d'un ton désabusé.
— Par exemple ?

Danse d'une nuit d'été

— Peut-être que si je me montrais impatient et agité... Je peux essayer mais ça prendra du temps.
— Je te préfère comme tu es, crois-moi. Bon, rendez-vous demain, à midi, sur le port.
— Tu ne seras pas en route pour l'Allemagne, à cette heure-là ?
— Ni toi pour la Californie ?
— Bonne nuit, belle Elsa, lança-t-il en tournant les talons.

Lorsqu'Elsa poussa la porte d'entrée, elle trouva Fiona en train de faire ses bagages.
— Je voudrais m'excuser, lança cette dernière en guise d'entrée en matière. J'étais complètement folle de vouloir t'emprunter de l'argent...
— Cela n'a aucune importance. C'est moi qui suis désolée, je n'aurais jamais dû me montrer aussi sèche et cruelle.
— N'en parlons plus, répliqua gaiement Fiona. J'ai quitté Shane et je rentre à Dublin. J'ai brusquement ouvert les yeux : en le regardant, j'ai compris ce que serait l'avenir avec lui. Sans doute ne l'aimais-je pas vraiment, sinon mes sentiments n'auraient pas disparu aussi vite ?
— Je ne le crois pas, la consola Elsa. C'était de l'amour mais il n'a pas duré. Tant mieux, cela te facilitera la vie.
— Ce n'est pas ce que je cherchais, se récria Fiona. Je l'ai enfin vu sous son vrai jour, comme vous tous. Du coup, je suis partie sans difficulté. Bien sûr, je regrette qu'il ne soit pas l'homme dont j'avais rêvé. Ma situation est très différente de la tienne.
— Que veux-tu dire ?

Danse d'une nuit d'été

— Shane se contentait de me supporter, contrairement à ton Dieter qui te supplie de revenir et qui, par peur de te perdre, accepte l'idée de changer. Il t'aime vraiment.
Elsa fit comme si elle n'avait rien entendu.
— Quel a été le déclic avec Shane? demanda-t-elle.
— J'ai lu une sorte d'indifférence dans sa voix. Je me suis aperçu qu'il se moquait complètement de moi.
— Je comprends.
— Non, tu n'imagines pas. Ton mec est à genoux devant toi. Cela n'a rien à voir.
— Si, je saisis parfaitement. (Elle secoua la tête, résignée.) Veux-tu venir avec moi sur la terrasse contempler la mer une dernière fois?
— Non, je suis épuisée. Cette journée a été trop riche en émotions. Je vais dormir.
Elsa s'installa sur un fauteuil en rotin sous les rayons de lune qui scintillaient sur l'eau. Au bout d'un quart d'heure, elle retourna dans le salon, prit une feuille de papier et se mit à écrire.

Très chère Hannah,
Tu as toujours été pour moi une excellente amie, attentive et généreuse. Toujours prête à m'écouter et ne posant pas de questions. Finalement, j'ai eu raison de venir ici et ma rencontre impromptue avec Dieter s'est révélée payante, car elle m'a permis de prendre une décision basée sur la réalité, et non sur des fantasmes. Je ne sais pas encore ce que je vais faire. Dans l'immédiat, je vais profiter encore quelques jours de la sérénité de cette île pour achever de m'éclaircir les idées. Ce soir, deux de mes amis ont prononcé des phrases importantes sur lesquelles j'ai envie de méditer. La première – qui venait d'un Américain – m'a

Danse d'une nuit d'été

fait comprendre qu'il était toujours possible d'oublier les gens. D'après lui, c'est aussi facile que de se guérir d'une sale grippe. La seconde – c'est une jeune Irlandaise qui m'a parlé – m'a montré que j'avais de la chance que Dieter ait accepté de changer pour moi.

Mais après réflexion, je me suis dit qu'il était stupide de vouloir transformer les autres. *Soit on les aime comme ils sont, soit on les quitte. Il est tard, la nuit est tombée depuis longtemps et le ciel est plein d'étoiles. Tu sais, jusqu'à présent, je n'avais jamais autant réfléchi à la vie que j'ai menée avec Dieter. J'ai vécu cette relation comme une fuite en avant. Tellement de choses me faisaient peur. Mon père m'a abandonnée lorsque j'étais enfant et j'ai toujours espéré qu'il m'appellerait en me voyant à la télévision, mais il ne l'a jamais fait. Je n'ai jamais eu d'excellents rapports avec ma mère, probablement parce que nous nous ressemblions trop. Toutes les deux, nous étions perpétuellement en quête de perfection.*

Au cours de ces trois dernières semaines, j'ai appris qu'il n'y a jamais d'existence parfaite, qu'il faut cesser de chercher le bonheur à tout prix. Les gens que j'ai rencontrés au cours de mon voyage vivent des situations encore plus difficiles que moi. Curieusement, cela m'a apaisée. *Et j'ai pensé à toi, Hannah. Au couple heureux que tu formes avec Johann. Le jour de ton mariage, il y a cinq ans, tu m'as dit* – rappelle-toi – *Tout me plaît en lui. Je n'ai aucun désir de le changer. Je t'envie cette force, ma chère amie.*
Baisers.
Elsa.

16.

    Miriam Fine avait préparé la chambre de David à son intention, acheté une nouvelle housse de couette couleur lilas avec des rideaux assortis et disposé des serviettes mauves dans sa salle de bains.
    — J'espère qu'il aimera, dit-elle à son mari. C'est ravissant et en même temps, très masculin.
    — Je trouve que tu en fais trop, rétorqua Harold. Il déteste les chichis.
    — C'est toi qui me dis ça! Que feras-tu, dis, à l'instant précis où il passera la porte?
    — Sûrement rien pour le contrarier.
    — Tu commenceras par lui parler de ses responsabilités. S'il y a bien quelque chose qui l'agace, c'est ça.
    — Non, je n'en dirai pas un mot. Je constate pour une fois qu'il a du bon sens, en décidant de renoncer à ces idées folles.
    — Il rentre parce que tu es malade, Harold! Il l'a senti. Tu as vu la lettre que je lui ai envoyée. Je n'en ai jamais parlé. Pas une seule fois.

Danse d'une nuit d'été

— Je ne veux ni de sa sympathie, ni de sa pitié.
Les yeux de Harold étaient remplis de larmes.
— Mais tu as besoin de son amour. C'est d'ailleurs pour te l'offrir qu'il revient à la maison. Il t'aime.

Le père de Fiona tourna la clef dans la serrure. Ses épaules étaient raides et douloureuses. Sa journée au bureau avait été longue et épuisante et ce soir, il avait le sentiment d'être un vieillard. Dans son service, la compétition était âpre, de jeunes loups se disputaient sa place et il ne leur faudrait pas longtemps avant de le mettre sur la touche. D'ailleurs, il y avait de grandes chances pour qu'il ne fasse pas partie de la prochaine promotion. En quittant son travail, sa première tentation avait été d'aller boire une bière au pub, mais il savait que Maureen avait gardé son dîner au chaud. Elle serait furieuse et il n'avait aucune envie d'affronter une scène de ménage.

Quand il ouvrit la porte, elle courut à sa rencontre.
— Sean, tu ne vas pas le croire! Fiona revient à la maison. Cette semaine, hurla-t-elle, folle de joie.
— Comment le sais-tu?
— Barbara a appelé.
— Ce voyou est-il en panne de fric? Il vient chercher ses allocations chômage, c'est ça?
— Non, tu te trompes lourdement, s'exclama-t-elle. Elle l'a quittée!

Sean déposa son journal du soir et sa mallette sur la table basse et se laissa tomber dans son fauteuil, la tête entre ses mains.
— Aujourd'hui, à la cantine, quelqu'un m'a demandé si je croyais en Dieu, dit-il. J'ai répondu au type de gran-

Danse d'une nuit d'été

dir un peu, que tout ça, c'étaient des bobards. « Comment imaginer sinon qu'il y ait autant de bazar sur cette Terre ? » lui ai-je dit. Mais maintenant, je dois revoir ma réponse. Peut-être y a-t-il définitivement quelque chose ? Es-tu sûre qu'elle rentre vraiment ?
— Oui, demain ou après-demain. Elle a demandé à Barbara de nous prévenir. Elle compte reprendre son poste à l'hôpital.
— C'est formidable. As-tu mis les filles au courant ?
— Non, je voulais t'avertir en premier.
— J'imagine que tu as fait sa chambre, lâcha-t-il avec un sourire fatigué.
— Non, elle a l'intention de partager un appartement avec Barbara.
— Ça me paraît une bonne solution.
— Oui, tout est pour le mieux, répondit la mère de Fiona, les larmes aux yeux.

— Je t'annonce une grande surprise, dit Andy à Bill. Nous allons partir en voyage tous les trois.
— Hé, c'est génial ! Où allons-nous ?
— Visiter le Grand Canyon. On va profiter que ta grand-mère s'y rende en excursion avec son groupe pour la rejoindre là-bas.
— Youpiii !
Bill était très excité. Son père lui avait souvent montré des photos des Rocheuses et lui avait promis de l'y emmener un jour. L'impatience se lisait sur son visage.
— Quand je lui ai proposé, ta mère a tout de suite accepté. Je suis sûr que ça nous fera du bien.
— Tu es gentil, Andy !

Danse d'une nuit d'été

— Tu sais, je t'aime vraiment beaucoup. Quand le bébé arrivera, j'aurai autant de chance que toi. J'aurai deux enfants à choyer.
— En quoi suis-je chanceux ?
— Tu as deux papas, pas vrai ? En parlant de cela, tu devrais l'appeler en Grèce et lui annoncer la nouvelle.

Bill sauta sur le téléphone et composa le numéro. Voyant qu'il n'y avait personne, il laissa un message sur le répondeur.

— Papa, c'est Bill ! Je voulais t'apprendre que Andy nous emmène en voiture en Arizona visiter le Grand Canyon. On va traverser la Sierra Nevada et retrouver grand-mère qui part avec son club de lecture. Andy m'a dit qu'on te téléphonerait de là-bas pour te dire bonjour.

Andy, à son tour, s'empara du combiné.

— Thomas, je te laisse les coordonnées de mon portable, au cas où tu aurais du mal à nous joindre avant notre départ. J'essaierai d'assumer correctement mon rôle de guide auprès de Bill. On a déjà sorti l'Atlas pour visualiser l'itinéraire mais je suis certain que je vais oublier des choses. Peut-être y retournerez-vous ensemble, un jour ?

— Si jamais il revient, s'exclama Bill d'une voix tonitruante avant qu'Andy ait eu le temps de raccrocher.

Comme on pouvait s'y attendre, cette phrase plongea Thomas dans un profond désarroi. Quand, de retour chez lui, il mit en marche l'appareil enregistreur, la phrase était là, sonore, comme la preuve manifeste du rejet de son fils. Il se laissa tomber dans un fauteuil et contempla, par la fenêtre, la lampe torche de Vonni qui se déplaçait dans le poulailler. Ainsi, il avait eu raison de penser qu'elle ne dormirait pas ce soir-là, dans la chambre d'amis. Ses pensées étaient aussi sombres que la nuit qui tombait. Il songea à la belle et séduisante Elsa qui avait choisi

Danse d'une nuit d'été

de retourner vivre auprès d'un égoïste qui la considérait comme un trophée, à ce brave Andy qu'il avait diabolisé par jalousie et qui faisait de son mieux, à Bill qui ne croyait plus en son père. Il resta là des heures à réfléchir jusqu'à ce que les étoiles cèdent leur place sur les collines aux premières lueurs de l'aube.

*
* *

Le lendemain, tout le monde était au rendez-vous à midi sur le port, autour des nappes à carreaux bleus. C'était leur dernier déjeuner ensemble.

— Vous rendez-vous compte, s'exclama Fiona, légèrement mélancolique. Nous sommes venus ici un nombre incalculable de fois et nous ne connaissons toujours pas le nom de ce restaurant.

— Il s'appelle « Minuit », corrigea David. En grec, on dit *Mesanihta*.

Lentement, il épela laborieusement chaque lettre l'une après l'autre.

— Bon sang, comment fais-tu ? s'émerveilla Elsa.

— C'est simple, le V se lit N en réalité.

— Tu ferais un excellent professeur, le complimenta Elsa.

— Je l'ignore, je n'ai de certitudes sur rien.

— C'est la qualité requise pour être un bon enseignant, le rassura Thomas.

— Oh, vous allez tellement me manquer. Je ne connais pas grand-monde à Manchester.

— Ça m'étonnerait que tu restes seul bien longtemps, surtout si tu donnes des leçons de conduite.

Danse d'une nuit d'été

— Je ne suis pas encore certain de monter une auto-école. Ici, c'est facile, mais en Angleterre, c'est différent. Il y a trop d'autoroutes.
— Et toi, as-tu beaucoup de copains, en Allemagne ? demanda Fiona à Elsa.
— Non, j'ai surtout des relations. Quand on travaille dans l'urgence – ou qu'on s'arrange pour le croire –, on n'a pas vraiment le temps de cultiver l'amitié, dit-elle sur un ton de regret. Heureusement, j'ai une excellente amie, Hannah.
Ils acquiescèrent en chœur, c'était facile à comprendre. C'est là que Fiona leur annonça qu'elle séjournerait une nuit chez les parents de David, pour l'aider à faciliter son retour. Cela lui permettrait ainsi de leur expliquer à quoi ressemblait la vie sur cette île tellement magique et séduisante !
— Ça ressemble à l'histoire des mangeurs de lotus, fit soudain Elsa.
Thomas lui lança un regard affectueux.
— Elsa cherche à nous montrer à quel point elle connaît la littérature anglaise.
— C'est du Tennyson, précisa-t-elle en faisant mine d'ignorer la dernière remarque de Thomas. Quand les marins sont arrivés dans le pays des mangeurs de lotus, un paradis où l'on buvait du nectar en se prélassant au soleil, l'un deux a dit aux autres : « Oh repose-toi, mon frère, notre longue quête est terminée. » Cet endroit nous fait le même effet, j'en ai peur.
— Sauf à Fiona et moi, puisque nous partons, déclara tristement David.
— Mais vous reviendrez ! À l'époque de Tennyson, les pauvres matelots débarquaient dans le xixe siècle, il n'y avait ni vol charter, ni avion d'ailleurs, pouffa Thomas.

Danse d'une nuit d'été

— J'espère qu'un jour, mon amie Barbara m'accompagnera, dit Fiona. Mais ce sera moins bien sans vous tous.
— Il y aura toujours Vonni, Andreas, Yorghis et Eleni.
— Et toi, Thomas, comptes-tu rester encore longtemps ?
— Non, je ne crois pas. Je pense rentrer prochainement en Californie.
Ses yeux semblaient fixer le vide. Visiblement, il n'avait pas encore pris sa décision.
Personne ne chercha à l'interroger davantage.
— Et toi, Elsa ? Quels sont tes projets ?
David semblait impatient de détourner la conversation.
— Je ne pars pas !
— Quoi ? Tu restes ici ? s'écria Fiona, interloquée.
— Je ne sais pas encore, mais ce qui est sûr, c'est que je quitte Dieter.
— Quand as-tu décidé cela ?
Thomas se pencha vers elle en la scrutant avec une intensité presque gênante.
— La nuit dernière, sur ma terrasse, en contemplant la mer.
— Et tu l'as prévenu ?
— Je lui ai écrit. J'ai posté la lettre ce matin avant de venir au rendez-vous. Il devrait la recevoir dans cinq à six jours. J'ai tout le temps de réfléchir à la suite de mon voyage.
Elle adressa un sourire éclatant à Thomas, un de ces sourires qui l'avaient rendue célèbre à travers toute l'Allemagne.

Danse d'une nuit d'été

— Tu ne descends pas au *Mesanihta* pour leur dire au revoir ? demanda Andreas à Vonni alors qu'il pénétrait dans sa boutique.
— Non. Je les laisse partir en paix. Je les ai bien assez ennuyés pendant leur séjour, répondit-elle sans relever la tête.
— Quelle femme difficile tu fais ! Tu es aussi chatouilleuse qu'un buisson d'épines. David et Fiona t'ont remerciée hier soir. Tu sais bien qu'ils te sont reconnaissants.
— Oui, ils se sont montrés polis, Yorghis et toi également, et je vous en remercie. Au fait, mon envie de boire s'est dissipée comme un nuage d'été. Mais je ne suis pas certaine que Thomas et Elsa m'aient pardonné. Alors, je ne tiens pas à pontifier devant eux comme une vieille mégère. Les conseils sont faits pour ne pas être suivis !
— Si tu pouvais tout recommencer depuis le début, que ferais-tu ?

Ce genre de question était assez inhabituel chez Andreas. En général, il ne s'aventurait pas hors des sentiers battus et préférait laisser faire le destin, sans s'analyser ou s'interroger.

— J'aurais essayé de reprendre Stavros à Magda. Je n'aurais pas gagné sur l'instant, mais peut-être plus tard. Et puis, j'aurais lutté pour conserver la station-service. Les gens m'auraient soutenue, ils savaient que je l'avais achetée pour lui. Ainsi, j'aurais pu élever mon fils. Au lieu de cela, je me suis précipitée moi-même en enfer. J'ai cru que la solution se trouvait quelque part au fond d'une bouteille d'ouzo. J'ai tout gâché.

Son regard s'assombrit.

— Quelqu'un t'a-t-il donné ce genre de conseils, à l'époque ?

Danse d'une nuit d'été

— Oui, le père du Dr Leros ainsi que ta sœur Christina, mais j'étais tellement alcoolique que je ne les ai pas écoutés. Et toi, quels sont tes regrets ? J'imagine que ça concerne Adoni ?

— Oui, bien sûr. Si j'avais su, j'aurais tout fait pour le garder auprès de moi. Beaucoup m'y ont poussé mais, moi aussi, j'ai fait la forte tête. (Ses yeux étaient ceux d'un cocker triste.) Et puis, je t'aurais demandé de m'épouser, il y a vingt-cinq ans.

Elle eut un hoquet.

— Quoi ! Tu n'y penses pas. Nous ne nous sommes jamais aimés.

— Je n'éprouvais pas non plus d'amour pour ma femme, au sens où tu l'entends. En tout cas, pas comme dans les livres ou les chansons : on s'entendait bien et on se tenait compagnie. Tous les deux, on aurait pu être de bons compagnons.

— Mais nous le sommes, murmura-t-elle avec une petite voix.

— Je sais, mais...

— Cela n'aurait jamais marché. Jamais. Crois-moi. J'aimais passionnément Stavros. Il était l'homme de mes rêves. Je n'aurais pas pu vivre autre chose.

Cette dernière phrase dénotait une telle détermination que la conversation reprit aussitôt une tournure plus terre à terre.

— Donc, tout est pour le mieux.

— Assurément. Cesse de te ronger les sangs. Adoni va revenir, je le sens.

Il secoua sa grosse tête.

— Non, c'est juste un fantasme, un conte de fées.

— Il a trente-quatre ans, tu lui as écrit. Tu verras, il sera là bientôt.

Danse d'une nuit d'été

— Pourquoi ne s'est-il pas manifesté alors ?
Il n'avait pas envie de raconter à Vonni le mystérieux coup de téléphone reçu sur son répondeur. C'était peut-être une erreur ou un malentendu. Il était inutile de lui donner de faux espoirs. Lui et son frère avaient déjà été assez déçus comme ça.
— Il a besoin d'un peu de temps, Chicago est loin, insista-t-elle avec une conviction inébranlable. Il faut qu'il s'habitue à l'idée.
— Merci, Vonni. Tu es vraiment une excellente amie, renchérit Andreas en se mouchant bruyamment.

— Hé, Dimitri !
— Oui ?
Le ton du jeune policier était glacial. Jamais, dans toute sa carrière, il n'avait assisté à une telle scène entre un prisonnier et un visiteur. Et dire que cette charmante jeune fille était venue voir ce salaud en toute confiance !
— J'peux écrire une lettre ?
— Je vais vous chercher du papier.
Tandis que Shane noircissait des pages, tout en s'accordant de temps en temps un délai de réflexion, Dimitri le lorgnait par la vitre de la cellule. Quand il eut fini, Shane demanda une enveloppe.
— On s'occupera de la poster. Dites-moi juste le nom du destinataire, lança Dimitri qui n'avait aucune envie de perdre son temps avec un type pareil.
— Non ! Je ne veux pas que vous lisiez mon courrier.
Dimitri haussa les épaules.
— Comme vous voulez, bougonna-t-il en tournant les talons.

Danse d'une nuit d'été

Quelques heures plus tard, Shane l'appela de nouveau et, à contrecœur, lui fournit l'adresse : *Taverne d'Andreas, Aghia Ana.*
— Tiens, comme c'est curieux ! s'exclama Dimitri.
— Y a quelque chose qui vous dérange ?
— Pas du tout, mais il se trouve que je connais cet homme... ou plutôt son fils. On était amis dans le temps.
— Ah oui ? Dommage que son père ne pense pas grand bien de lui.
— Ils ont eu des divergences d'opinion, ça arrive dans toutes les familles, coupa Dimitri, irrité.

Le déjeuner terminé, chacun partit remplir ses devoirs, non sans s'être promis de se retrouver sur l'embarcadère, un quart d'heure avant le départ. Tandis que Fiona et David allaient faire leurs adieux, Thomas et Elsa prirent le chemin du centre-ville. Fiona passa d'abord chez Eleni qui lui offrit une jolie pièce de dentelle, puis se rendit chez le Dr Leros qui lui avait mis de côté quelques tomettes colorées qui lui rappelleraient la Grèce. Pendant ce temps, David reçut un gâteau au miel des mains de Maria et un chapelet de perles couleur ambre de celles de Yorghis. Andreas, de son côté, lui avait confectionné un magnifique encadrement, avec une photo les représentant tous les deux. Seule Vonni était introuvable.
— Elle viendra sûrement nous dire au revoir sur le port, se consola David.
— Je l'ai trouvée très triste ces derniers jours, soupira Fiona. Elle n'avait plus cette étincelle dans le regard.

Danse d'une nuit d'été

— Peut-être t'envie-t-elle de rentrer en Irlande ? Après tout, elle n'a jamais osé s'y résoudre.

— Pourtant, elle a toujours voulu faire croire qu'elle avait réussi sa vie, son histoire d'amour, son fils. C'est bien plus que ce que possède la majorité des gens.

— À ton avis, où se trouve le jeune Stavros actuellement ?

— Je suis sûre qu'elle le sait, même si elle affirme le contraire.

— Tu ne trouves pas que ce serait merveilleux s'il revenait ? Imagine qu'il rencontre Adoni quelque part à Chicago et qu'ils décident tous les deux de remonter à la taverne, près de la balançoire...

— Ah, David ! Et dire que ce sont les Irlandais qu'on taxe de sentimentaux !

Fiona éclata de rire en lui tapotant le bras afin de bien lui montrer qu'elle riait *avec* lui et non de lui.

— Tu as bien caché ton jeu, Elsa ! Quand je pense que tu avais pris ta décision... siffla Thomas, le visage fermé.

— Je t'en ai parlé.

— Devant tout le monde !

— Ce n'est pas de ma faute si le sujet est venu sur le tapis à ce moment-là.

Manifestement, Elsa n'éprouvait aucun remords.

— Mais je croyais qu'on avait décidé d'être francs l'un envers l'autre...hésita-t-il. On a parlé de choses plutôt intimes...

— Oui, j'ai apprécié.

— Que comptes-tu faire maintenant ? Personnellement, j'avais l'intention d'aller faire une sieste.

Danse d'une nuit d'été

Elsa éclata de rire.
— Je vais chercher Vonni.

Vonni n'était ni dans son poulailler, ni dans sa boutique, ni même au poste de police. Sans se décourager, Elsa prit le chemin qui menait à la maison du vieil homme, celui qui ne croyait pas à la médecine moderne. Peut-être s'y trouverait-elle ?
Le soleil était haut dans le ciel et le vent soulevait des nuages de poussière sur les bas-côtés de la route. Elsa se félicita d'avoir mis son chapeau de paille. À son passage, une grappe d'enfants sortit en courant des masures, en ouvrant les mains à son intention.
— *Yassas!* crièrent-ils tandis qu'elle les dépassait sans s'arrêter.
Elle regretta de ne pas avoir emporté de bonbons, des *karameles*, comme ils disaient. Jamais elle n'aurait pensé recevoir un tel accueil. Au bout de quelques centaines de mètres, elle reconnut la vieille ferme où elle avait fait halte avec Vonni, quelques jours plus tôt. Machinalement, elle tenta de se remémorer quelques phrases de grec. L'essentiel était de faire comprendre ce qu'elle était venue chercher. Mais ce ne fut pas nécessaire. Vonni était là, assise près du lit, tenant la main de Nikolas entre les siennes. Elle ne parut pas le moins du monde surprise de la voir apparaître.
— Il est mourant, fit-elle remarquer d'une voix neutre.
— Dois-je aller chercher le médecin ?
— Non, il refusera de le laisser entrer. Je vais lui faire croire que vous êtes phytothérapeute, ainsi il acceptera de prendre ce que vous lui donnerez.

Danse d'une nuit d'été

— Vous ne pouvez pas faire ça ! se récria Elsa, choquée.
— Vous préférez qu'il meure dans la souffrance ?
— Non, bien sûr, mais on ne peut pas jouer avec la santé des gens...
— Il n'a plus que six ou sept heures à vivre, c'est tout. Si vous voulez être utile, courez chercher le Dr Leros – vous vous souvenez où il habite ? Résumez-lui la situation et demandez-lui de la morphine.
— Mais n'aurais-je pas besoin...
— Non, vous n'aurez aucun problème. Passez également à la boutique et rapportez-moi un bol en terre cuite. Partez vite maintenant.

Alors qu'elle s'élançait sur la route poussiéreuse, Elsa aperçut une vieille camionnette qui arrivait en face d'elle. D'un geste impérieux de la main, elle fit signe au conducteur de s'arrêter puis lui expliqua qu'il s'agissait d'une urgence. Après l'avoir déshabillée du regard, l'homme s'empressa de la conduire au cabinet médical et, tandis qu'elle se faisait remettre une dose massive d'antalgiques, l'attendit devant la porte. Quelques minutes plus tard, ils faisaient halte au magasin puis reprenaient le chemin de Kalatriada.

— C'est bien, vous n'avez pas perdu de temps, approuva Vonni.

Pendant qu'Elsa saisissait la main fine du vieillard entre les siennes en lui répétant : *dhen ine sovaro, dhen ine sovaro* – « Ce n'est pas grave, ce n'est pas grave », Vonni écrasa les tablettes de morphine dans le récipient avant de les mélanger avec du miel, puis porta une cuillère à la bouche du mourant.

— Ce serait mieux si on pouvait directement lui injecter, fit-elle observer. Il serait soulagé instantanément. Mais jamais il n'acceptera.

Danse d'une nuit d'été

— Combien de temps faut-il avant que cela fasse de l'effet ?
— Oh, c'est une question de minutes. C'est vraiment magique, ce truc.

Le vieil homme marmonna quelque chose entre ses dents.

— Qu'a-t-il dit ?
— Que la phytothérapeute est très jolie.
— J'aurais préféré qu'il s'abstienne.

La tristesse se lisait dans les yeux d'Elsa.

— Votre visage et le mien sont les dernières choses qu'il verra en ce bas monde. N'est-ce pas préférable qu'il puisse se concentrer sur le vôtre ?
— Vonni, s'il vous plaît !

Des larmes perlèrent à ses paupières.

— Si vous tenez à l'aider, continuez de sourire. Bientôt, il souffrira moins.

Effectivement, les traits du vieil homme se détendirent peu à peu. Et ses doigts relâchèrent leur pression.

— Imaginez qu'il s'agit de votre papa. Regardez-le avec amour et chaleur, conseilla Vonni.

Elsa faillit répondre qu'elle n'avait aucun souvenir de l'homme qui lui avait donné naissance avant de l'abandonner, mais elle comprit que ce n'était pas le moment. Alors, elle ferma son esprit à tout ce qui n'était pas l'instant présent et contempla avec émotion ce vieux bonhomme grec qui terminait sa vie entre une Irlandaise et une jeune Allemande. Le destin faisait parfois des détours étranges.

— Bonjour, Yorghis, ici Dimitri. Vous vous souvenez, le policier d'Athènes ? On s'est déjà parlé à plusieurs reprises.

Danse d'une nuit d'été

— Bien sûr, je me rappelle de vous ! Comment allez-vous ? Cela fait plaisir de vous entendre ! Vous êtes fin prêt pour votre mariage ?

— Oui, j'ai intérêt d'ailleurs... Les femmes sont insensées : à les entendre, il n'y a que la cérémonie qui compte. Moi, j'estime que ce qu'il faut réussir, c'est plutôt le quotidien après...

— En général, les hommes pensent comme vous, mais pour les filles, c'est le jour le plus important de leur vie.

— Vous connaissez le jeune dealer irlandais ?

— Shane ? Oui, j'ai d'ailleurs appris avec joie que sa copine l'avait quitté. La scène a eu lieu devant vous, n'est-ce pas ?

— Effectivement. Comment le savez-vous ?

— C'est Vonni qui me l'a raconté, la femme qui l'a accompagnée. Elle vous considère comme un héros.

Dimitri éclata d'un rire sonore.

— Elle exagère, j'en ai peur.... Si je vous appelle, c'est parce que ce type a écrit une lettre à votre frère, à la taverne. Comme c'était en anglais, je n'ai pas vraiment compris mais je voulais vous prévenir.

— Il doit essayer de l'amadouer et de s'en servir comme intermédiaire. Andreas est un bon bougre, mais pour une fois, ça ne marchera pas. La petite Fiona rentre aujourd'hui en Irlande, on va l'accompagner au ferry. Dommage pour Shane, c'est trop tard !

— Parfait. Au fait, pendant que je vous tiens, je voulais savoir... Adoni revient-il de temps en temps à Aghia Ana ? Je l'ai connu autrefois à Athènes. Et justement, je pensais à lui...

— Non, on ne l'a jamais revu.

— Peut-être gagne-t-il trop d'argent là-bas ?

Danse d'une nuit d'été

— Je ne crois pas. On l'aurait su s'il avait fait fortune aux États-Unis. Les bruits circulent vite par ici. Mais c'est bizarre que vous m'en parliez maintenant car l'autre jour, on a pensé qu'il allait peut-être rentrer. Apparemment, c'était une fausse alerte.
— Que voulez-vous dire ?
— Oh, on a reçu un message un peu confus de Chicago, à propos d'un trousseau de clefs. Je me suis dit... enfin... j'ai cru qu'il était peut-être en route. Malheureusement, ce n'était pas le cas.
— Au fond, chacun de nous n'en fait qu'à sa tête, soupira Dimitri.
— Vous êtes un philosophe, mon garçon. Vous avez raison, les jeunes mènent leurs barques comme ils l'entendent tandis que les vieux passent leur temps à leur expliquer que la vie est courte et qu'aucune dispute ne mérite de durer.

Une queue s'était formée sur l'embarcadère où les gens se pressaient pour monter à bord du dernier ferry qui quittait Aghia Ana. Au milieu de la foule, Fiona et David disaient au revoir à leurs amis venus leur souhaiter bon voyage. Il y avait Andreas et Yorghis, Maria et Eleni, avec leurs enfants, Vonni et Elsa, qui, bien que visiblement fatiguées, semblaient réconciliées ainsi que Thomas dans son bermuda ridicule, les bras chargés de cadeaux : à chacun, il avait réservé un livre sur l'histoire de l'île et un tirage d'une photo les représentant tous les quatre assis au café. Au dos, il avait inscrit « Midi au Minuit ».

Afin de chasser l'émotion qui menaçait de submerger les deux voyageurs, Vonni prit la parole avec autorité.

Danse d'une nuit d'été

— Il n'est pas question, dit-elle, que vous nous laissiez accrochés à notre bout de rocher perdu en Méditerranée sans nous donner de nouvelles. Écrivez-moi tous les deux. J'irai lire votre lettre aux autres au *Mesanihta*.

Fiona et David lui en firent la promesse.

— Faites-le dès le lendemain de votre retour. On veut tous savoir comment les choses se sont passées.

— Vu qu'on n'aura pas besoin de vous mentir, ce sera facile, répliqua David.

— Oui, renchérit Fiona, avec vous, inutile de jouer la comédie.

À cet instant, la sirène du ferry déchira le vacarme ambiant. Fiona et David s'empressèrent de grimper sur la passerelle derrière les passagers chargés de paniers ou de sacs de linge. Quelques-uns portaient des cages grillagées remplies de poules ou d'oies. Accoudés au bastingage, les deux jeunes gens agitèrent la main, jusqu'à ce que le navire ait quitté le port et viré le long de la côte.

— Je me sens complètement orpheline, gémit Fiona lorsque les silhouettes de leurs compagnons eurent disparu à l'horizon.

— Moi aussi. J'aurai pu vivre heureux là-bas, à tout jamais.

— Crois-tu ? Je me demande si ce n'est pas juste un fantasme.

— C'est différent pour toi. Tu aimes ton travail, tu as plein d'amis et tes parents ne te tiennent pas sous leur emprise.

— Je ne sais pas comment ils vont réagir : je suis l'aînée de la famille et je n'ai pas vraiment donné l'exemple à mes jeunes sœurs en m'enfuyant avec un caractériel.

— Oui, mais au moins, tu n'es pas fille unique. Moi, je porte le fardeau tout seul et mon père est mourant. Il

Danse d'une nuit d'été

va falloir que je m'occupe de lui tous les jours, en faisant croire que je suis fier de travailler dans sa société.
— Ça se passera peut-être mieux que tu ne le penses. Fiona se voulait pleine d'espoir.
— Ça ne s'arrangera que si je lâche un peu de lest, comme il dit.
— Penses-tu qu'ils vont me prendre pour ta petite amie ? Ils doivent me considérer comme une horrible catholique venue détruire l'harmonie familiale.
— Ouais, j'en ai peur.
— Ils seront vite rassurés lorsque je repartirai le lendemain matin pour l'Irlande, pouffa Fiona. Ils seront tellement soulagés qu'ils te serreront dans leurs bras.
— Ce n'est pas leur genre – ça aussi, c'est un problème, rétorqua David du tac au tac en éclatant de rire à son tour.

Une fois que le ferry eut disparu de leur vue, Elsa et Thomas regagnèrent à pied les ruelles ensoleillées par le couchant.
— Où étais-tu cet après-midi ? demanda-t-il. Je te cherchais, j'avais envie d'aller faire un tour de bateau.
— Demain, si tu veux ? Enfin, si tu es libre.
— D'accord. Volontiers.
— Je suis très contente que tu repartes en Californie.
— Et moi que tu ne rentres pas en Allemagne.
— Alors, profitons au maximum du temps qui nous reste ici.
— De quelle façon ?
— Par exemple, en louant une barque et en faisant un pique-nique. On pourrait aussi, un autre jour, prendre

Danse d'une nuit d'été

le bus pour Kalatriada. J'adorerais revoir cet endroit. La dernière fois, je n'étais pas très en forme.
— OK.
Ils échangèrent des sourires de conspirateurs.
— Tu ne m'as toujours pas raconté ce que tu as fait aujourd'hui.
— J'ai passé plusieurs heures dans un taudis avec Vonni et un homme en train de mourir. Un pauvre vieillard sans famille et sans relations. Je lui ai tenu la main. C'est la première que je vois quelqu'un s'éteindre sous mes yeux.
— Oh, pauvre Elsa! Il se pencha vers elle et lui caressa les cheveux. Pauvre petite fille!
— Ne dis pas cela, je suis jeune, j'ai la vie devant moi, lui était vieux, seul et terrorisé.
— Tu as été gentille avec lui, tu as fait ce que tu pouvais.
Elle s'écarta brusquement.
— Oh! Si tu avais vu Vonni! Elle s'est montrée d'une telle générosité – je regrette tout ce que j'ai pu dire sur elle. Elle l'a nourri à la cuillère, m'a poussée à l'accompagner jusqu'au bout. On aurait dit un ange.
Tout en parlant, ils étaient arrivés devant l'immeuble d'Elsa.
— Demain, nous irons en mer sur un petit bateau bleu, dit Thomas avant de l'embrasser tendrement sur les deux joues.

— Andy, c'est Thomas! Est-ce que je te dérange?
— Pas du tout, mais malheureusement, je ne vais pas pouvoir te passer ton fils. Il est parti avec sa mère en exploration.

Danse d'une nuit d'été

— Comment ça ?
— Faire des courses, si tu préfères. C'est l'expression de Bill. Peux-tu rappeler dans une demi-heure, disons trois quarts d'heure ? Avec Shirley, le lèche-vitrines peut durer longtemps. C'est inutile que tu te ruines en téléphone avec moi.
— Ce n'est pas grave. D'ailleurs, je suis ravi de tomber sur toi, car j'ai quelque chose à te demander.
— Avec plaisir.
Thomas perçut une légère inquiétude chez son interlocuteur.
— Penses-tu que ce serait une bonne chose si je rentrais plus tôt que prévu ?
— Désolé, je ne comprends pas. Tu veux dire revenir en Californie ?
— Oui, c'est exactement ce dont je parle.
Une sensation de froid glacial parcourut la colonne vertébrale de Thomas. Et si Andy lui répondait que c'était une mauvaise idée ?
— Mais n'as-tu pas loué ton appartement pour un an ?
— Oui, mais ce n'est pas un problème. Je pensais prendre quelque chose de plus grand avec un jardin pour que Bill puisse jouer dehors.
— Tu veux reprendre Bill avec toi ?
Cette fois, la voix d'Andy tremblait carrément.
— Non, bien sûr que non ! s'écria Thomas en tentant de réfréner son impatience. Je ne veux pas qu'il vive avec moi, simplement qu'il puisse me rendre visite de temps en temps.
— Oh, je vois.
Thomas bouillait littéralement. Seigneur, comme ce type était lent. Il lui fallait des heures avant que les phrases

Danse d'une nuit d'été

lui montent au cerveau et des siècles pour répondre aux questions.
— Alors ? Qu'en penses-tu ? répéta Thomas. Crois-tu que Bill apprécierait que j'habite près de chez vous ? Peut-être que ça le perturberait ? Toi qui es sur place, donne-moi ton avis ! Je ne voudrais pas commettre d'erreurs.

Malgré la distance qui les séparait, Thomas avait presque l'impression de voir le lent sourire qui se dessinait sur le visage séduisant mais inexpressif d'Andy.
— Le gamin serait fou de joie. Pour lui, ce serait comme Noël et dix anniversaires réunis !

Il n'y avait aucun doute sur sa sincérité. Thomas peina à exprimer ce qu'il ressentait.
— Si ça ne te gêne pas, je ne vais pas lui annoncer tout de suite. Je préférerais préparer mon retour avant de lui donner une date définitive. Est-ce que cela te paraît raisonnable ?
— Oui, promis, je ne lui en parlerai pas.
— Merci pour ta compréhension.
— Compréhension ? répéta Andy, interloqué. En quoi est-ce anormal qu'un père veuille se rapprocher de la chair de sa chair ?

Après avoir raccroché, Thomas resta assis un long moment dans le noir. Tout le monde croyait que Bill était son fils. Tout le monde, sauf Shirley. D'ailleurs, qui sait, peut-être le pensait-elle aussi ? Après tout, il ne lui avait jamais parlé du diagnostic établi par le docteur. C'était arrivé trop tard. Elle ne savait sans doute rien.

Vonni s'enferma dans l'établi que Thomas appelait le poulailler. Quelques minutes plus tôt, elle l'avait vu parler

Danse d'une nuit d'été

au téléphone et, avant cela, tenir la main d'Elsa dans la rue. Elle soupira d'envie. Ces deux-là avaient fait pas mal de chemin depuis un certain temps. Comme cela devait être merveilleux d'avoir des années devant soi, de pouvoir faire des projets, de prendre des décisions, de voyager, de vivre de nouvelles expériences ou de tomber amoureux. Elle songea ensuite à Fiona et David qui devaient être dans l'avion pour Londres. Comment se passerait leur retour chez eux ? L'instant serait-il émouvant, tendu ou compliqué ? Elle espérait de tout cœur recevoir une lettre prochainement. Ils le lui avaient promis.

Le souvenir de sa longue journée épuisante au chevet de Nikolas lui revint en mémoire. Elle revoyait nettement la façon dont elle lui avait fermé les yeux, après avoir essuyé le miel sur son menton. Le Dr Leros n'avait fait que confirmer ce qu'elle savait déjà. Des tourbillons de pensées dansaient dans son esprit. Elle pensa à Yorghis qui devait passer une soirée bien solitaire dans son commissariat. Personne ne parlait jamais de ce qu'il était advenu de sa femme. Elle tenta d'imaginer à quoi pouvait aujourd'hui ressembler Magda. Ses yeux noirs étaient-ils rougis par les larmes de la jalousie ? Elle avait l'impression d'entendre à nouveau la voix d'Andreas lui disant qu'ils auraient dû se marier vingt-cinq ans plus tôt. Bien sûr, cela aurait été une bêtise, ils n'étaient pas faits l'un pour l'autre. Cela dit, si elle l'avait épousé, elle aurait tout tenté pour faire revenir Adoni. La tâche n'avait rien de difficile, il mourait d'envie qu'on l'accueille à bras ouverts. Ce qui n'était pas le cas du jeune Stavros. Lui ne reviendrait jamais. Un jour, il lui avait envoyé une lettre, l'accusant de lui avoir volé son enfance. Il terminait par ces mots : « Je ne veux plus jamais te revoir. » Jamais elle

Danse d'une nuit d'été

n'avait osé l'avouer aux autres. C'était trop douloureux à raconter, et même à admettre.

Alors, comme elle le faisait depuis plus de trente ans, elle fit une petite prière pour son fils. Juste histoire, s'il y avait un bon Dieu, de se réconforter et d'oublier un temps la souffrance.

17.

Quand Thomas arriva chez Elsa, cette dernière avait déjà préparé le pique-nique et l'avait déposé dans un panier recouvert d'une nappe.
— Je me demandais... hésita Thomas.
— Oui ?
Elsa l'affronta avec une mine rieuse.
— Ne te moque pas de moi, je suis une pauvre et frêle créature, supplia-t-il.
— Je te jure que je n'en ai pas l'intention.
— ... Donc, je me demandais si l'on ne pouvait pas ramer jusqu'à Kalatriada et y passer la nuit. Qu'en dis-tu ?
— Ne t'interroge pas davantage, c'est une excellente idée, s'exclama-t-elle en s'élançant dans l'entrée de l'immeuble.
— Où vas-tu ?
— Chercher une brosse à dents, une culotte de rechange et un chemisier propre.
Thomas s'était attendu à plus de résistance. Mais Elsa réapparut quelques secondes plus tard.

Danse d'une nuit d'été

— Crois-tu que le loueur de bateau va nous laisser aller aussi loin ? s'inquiéta-t-elle.
— J'ai vérifié... enfin... comme j'étais presque sûr que tu accepterais... je suis descendu sur la jetée avant de venir. Il est d'accord, bredouilla Thomas.
Ses joues s'empourprèrent.
— Dis-moi la vérité ! Qu'a-t-il répondu exactement ?
— Il parlait de toi comme si tu étais... ma *sizighos*...
— Qu'est-ce que ça veut dire ?
— Je me suis renseigné, ça signifie compagne ou épouse, un truc dans ce genre-là.
Il n'osait même plus la regarder en face.
— Bon, parfait ! Viens *sizighos*, partons pour la haute mer ! lança-t-elle gaiement.
Dix minutes plus tard, ils quittaient le port de Aghia Ana. Après avoir détaché les amarres, le vieux loueur de barques leur avait fait promettre d'être prudents.
— Si le temps se gâte, ne perdez pas de temps à vous abriter, leur avait-il expliqué. Attachez le bateau n'importe où. Il y a déjà eu un accident, ce n'est pas la peine d'en rajouter.
La mer était paisible. Sans se presser, les deux jeunes gens longèrent la côte en cherchant à identifier les endroits devant lesquels ils passaient. Là, c'était l'hôpital où Vonni avait séjourné si longtemps, ici, la plage où Elsa avait accompagné les enfants et plus loin, le reliquaire où s'était arrêté le bus, le matin de l'enterrement. Cette journée leur paraissait tellement loin... Bientôt, à mi-chemin, ils découvrirent un ponton à environ dix mètres du rivage. C'était le lieu idéal pour pique-niquer ou se

Danse d'une nuit d'été

baigner. Thomas attacha l'embarcation à l'un des poteaux tandis qu'Elsa attrapait son panier. D'un bond, elle sauta à pieds joints sur l'immense planche de bois et étala la nappe. Puis, d'un geste rapide, elle sortit le *taramasalata*, l'*hummus* et la *pita*, et disposa les figues et les tranches de melon sur une assiette.

— Sais-tu que tu es d'une beauté stupéfiante ? lui dit-il en prenant le verre de vin qu'elle lui tendait.

— Merci, c'est très gentil mais ce n'est pas important.

Elle prononça ces quelques mots d'une voix neutre. Non pas pour marquer sa désapprobation. Elle énonçait juste une vérité.

— Peut-être, mais c'est vrai !

Comme le village de Kalatriada ne possédait pas de véritable port, ils amarrèrent la barque à la jetée et remontèrent la route escarpée jusqu'au centre-ville. Irini ne les avait pas oubliés. Elle les accueillit chaleureusement en attrapant leurs deux mains dans les siennes. Quand ils lui demandèrent à louer deux chambres séparées, elle n'y trouva rien à redire. Elle semblait trouver naturel qu'un couple séduisant puisse se séparer pour la nuit.

— Je n'en ai plus qu'une de libre mais il y a deux lits dedans, dit-elle.

— Je pense qu'on pourra survivre à ça, pas vrai, Elsa ?

— Certainement.

Irini avait beau n'avoir jamais quitté son île natale, elle avait du bon sens et savait que, dans la vie, on ne devait s'étonner de rien.

Danse d'une nuit d'été

— A-t-il précisé qui est cette fille qui l'accompagne ? demanda Harold Fine à sa femme pour la troisième fois.
— Non, il m'a juste expliqué qu'il l'avait rencontrée en Grèce dans un groupe d'amis et qu'ils avaient effectué le voyage du retour ensemble.
— Hmm...
— Je ne crois pas qu'il s'agisse d'une histoire d'amour.
— Pourtant, jusqu'ici, il n'a jamais amené personne à la maison.
— Je sais, mais je pense que tu te fais des idées. D'abord, elle est irlandaise.
— Et alors ? Ce n'est pas ça qui l'arrêterait ! Il s'est bien installé au fin fond de la Grèce pendant tout l'été !
— Elle ne reste qu'une nuit, Harold.
— Ça, c'est pour mieux nous rassurer, conclut Harold, la mine sombre.

— C'est quoi cette histoire de Manchester ? demanda Sean Ryan à Barbara. Pourquoi fait-elle halte là-bas ?
— Elle n'a pas eu le temps de tout me raconter, mais si j'ai bien compris, elle veut aider un ami dont le père est mourant. C'est un jeune homme dont elle a fait la connaissance en Grèce. Elle passe une nuit dans sa famille pour faciliter son retour.
— Encore un canard boiteux, grommela Sean.
— Non, c'est juste une BA.
— Regarde où ça l'a menée la dernière fois !
— Tout est rentré dans l'ordre, monsieur Ryan.
Barbara avait parfois l'impression que son existence n'était qu'une succession de drames et de bonheurs

Danse d'une nuit d'été

intenses. Que ce soit dans sa vie privée ou dans son travail. — Elle sera là demain à six heures et... sans Shane. N'est-ce pas ce que nous avons toujours souhaité ?
— T'a-t-elle vraiment dit qu'elle ne voulait pas qu'on vienne à l'aéroport ? s'étonna Maureen Ryan.
— Oui, elle déteste les effusions en public. Son avion atterrit à quatre heures de l'après-midi, elle sera là peu de temps après.
— Au fait, Barbara... je me demandais... si tu es libre... pourrais-tu... hésita Maureen.
— Être là à son arrivée... poursuivit Sean à sa place.
— Afin de détendre l'atmosphère ?
— Non, pour m'empêcher de dire des conneries, maugréa Sean.
— Bien sûr, je vais faire changer mon tour de garde.
— Vu les mots qu'on s'est jetés au visage au moment de son départ, ce serait préférable, avoua Maureen.
— Oh, ne vous en faites pas ! Ces choses-là arrivent.

Barbara se demanda si elle n'aurait pas intérêt à postuler officiellement pour diriger l'univers. Depuis un certain temps, son temps libre était consacré à gérer les affaires des autres.

— Encore une chose : à ton avis, vaut-il mieux qu'elle passe la nuit ici ou qu'elle reparte avec toi ?

— L'idéal serait de dîner tous ensemble avant qu'elle vienne dormir chez moi. Comme ça, Rosemary ne sera pas obligée de lui rendre sa chambre. Cessez de vous inquiéter, tout se passera bien.

Alors qu'elle courait pour attraper son bus, Barbara en arriva à la conclusion qu'elle avait une belle carrière devant elle. La seule question était de savoir si elle devait

Danse d'une nuit d'été

prendre immédiatement la tête de l'ONU ou attendre encore un peu.

— Dimitri ? hurla Shane. Vous avez posté ma lettre ?
— Oui !
— Alors pourquoi est-ce que ce stupide vieillard ne m'a pas encore répondu ?
— Je n'en ai aucune idée.
Dimitri haussa les épaules.
— Peut-être ne sait-il pas lire ? Quand je pense à ce vieux cinglé avec ses bottines à lacets en plein été.
Le front plissé de dégoût, Dimitri tourna les talons. Shane le rattrapa par la manche.
— S'il vous plaît, ne partez pas... je... eh bien... pour être honnête, je suis un peu effrayé et je me sens seul.
Dimitri l'étudia longuement. Il le revoyait, saisissant la fille par les cheveux, le visage convulsionné de rage. Pour un peu, il l'aurait fracassée contre les murs de la cellule.
— Cela arrive à tout le monde de temps en temps. Au fait, nous vous avons trouvé un avocat.
Il se libéra violemment de l'étreinte de Shane et sortit en hâte, en verrouillant la porte derrière lui. Le téléphone se mit à sonner. C'était Andreas.
— Mon frère m'a donné votre numéro. J'appelle au sujet du jeune Irlandais.
— Ah oui ? soupira Dimitri.
— Il m'a écrit pour me demander des nouvelles de Fiona. Il affirme qu'il est désolé et me demande de lui expliquer qu'il ne voulait pas lui faire mal.
— C'est faux ! gronda Dimitri.
— Oui, nous le savons tous les deux mais je tiens à lui répondre. Pourriez-vous lui dire que je ne peux pas

Danse d'une nuit d'été

délivrer ce message à Fiona, qu'elle est rentrée dans son pays ?
— Couchez-moi ça par écrit, sinon il ne me croira pas. Envoyez un email ou un fax...
— J'écris mal l'anglais.
— N'y a-t-il personne pour vous aider ?
— Si, je sais à qui demander...
— Oh, avant que vous raccrochiez, dites-moi comment va votre fils Adoni ? Je l'ai rencontré pendant mon service militaire.
— Il va bien, je pense, il vit à Chicago maintenant.
— L'attendez-vous un jour prochain ?
— Pas vraiment. Pourquoi cette question ?
— Parce que j'aimerais le revoir. Et je voulais l'inviter à mon mariage.
— D'accord, s'il me contacte, je lui demanderai de vous appeler.

Tandis qu'Andreas reposait le combiné, le cœur gros, Dimitri resta assis un long moment derrière son bureau. Les gens avaient parfois de drôles de comportements. Quand il était à la caserne, Adoni parlait de son père avec beaucoup de tendresse. Il évoquait souvent avec nostalgie la taverne sur la colline. C'était un chic type. Dimitri soupira. Plus ça allait, moins il comprenait les êtres humains.

Contrairement à la première nuit qu'ils avaient passée à Kalatriada, ce soir, une constellation d'étoiles brillait dans le ciel clair. Irini leur dressa une petite table sur la terrasse afin qu'ils puissent profiter de l'animation qui régnait sur la place et déposa sur la nappe un joli vase de Chine blanc, agrémenté de deux branches de bougainvillées.
Thomas saisit la main d'Elsa.

Danse d'une nuit d'été

— Je me sens très heureux et apaisé ici. C'est comme si les orages avaient disparu.
— J'ai la même impression.
— C'est ridicule, bien sûr. Les problèmes sont encore là, ils sont juste dissimulés dans un coin, en attendant qu'on s'occupe d'eux.
— Peut-être est-ce pour ça qu'on se sent aussi serein, suggéra Elsa. Parce qu'on a trouvé les solutions.
— Que veux-tu dire ?
— Tu as la certitude de retourner auprès de Bill, la seule question est « Quand ? ». Moi, j'ai décidé de ne pas rentrer en Allemagne. Et la seule question est « Où ? » !
— Tu as l'esprit vif. Tu résumes bien les situations.
— Si j'avais été aussi rapide que ça, j'aurais ouvert les yeux depuis longtemps.
— Ne perdons pas de temps en regrets.
— Tu as raison. C'est inutile. Destructeur même.
— Veux-tu un café ?
— Je ne sais pas. Je suis un peu nerveuse...
— Moi aussi et je ne crois pas que ça nous calmera. Si on y allait, qu'en dis-tu ?

Elle lui donna sa main et le suivit en direction de l'escalier. Irini leur sourit, comme si elle comprenait que, pour eux, il s'agissait d'une nuit importante. Une fois la porte de la chambre refermée, ils se regardèrent, embarrassés. D'un mouvement de bras, Elsa indiqua les cimes de montagnes qu'on apercevait de la fenêtre.

— C'est un endroit magnifique, murmura-t-elle doucement.

Sans un mot, il s'avança vers elle, la prit contre lui et l'embrassa dans le cou. Elle eut un frisson. Thomas recula d'un pas.

— Je t'ai choquée ? demanda-t-il, inquiet.

Danse d'une nuit d'été

— Non, c'était adorable et excitant. Viens ici.
Elle commença par lui caresser le visage puis l'embrassa en se serrant contre sa poitrine. Les mains de Thomas couraient le long de son dos. Doucement, il déboutonna son chemisier.
— Elsa, je ne sais pas... j'espère... hésita-t-il.
— C'est pareil pour moi, chuchota-t-elle. Rappelle-toi ce qu'on s'est dit, ni regard en arrière, ni regret, ni comparaison.
— Tu es belle, Elsa.
— Prends-moi dans tes bras et aime-moi, Thomas. Profitons de cette île magnifique et ne pensons pas à demain...

*
* *

Vonni s'installa à côté d'Andreas et rédigea un petit mot à Shane.

Je réponds à votre lettre au sujet de Fiona Ryan. Elle a quitté Aghia Ana, il y a deux jours pour rentrer en Irlande où elle compte reprendre sa carrière d'infirmière. Je ne pourrais donc pas lui transmettre vos excuses, mais j'imagine que vous savez où la joindre à Dublin. J'espère que vous coopérerez avec les autorités à Athènes. Les délits liés à la drogue sont sévèrement jugés dans ce pays.
Respects
Andreas.

Elle traduisit le courrier à Andreas.
— N'est-ce pas un peu froid ? s'inquiéta ce dernier.

Danse d'une nuit d'été

— Si, absolument. Tu préfères payer sa caution et l'inviter ici pendant six semaines ?
— Non, bien sûr. Mais après tout, il est en prison et s'est excusé...
— Andreas, tu es toujours trop tolérant... sauf pour ton fils.
— Même pour lui, je le suis devenu. Hélas, il est trop tard. Ah non ! Ne me dis pas encore que tu as un pressentiment, je n'y crois plus.
— D'accord. Plus un mot sur le sujet, je te le jure. Bon, comment délivre-t-on ce message ? Par email ou par fax, par l'intermédiaire de Yorghis ?
— Veux-tu vraiment l'envoyer tel quel ? Tu as toi-même reconnu qu'il était glacial...
— Je pense qu'il y a des instants dans la vie où l'on peut se permettre d'être dur.

C'est le cas aujourd'hui.

Il lui sourit.

— D'accord, faxons-le ! Ce pauvre type doit se faire un sang d'encre.
— Je le déposerai au poste de police en redescendant en ville, dit-elle.
— Où vas-tu dormir ce soir ? Dans ton appartement ou dans le poulailler ?
— Que t'arrive-t-il ? Tu imites Thomas ? Tu te moques de mes arrangements domestiques ! Allez, pour une fois, je vais satisfaire ta curiosité. Je compte m'installer dans la chambre d'amis car Thomas et Elsa sont allés à Kalatriada. Ainsi, j'aurais toute la place pour moi.
— Ils y sont retournés ensemble ! Il se caressa pensivement la joue. Je vois... Et quand comptent-ils rentrer ?

Danse d'une nuit d'été

— Thomas m'a laissé un message me disant que si tout allait bien, ils y resteraient quelques jours.
— Espérons alors que tout aille bien.
— Tu es vraiment adorable.
— Tu ne m'as jamais dit ça avant.
— Non, mais au fil des années, j'ai proféré pas mal de bêtises. Tu as toujours eu la sagesse de savoir y distinguer le vrai du faux. Je pense sincèrement que tu es un homme adorable. J'espère que tu le sais.
— Je le sais, Vonni, et je suis heureux que tu aies cette image-là de moi.

David s'assit auprès de son père et, répéta mot à mot les phrases que lui avait conseillées Fiona. Comme convenu, il évita toute allusion à la maladie qui allait l'emporter et se contenta de parler des affaires de la société et bien sûr de la remise des prix.

— Je ne pensais pas que tu te souciais de ce genre de choses, s'exclama Harold Fine.
— Mais elles t'honorent! Pourquoi n'en serais-je pas fier?

Son père hocha la tête et sourit.

— Je vais te faire une confidence, mon garçon, j'y prendrais moins de plaisir si tu n'étais pas là pour partager ça avec moi.

Dans la pièce voisine, Fiona discutait avec la mère de David.

— C'est très gentil à vous, madame Fine, de m'accueillir pour la nuit. J'apprécie beaucoup votre hospitalité.
— Tous les amis de David sont les bienvenus.

Danse d'une nuit d'été

— Il m'avait parlé de votre magnifique maison, mais il ne lui a pas rendu justice, elle est littéralement splendide.

Miriam Fine se montra à la fois flattée et confuse.

— Vous vivez à Dublin, m'a dit David.

— Oui, mais cela fait longtemps que j'en suis partie. Je suis très impatiente de revoir ma famille, expliqua Fiona, un sourire rayonnant accroché aux lèvres.

— Qu'avez-vous pensé de l'île où vous avez séjourné ?

— C'était un véritable paradis ! Les gens étaient très simples et accueillants. Je rêve d'y retourner et je sais que j'y parviendrai. J'en suis sûre.

— Et que faisiez-vous exactement là-bas ?

— J'avais pris quelques semaines de congés.

Le ton de Fiona était volontairement désinvolte. Elle et David avaient décidé qu'il était inutile de mentionner l'existence de Shane, la fausse-couche ou l'arrestation pour trafic de drogue.

En un mot, tout ce qui pouvait perturber la routine et l'harmonie apparente de la famille Fine.

— Le reste du temps, vous êtes infirmière à Dublin, c'est cela ?

Le soulagement commençait à envahir Miriam Fine. Cette Fiona n'avait visiblement aucun dessein sur son fils unique.

— J'ai passé six mois dans le service d'oncologie avant de partir en vacances. Laissez-moi vous dire que je ne le regrette pas.

— Pardon ?

— De nos jours, les progrès médicaux permettent des miracles. Si je vous expliquais comment...

Danse d'une nuit d'été

Et à sa grande surprise, Miriam Fine se retrouva en train de converser le plus naturellement du monde avec cette jeune Irlandaise qui se révélait bien plus utile qu'elle ne l'aurait cru. Finalement, elle n'aurait pu souhaiter meilleure visite dans sa splendide demeure.

Plusieurs fax étaient arrivés pour Elsa à la réception du Anna Beach Hotel. Tous étaient extrêmement urgents et exigeaient une réponse dans l'heure. Mais Elsa était introuvable. Apercevant Vonni qui rangeait des poteries dans la boutique artisanale de l'hôtel, le réceptionniste courut vers elle.

— Excusez-moi! Peut-être pourriez-vous me donner un conseil? J'ai reçu de nombreux messages pour la jeune fille étrangère mais je n'arrive pas à la trouver...

Vonni jeta un œil intéressé sur les feuilles de papier.

— Je ne lis pas l'allemand. Qu'est-ce que ça dit?

— Ça vient d'un homme. Il écrit qu'elle ne peut pas jouer ainsi avec lui, qu'elle n'a pas le droit de le quitter, des trucs comme ça.

— Je vois, répliqua Vonni, ravie.

— Croyez-vous que je doive lui répondre, lui expliquer qu'elle n'est pas là?

L'employé était inquiet à l'idée que le Anna Beach puisse être suspecté d'incompétence.

— Non, à votre place, je ne m'en mêlerais pas. Attendez qu'elle réapparaisse. S'il appelle, bien sûr, dites-lui qu'elle est partie.

— Est-ce vrai?

— Oui, mais seulement pour quelques jours. Elle ne veut pas être dérangée.

Danse d'une nuit d'été

DUBLIN

    Ma chère Vonni,
    Je vous avais promis d'écrire dès mon retour. Alors, j'obéis...
    Le voyage s'est bien passé, même si l'avion était rempli de touristes voyageant avec des tour-opérateurs. David et moi nous sentions très supérieurs de connaître la vraie Grèce, pas celle des plages et des discothèques. Ensuite, on a pris le train jusqu'à Manchester. La maison des Fine est magnifique. Je ne pensais pas qu'ils étaient aussi riches. La propriété est immense et les pièces regorgent d'antiquités et de bibelots de valeur. Sa mère fait beaucoup de chichis mais elle est très gentille. De toute évidence, elle ne vit que pour son mari. M. Fine est gravement malade et n'a que quelques mois à vivre. Il a l'air terrorisé mais j'ai pu parler avec lui de soins palliatifs. Au début, il ne savait pas en quoi ça consistait et n'osait pas me poser la question. Quand David et moi, on s'est séparés à l'aéroport, on a pleuré comme des madeleines – les gens ont dû croire qu'on était un couple d'amoureux !
    À mon arrivée à la maison, Barbara m'y attendait, sans doute pour détendre l'atmosphère. Papa marchait sur des œufs et faisait attention à la moindre de ses paroles ; maman m'a fait penser à ces ménagères qu'on voit dans les pubs télé. Elle a dû passer sa journée en cuisine, comme si je rentrais du goulag et non pas d'une île paradisiaque.
    Je pense encore avec regret à l'odeur du charbon de bois du Midnight Café ou au gigot et aux pignons de pain de la taverne d'Andreas. Envoyez-lui mon affection. Je vous écrirai de nouveau lorsque j'aurai repris mon travail et emménagé dans mon nouvel appartement avec Barbara. Pour l'instant, je dors sur son canapé et je rends visite à maman et papa, tous les deux jours. Ils vont bien mais

Danse d'une nuit d'été

ne me parlent jamais de leurs noces d'argent. Mes deux sœurs sont devenues de véritables pestes. J'ai fait le choix jusqu'à présent de ne pas mentionner ma fausse-couche ou l'emprisonnement de Shane. Je ne pourrai jamais assez vous remercier, Vonni, surtout pour cette journée où vous m'avez accompagnée à Athènes. J'ai espoir que vous retrouviez bientôt votre mari et votre fils. Vous le méritez.
Avec toute mon affection.
Fiona.

MANCHESTER

Chère Vonni,
Oh comme vous me manquez, vous et le village de Aghia Ana ! Je pense à vous tous, à chaque heure de la journée et je rêve de me réveiller sous votre beau soleil lumineux et de vivre de longues heures paresseuses jusqu'à la tombée de la nuit. Je ne sais même pas s'il y a des étoiles en Angleterre tant le ciel est brumeux.
Mon père est en très mauvaise forme. Fiona a été merveilleuse avec lui. Elle lui a parlé très simplement comme si elle le connaissait depuis toujours et elle lui a vanté les nouveaux traitements antidouleur. Même ma mère l'a appréciée et après avoir craint longtemps qu'elle ne soit ma petite amie, a fini par regretter qu'elle ne le soit pas ! Finalement, mes parents l'ont invitée à séjourner à la maison d'ici à la fin de l'été et je pense que Fiona a accepté. On a pleuré tous les deux à l'aéroport. C'était vraiment la fin, la fin de tout, des vacances insouciantes, de l'amitié, de l'espoir.
Suis-je heureux d'être de retour ? Eh bien, pour être honnête, je n'ai pas eu le choix. J'ai d'ailleurs honte de moi quand je réalise que sans vous, je ne serais jamais rentré.

Danse d'une nuit d'été

Vous avez été d'une grande clairvoyance, et grâce à vous, j'ai compris ce qui se passait. Le pire, c'est que toute ma famille – mes oncles, mes tantes – et les relations de mon père – ne cessent de me complimenter pour mon « intuition ». S'ils savaient que c'est vous qui m'avez ouvert les yeux! Bien évidemment, je n'ai rien dit. C'était ce dont nous étions convenus, n'est-ce pas?
   La routine a repris le dessus et je dois bientôt prendre mes fonctions dans la société. Mon père m'en parle tous les soirs, et cela me demande de gros efforts de simulation. Celui qui gérait la boîte à sa place me déteste visiblement. Il m'en veut de m'installer à son poste. Il me harcèle pour connaître la date de mon arrivée. Si je pouvais lui dire à quel point je déteste cette idée! La remise du prix aura lieu la semaine prochaine. L'organisation demande plus de préparatifs qu'un alunissage! Que de simagrées! Je vous raconterai comment ça s'est passé. Pourriez-vous m'écrire? J'ai hâte de savoir comment Maria se débrouille au volant et comment vont les gens du Midnight... Dites-moi également si Thomas et Elsa sont partis. Et s'ils sortent enfin ensemble. Cela ne m'étonnerait pas que cela se produise bientôt. J'ai rêvé l'autre nuit que votre fils débarquait dans le port de Aghia Ana avec un hors-bord. C'est une hypothèse crédible.
   Baisers.
   David.

— Quand réintégrerons-nous le monde réel? demanda Elsa à Thomas après plusieurs jours passés en promenade dans les collines autour de Kalatriada.
   — Tu veux dire à Aghia Ana ou sur le continent?
   Elsa était occupée à confectionner un bouquet avec les fleurs sauvages qu'il venait de lui cueillir.
   — Je considère Aghia Ana comme notre base.

Danse d'une nuit d'été

Depuis leur arrivée, ils avaient vécu en vase clos, totalement déconnectés du reste de l'univers. Ils avaient erré sur les marchés, déjeuné d'un bout de fromage dans la campagne, hanté les librairies à la recherche de livres anglais. Ils avaient également fait des emplettes dans les boutiques artisanales – Thomas avait acheté une assiette en terre cuite, spécialement gravée au nom de sa mère – et complété leur garde-robe en vue de leur séjour prolongé. Dans sa nouvelle chemisette colorée, Thomas était rayonnant. Elsa lui avait offert un élégant pantalon couleur crème, espérant ainsi secrètement qu'il renoncerait à son pantacourt ridicule.

— *Orea*, s'exclama Irini en le voyant ainsi vêtu.
— Oui, il est très beau, renchérit Elsa.
— Mon bermuda me manque, grommela Thomas.
— Tu es bien le seul – il est horrible.
— Oh, Elsa, sois indulgente, laisse-moi le porter. Je me sens si bien dedans, c'est comme une paire de charentaises. S'il te plaît.
— Même des chaussons sont plus jolis que ton espèce de truc informe. (Elle éclata de rire.) Hé, qu'est-ce qui me prend ? Je te parle comme à un vieux mari. Je perds la tête. Allez, remets-le puisque tu insistes.
— Veux-tu rentrer en barque demain ?

Il s'empressa de changer le sujet de conversation.
— Bien sûr. Ce n'est pas encore la fin des vacances. On pourra encore s'amuser là-bas, murmura-t-elle pour se consoler.
— Tu as raison, rien ne presse.

Par le plus grand des hasards, Maria et Vonni étaient assises sur le port lorsque Thomas et Elsa ramenèrent leur embarcation au bureau de location.

Danse d'une nuit d'été

— L'Américain a l'air très en forme, approuva Maria, tu as remarqué, il ne porte plus son horrible short.

— Oui, on peut remercier le Seigneur, gloussa Vonni avec une fausse dévotion. Le Seigneur et, bien sûr, l'intelligence de la jeune Allemande. Devant les yeux écarquillés des deux femmes, Thomas embrassa Elsa avant de la laisser poursuivre sa route en direction du Anna Beach. Ils paraissaient détendus et très amoureux. À première vue, leur escapade avait été un succès

— Allez, Maria, *pame*! Aujourd'hui, nous allons faire des demi-tours en trois manœuvres sur la place! Il faut que je fasse un saut chez Takis, l'avocat. Il m'a envoyé un message. Apparemment, il a quelque chose à me dire.

— À quel sujet?

— Aucune idée. Sûrement pas pour une audience au tribunal, vu que je me conduis bien depuis vingt ans. On verra bien.

Vonni affichait un visage impassible. Pourtant, elle avait passé la moitié de la nuit à se demander si cette convocation avait un rapport avec Stavros – le fils ou le père. Mais ça, jamais elle ne l'aurait avoué à Maria.

Elsa était assise au centre d'affaires du Anna Beach, son carnet d'adresses posé à côté d'elle. Pour la première fois depuis des mois, elle faisait le point des différents contacts qu'elle possédait en Allemagne, surtout des gens travaillant dans les médias. Le réceptionniste lui avait apporté une pile de fax ainsi que quatre récépissés d'appels téléphoniques. Le dernier stipulait que Dieter serait là dans deux semaines. Calmement, Elsa déchira les feuilles de papier sans les lire et les jeta dans la corbeille. Puis

Danse d'une nuit d'été

elle ouvrit sa messagerie Internet et tapa quelques lignes à l'écran. Son premier email était pour Dieter.

Je t'ai écrit une longue lettre afin de t'expliquer pourquoi je ne reviendrai pas. Si tu décides quand même de venir en Grèce, tant pis pour toi, je serai déjà partie. Tu auras perdu ton temps.
Elsa.

— Andy, c'est Thomas ! Est-ce que je te dérange ?
— Pas du tout. Nous sommes au canyon de Sedona. C'est un site magnifique.

Dans le lointain, Thomas entendit la voix de Bill. Le gamin paraissait surexcité.

— C'est papa ? Je peux lui parler ?
— Bien sûr, Bill, c'est pour toi qu'il a appelé. Prends le téléphone et éloigne-toi pour être tranquille.
— C'est vraiment toi, papa ?
— Qui veux-tu que ce soit ?
— Oh, si tu pouvais voir cet endroit ! On s'amuse comme des fous. C'est hyper beau, les couleurs changent tout le temps. Et puis Grand-mère a plein d'amies, des super vieilles, mais elle les appelle « les filles ». Moi, j'ai dit qu'elles étaient toutes ridées, et tout le monde a ri.
— Je m'en doute.
— Et toi ? Qu'est-ce que tu as fait ?
— Je suis allé me promener dans un minuscule village, on se serait crus dans l'Antiquité. Un jour, je t'y emmènerai.
— Vraiment, papa ?
— Je ne fais jamais de promesses en l'air. On partira en vacances sur cette île.
— Tu étais seul là-bas ?
— Euh... non, non...

Danse d'une nuit d'été

— Alors, je ne t'ai pas manqué, soupira l'enfant, désappointé.
— Bien sûr que si, Bill! Tu me manques tout le temps. D'ailleurs, tu sais ce qu'on va faire?
— Non.
— Je vais rentrer dans dix jours. Tu verras, on s'amusera bien.
— C'est génial! Combien de temps resteras-tu?
— Pour toujours.

Quand Thomas entendit son fils – qui serait toujours le sien, quoi qu'il arrive – hurler à la cantonade : « Maman, Andy, papa revient dans dix jours et il ne repartira jamais », il sentit des larmes couler sur ses joues.

— Comment vas-tu, Takis?
— Très bien, Vonni. Et toi?
— Excuse-moi, j'essaie de garder un œil discret sur Maria. J'ai peur qu'elle nous fonce dessus et fracasse ton bureau.
— Allons la surveiller à l'intérieur, comme ça nous ne serons pas directement dans sa ligne de mire, dit-il en la faisant entrer. Sais-tu de quoi je veux te parler?
— Non, je n'en ai pas la moindre idée.
— Tu ne devines pas?
— Cela a-t-il un rapport avec Stavros? hésita-t-elle.
— Non, pas du tout!

Il était pris de court.
— Explique-moi alors!

La petite lueur d'espérance qui brillait dans ses yeux s'était éteinte. Takis se hâta de poursuivre.
— C'est au sujet de Nikolas Yannilakis. Comme tu le sais, il est mort la semaine dernière.
— Pauvre Nikolas!

Danse d'une nuit d'été

Une légère inquiétude s'empara de Vonni. Y aurait-il eu un problème avec la morphine ? Non, il n'y avait pas de raison. Le Dr Leros était au courant et avait même coopéré.
— Il t'a tout légué.
— Mais il n'avait rien ! s'exclama Vonni, les yeux écarquillés.
— Il n'était pas si pauvre ! Il est venu me consulter il y a six mois pour rédiger son testament. Il t'a tout laissé : sa petite maison, ses meubles, ses économies...
— C'est incroyable ! (Elle n'en revenait pas.) Que dirais-tu si je décidais de donner sa villa à ses voisins ? Ils ont une famille nombreuse et seraient heureux d'être mieux logés. Je pourrais en faire l'inventaire à leur place.
— Et le reste ? Tu ne me poses pas de questions... ajouta Takis avec gravité.
— De quoi veux-tu parler ? Le pauvre Nikolas n'avait pas un sou.
— Tu hérites de plus de cent mille euros.
La foudre semblait s'être abattue sur Vonni.
— C'est impossible, ce pauvre vieux vivait dans la misère. Si tu avais vu son taudis...
— Il avait tout placé à la banque. La plupart en actions, le reste en liquide. Il a fallu qu'on fasse les comptes avant que je puisse te prévenir.
— Mais bon sang, où avait-il amassé tout cet argent ?
— C'étaient des héritages familiaux, apparemment.
— Pourquoi, Seigneur, ne l'a-t-il pas utilisé pour s'offrir une vie plus digne ?
Étrangement, elle était furieuse contre Nikolas. Pourquoi avait-il dissimulé sa fortune ?
— Oh, ne me parle plus de familles ! C'est la plus extraordinaire institution qu'on ait jamais inventée. Un tel a insulté un tel, et ainsi de suite... Ne m'interroge pas,

Danse d'une nuit d'été

je ne suis au courant de rien. La seule chose que je sais, c'est que Nikolas n'a pas touché à son magot. Maintenant, il t'appartient.
Elle ne répondit pas.
— Personne ne le mérite plus que toi. Tu t'es occupée de lui alors que personne ne s'en souciait.
Le regard fixé droit devant elle, elle restait calme, sans rien dire.
— Que comptes-tu faire ? Voyager, retourner voir tes proches en Irlande ?
Elle semblait plongée dans un silence pétrifié. Takis ne l'avait jamais vue comme ça.
— Bien sûr, tu n'es pas obligée de prendre une décision immédiatement, poursuivit-il. J'organiserai les transferts lorsque tu auras pris le temps de réfléchir et que tu me donneras tes instructions.
— Je vais le faire tout de suite, si ça ne te gêne pas.
— Certainement.
Il prit place en face d'elle, le visage tourné vers la seule fenêtre donnant sur la place.
— Dis-moi une chose d'abord : est-ce que cette folle de Maria bloque la circulation ?
— Non, elle fait des demi-tours... un peu grands, certes, mais ça va. Elle ne s'en sort pas mal, répondit Takis en sortant un bloc de papier pour y noter ses dispositions.
— Je n'ai pas l'intention de toucher à un centime de cet argent. Laisse-le où il est. Je souhaite, comme je te l'ai dit, offrir la maison à la famille qui vit à côté, mais je voudrais qu'ils croient qu'elle leur vient directement de Nikolas. Et je veux faire un testament...
— C'est très raisonnable.
Il n'en pensait pas un seul mot mais, après tout, ce n'étaient pas ses affaires.

Danse d'une nuit d'été

— Je désire tout léguer : ma boutique, mon appartement et les économies de Nikolas à mon fils unique Stavros.
— Pardon ?
— Tu m'as bien entendue.
— Mais tu ne l'as pas vu depuis des années ! En dépit de toutes tes supplications, il n'est jamais venu te rendre visite.
— Vas-tu, oui ou non, écrire ce que je te demande ? Ou dois-je m'adresser à un autre homme de loi ?
— Le document sera prêt demain. Je convoquerai deux personnes pour servir de témoins.
— Merci – bien évidemment, tout ça reste entre toi et moi.
— Bien sûr, Vonni, secret professionnel.
— Parfait, alors, tout est réglé ! (Elle se leva.) Il est temps que j'aille empêcher Maria de tuer tous les habitants de Aghia Ana.

Takis la suivit des yeux tandis qu'elle sortait d'une démarche chancelante et rejoignait Maria qui accourait vers elle.

— J'ai compris maintenant ! cria cette dernière triomphalement. On tourne dans le sens opposé à l'endroit où on veut aller.
— Fais attention à...
— Que te voulait Takis ?
— M'aider à rédiger mon testament.

Elsa grimpa quatre à quatre les marches blanchies à la chaux qui conduisaient à l'appartement de Thomas. En l'apercevant dans l'encadrement de la porte, elle eut un sourire radieux.
— Tu m'as manqué, s'écria Thomas.

Danse d'une nuit d'été

— Toi aussi. Et je regrette un peu les journées paresseuses de Kalatriada. Ce n'est déjà plus qu'un lointain souvenir.
Elle le gratifia d'un léger baiser et pénétra dans le salon.
— C'est magnifique, dit-elle en indiquant un vase rempli de fleurs des champs.
— J'aimerais te faire croire que je suis sorti les cueillir pour toi sur la colline mais, en fait, c'est Vonni qui les a déposées ici. Elle nous a également laissé un mot pour nous souhaiter un bon retour.
Il lui tendit la petite carte.
— Alors, elle est au courant ?
— Je suis persuadé qu'elle le savait même avant nous.
Son ton était légèrement désabusé.
— Je me demande ce qu'elle en pense.
— Regarde ce bouquet ! C'est une façon tacite de nous approuver, non ?
— Oui, tu as raison. Mais cela signifie aussi qu'on a choisi la difficulté.
— Que veux-tu dire ?
— Regarde-nous ! S'il est vrai que le secret de l'univers consiste dans l'organisation, on est assez mal partis. Tu vas dans une direction et moi dans une autre.
Thomas lui prit la main.
— On trouvera une solution, promit-il.
— Je sais.
Elle n'avait pas l'air convaincu.
— Mieux, on la trouvera ensemble.
— D'accord, répondit Elsa avec un franc sourire qui, cette fois, exprimait un réel enthousiasme.

Danse d'une nuit d'été

DUBLIN

Ma chère Vonni,
Je vous remercie beaucoup pour votre lettre. Lorsque je l'ai lue, j'ai eu le cœur serré. Aghia Ana et vous tous êtes dans mes pensées, jour après jour. Je sais que j'avais raison de rentrer, mais il n'empêche que le soleil, les citronniers et tous les gens merveilleux que j'ai rencontrés là-bas me manquent terriblement. Ma chef de salle à l'hôpital, Carmel, est odieuse : elle a beau être une ancienne collègue, elle nous traite comme si on était des moins que rien. C'est bien vrai que le pouvoir corrompt. Elle semble déterminée à me punir pour avoir quitté mon travail en quête d'une vie meilleure. Barbara et moi avons emménagé dans un super appartement. Nous pendons la crémaillère samedi, souhaitez-nous bonne chance.
Maman et papa se sont montrés très gentils. Ils ne parlent jamais de Shane. Si ça continue, ça va devenir un vrai secret de famille. Néanmoins, leur attitude est probablement la plus raisonnable. La fête pour leurs noces d'argent est prévue prochainement. Finalement, ils ont décidé de faire ça simplement, sans plan de table et dépenses superflues. Cela me soulage beaucoup. J'ai téléphoné à David que j'ai trouvé un peu morose. C'était le jour de la remise du fameux prix. Il semble très malheureux d'être rentré chez lui mais je sais qu'il tiendra au moins jusqu'à la mort de son père. Je suis ravie d'apprendre que Thomas et Elsa sortent ensemble ! Je n'ai rien vu venir. Mais c'est parfait !
Des tonnes d'amour à tous nos copains.
Fiona.

Danse d'une nuit d'été

MANCHESTER

> *Chère Vonni,*
> *C'est tellement gentil à vous de m'écrire ce que j'ai envie d'entendre. Je suis très heureux des progrès de Maria. Un jour, j'en suis sûr, elle pourra conduire seule, jusqu'à Kalatriada. Je suis également ravi d'apprendre que Thomas compte rentrer chez lui, mais comment va-t-il faire avec Elsa ? Quelle solution vont-ils trouver ?*
> *Il m'est un peu difficile dans l'immédiat de vous raconter la façon dont s'est passée la remise des prix. L'événement est trop frais pour que je sois objectif. C'était abominable. Pire que je le craignais. D'abord, parce que mon père était loin d'être en forme et que ma mère semblait presque grotesque à force d'afficher sa fierté. Les hommes d'affaires présents se contentaient d'adorer le Dieu Argent et le profit. Je vous en parlerai dans un prochain courrier, mais sincèrement, j'ai vécu l'enfer. Papa a fait un grand discours, en annonçant que j'allais prendre sa relève à la tête de la société à partir de janvier prochain. Tout le monde a applaudi et j'ai fait semblant d'avoir l'air satisfait. J'ai détesté ça. Je sais que ça ressemble à de l'apitoiement mais j'ai vraiment l'impression que mon existence est finie à vingt-huit ans. Si vous étiez là, vous me remonteriez le moral et me pousseriez à positiver. Je pense souvent à vous et je me dis que si la vie était mieux faite, vous pourriez être ma mère. Andreas serait mon père. Moi, je ne vous laisserai jamais tomber. Je me sens tellement mal dans ma famille.*
> *Baiser d'un David morose et dégoûté.*

Les jours passaient. Elsa consacrait l'essentiel de son temps à envoyer des emails du Anna Beach.
— Bon sang, mais à qui écris-tu ainsi ? lui demandait Thomas.

Danse d'une nuit d'été

— J'examine les offres d'emploi.
— Mais je croyais que tu ne repartais pas en Allemagne.
— Tu sais, il n'y a pas que ce pays-là sur Terre, répondait-elle en riant.
Pour tromper sa solitude, Thomas s'asseyait près d'elle, devant un ordinateur. De son côté, il avait repris contact avec son université et cherchait à savoir s'il pourrait récupérer son bureau sur le campus, au cas où il rentrerait plus tôt que prévu. Il y avait tant de choses à régler.

Le départ de Thomas pour Athènes était prévu dans deux jours.
— J'aimerais que l'on monte chez Andreas, ce soir, suggéra Elsa. Il faut que nous parlions.
— Crois-tu que ce soit le bon endroit pour ça? Il y a toujours foule, là-haut.
— Je veillerai à ce qu'on nous installe dans un coin tranquille, promit-elle.

Elsa portait une simple robe en coton blanc et une fleur dans les cheveux.
— Tu es très jolie et élégante, je suis ravi d'avoir mis mon nouveau pantalon de Kalatriada, dit-il dès qu'il l'aperçut.
— J'ai acheté cette tenue aujourd'hui, spécialement pour l'occasion. Je voulais t'impressionner. Ah, et j'ai commandé un taxi pour nous conduire au restaurant. Qu'en dis-tu? C'est la classe, non?
En suivant la route sinueuse qui menait à la taverne, ils admirèrent le ciel étoilé qui se dépliait au-dessus de la mer. Cette vision leur était devenue familière.

Danse d'une nuit d'été

On leur avait effectivement réservé une petite table au bout de la terrasse, avec vue imprenable sur la baie de Aghia Ana. Andreas était dans la cuisine, avec Vonni, Yorghis et le Dr Leros, la petite Rina assurait le service. Ils se saluèrent tous avec effusion, puis Thomas et Elsa se retirèrent dans un tête-à-tête. Arriva l'heure du deuxième café.

— Il faut que je te parle de mes recherches d'emploi, commença Elsa.

— Oui, c'est vrai que jusqu'ici, je ne t'ai pas posé beaucoup de questions.

— Pour quelles raisons ?

— Je sais qu'il existe d'autres pays mais j'avais peur qu'on te propose une bonne situation en Allemagne. Sincèrement, je craignais que tu revoies Dieter, et... (Il se dépêcha avant qu'elle ait le temps de l'interrompre.) Je n'ai pas cessé de réfléchir à la façon dont on pourrait s'organiser. Je ne sais pas quand je pourrais venir te voir, et si toi tu pourrais faire un saut aux États-Unis... Maintenant que je t'ai rencontrée, je ne supporte pas l'idée de te perdre. Peut-être suis-je fou de retourner en Californie ?

— J'ai trouvé un travail, Thomas.

— Où ?

Sa voix tremblait.

— J'ose à peine te le dire.

— C'est en Allemagne, c'est ça ?

Le visage de Thomas affichait un désarroi émouvant.

— Non.

— Où, Elsa ? Ne joue pas avec moi, je t'en supplie.

— C'est à Los Angeles mais j'aurais des missions sur la côte Ouest. Je suis embauchée par un grand magazine américain pour écrire un article toutes les semaines, inter-

Danse d'une nuit d'été

views, politique, portraits. Tout ce que je pourrai glaner, en fait.
Elle attendit anxieusement sa réaction.
— Où? répéta-t-il, ahuri.
— En Californie. (Sa nervosité était palpable maintenant.) Est-ce trop tôt? Crois-tu que je sois allée trop vite? Je ne voulais pas te perdre... Mais si tu penses que...
Les traits de Thomas se détendirent brusquement et un sourire rayonnant étira ses lèvres.
— Oh, Elsa chérie, c'est merveilleux!
— Nous ne sommes pas obligés de vivre ensemble. Je ne veux pas te mettre sous pression, mais si tu le souhaites, on pourrait se voir souvent. Je sais qu'on ne se connaît pas depuis longtemps, mais je ne pourrais pas vivre sans toi.
Thomas se leva d'un bond et l'embrassa fougueusement, sans se soucier des autres clients qui les dévisageaient en souriant. Il sentit qu'on les prenait en photo mais cela lui était égal. Tout lui était égal, à part Elsa. Alertés par la nouvelle, Andreas, Vonni et le Dr Leros firent irruption sur la terrasse. Thomas serrait Elsa dans ses bras, comme s'il ne voulait plus la lâcher. On porta des toasts enthousiastes à la santé du couple.
— L'homme qui vous a photographiés est allemand, déclara Vonni. Il a reconnu Elsa.
Cette dernière s'en moquait complètement.
— Et il a demandé qui était Thomas, continua la vieille femme. Je lui ai expliqué que vous étiez un célèbre universitaire américain et que vous étiez son fiancé.
— Quoi! s'exclamèrent en chœur les deux jeunes gens.
— Je n'aurais rien dit si vous étiez affublé de votre horrible bermuda, mais vu que vous portez un pantalon

Danse d'une nuit d'été

décent, je me suis dit que ce n'était pas grave s'il vendait son cliché à un tabloïd allemand.
La conversation se poursuivit sur le même mode pendant quelques minutes. En bas, dans le port, le dernier ferry de la journée était arrivé depuis une heure. Il était trop tard pour que des gens décident de venir dîner à la taverne, aussi furent-ils stupéfaits en apercevant une silhouette qui remontait le sentier sinueux. C'était un homme d'une trentaine d'années visiblement robuste, car il portait un sac à dos et deux valises dans chaque main.
— Il doit être vraiment affamé! s'exclama Elsa, admirative.
— Peut-être a-t-il entendu parler des célèbres feuilles de vigne truffées de Vonni? renchérit Thomas, hilare.
Bien que Vonni ait critiqué son pantacourt, il était ravi qu'elle le considère comme l'«amoureux officiel» d'Elsa.
— Qui cela peut-il bien être? s'étonna le Dr Leros. Il est bien tard pour monter jusqu'ici.
— À moins qu'on en ait vraiment l'intention, ajouta Yorghis d'une voix étranglée.
Son regard ne pouvait se détacher de l'étranger qui franchissait le portail et hésitait sur le seuil.
— Andreas! hurla soudain Vonni. Andreas, mon ami! Ça y est, ça y est!
Elsa et Thomas échangèrent un coup d'œil interrogateur. Andreas se leva d'un bond et s'élança, d'un pas chancelant, en direction de la grille, les bras tendus. Tout le monde suivait la scène avec attention.
— Adoni, cria-t-il. *Adoni Mou*! Tu es revenu. *Adoni ghie mou*. Mon fils!
Les deux hommes tombèrent dans les bras l'un de l'autre, en se caressant le visage avec émerveillement. Après s'être séparés un court instant pour mieux se regar-

Danse d'une nuit d'été

der, ils s'étreignirent à nouveau, comme s'ils craignaient que leur rêve s'évanouisse. Ils balbutiaient, répétant en boucle les mêmes phrases.

— *Adoni Mou*! bredouillait Andreas.

— *Patera*, répondait Adoni.

Enfin, Yorghis s'avança vers le couple, Vonni et le Dr Leros sur ses talons. Tout le monde s'embrassa avec effusion. L'excitation était à son comble.

Thomas et Elsa n'avaient pas bougé. Main dans la main, ils contemplaient le petit groupe, la gorge nouée.

— Jamais nous n'oublierons cette nuit, murmura Thomas.

— Me suis-je trop avancée? demanda Elsa. Dis-le-moi.

Avant que Thomas ait eu le temps de répondre, Andréas et Adoni les rejoignirent.

— Adoni, voici la merveilleuse jeune femme à qui l'on doit nos retrouvailles, expliqua le vieil homme. C'est elle qui m'a poussé à t'écrire. J'avais peur de te déranger, mais elle m'a convaincu que tout le monde aimait recevoir des lettres...

Adoni était grand et séduisant. Sa belle crinière brune serait un jour aussi blanche que celle de son père, mais ce temps-là n'était pas encore venu. Elsa, qui savait parler sur commande à la télévision devant des millions de téléspectateurs, était maintenant sans voix. Elle se leva et, sans un mot, embrassa Adoni avec le naturel d'une amie d'enfance.

— Vous êtes magnifique, lui dit Adoni en la caressant d'un regard admiratif.

C'est vrai qu'avec sa robe blanche et sa fleur dans les cheveux, Elsa était resplendissante.

— Elsa et Thomas sont ensemble, précisa vivement Andreas avant qu'il y ait un malentendu.

Danse d'une nuit d'été

Adoni serra la main du jeune Américain.
— Vous êtes un homme chanceux.
Thomas hocha la tête.
— Oui, c'est vrai. Il se leva à son tour et s'adressa au groupe d'amis, en fixant Elsa comme pour lui signifier qu'il allait enfin répondre à sa question. Je veux vous annoncer qu'Elsa a décidé de partir avec moi. Nous allons nous installer en Californie.
— Encore une bonne nouvelle à fêter, s'écria Andreas, les larmes aux yeux.
Thomas et Elsa échangèrent un baiser et s'assirent, serrés l'un contre l'autre. Pendant ce temps, Yorghis et la petite Rina coururent chercher à manger et à boire pour le fils prodigue. Ils avaient le sentiment qu'il n'avait pas dû s'alimenter correctement au cours de ses longues années passées à Chicago. Vonni prit place près d'Adoni, les yeux brillants.
— Où est Stavros? demanda le jeune homme.
Il faisait allusion à son ancien ami de jeunesse.
— Il mène sa vie quelque part, répondit-elle en hâte.
— Mais pourquoi ne trouve-t-il pas dans son cœur de quoi...
— Ne parlons pas de ça maintenant. L'important est que tu sois revenu. Tu sais, ton père a changé, il n'a plus rien à voir avec celui qui...
— Moi non plus, Vonni.
Ce furent leurs dernières paroles. Emporté par un tourbillon de gens qui lui souhaitaient la bienvenue, Adoni passa de groupe en groupe et de bras en bras.
Vonni alla rejoindre Andreas et Yorghis.
— Tu verras, lui dit Andreas. Un jour, Stavros débarquera également d'un ferry.
— Ce sera une nuit aussi belle que celle-là, insista Yorghis.

Danse d'une nuit d'été

— Oui, j'en suis sûre.
Vonni leur agrippa la main. Bien que son visage rayonnât d'espoir, ses yeux paraissaient humides. Tous s'en rendaient compte : elle simulait la gaieté pour mieux taire le chagrin qui l'étreignait. Courageusement, elle leva un regard embué sur ses deux compagnons de toujours.
— Je sais désormais que les miracles existent. Je dois continuer à espérer, c'est la seule chose qui fasse avancer, affirma-t-elle.
Cette fois, son sourire était sincère.

Le Dr Leros accourut, hors d'haleine, dans le jardin.
— Deux joueurs de bouzouki sont à la grille, déclara-t-il. Ils demandent à jouer quelques morceaux pour célébrer le retour d'Adoni. (Il se tourna vers le jeune homme.) Adoni! Je t'en prie, accepte!
— Cela me ferait un immense plaisir.
Des accents endiablés s'élevèrent aussitôt dans la nuit. Et tandis que la foule des clients et des amis battaient dans leurs mains, Adoni s'avança au centre de la terrasse et se mit à danser. Peu lui importait que certains soient au courant de son histoire, d'autres pas, il exprimait à sa façon sa joie d'avoir retrouvé ceux qu'il aimait. Les bras tendus au-dessus de sa tête, il se cambrait, ondulait, virevoltait, ivre de bonheur. Et lorsqu'une petite pluie fine se mit à tomber, personne ne la remarqua. Les étoiles étaient toujours aussi lumineuses dans le ciel.

Ce volume a été composé par Asiatype
Impression réalisée sur CAMERON par
BRODARD ET TAUPIN
La Flèche
en novembre 2007

Imprimé en France
Dépôt légal : novembre 2007
N° d'édition : 093577/01 – N° d'impression : 44026